Louis-Ferdina

BAGATTELLE PER UN MASSACRO

LOUIS-FERDINAND CÉLINE
(1894-1961)

Bagatelles pour un massacre
Edizione originale francese in 1937

Pubblicato da
Omnia Veritas Ltd

www.omnia-veritas.com

Uomini siate e non pecore matte
Si che il giudeo tra voi, di voi non rida

DANTE (Par. c.v. d. 80, 81)

Dolore e corruzione

di Ugo Leonzio

Per molto tempo ho cercato di spiegarmi perché *Bagatelles pour un massacre* fosse l'unico libro veramente infernale prodotto dalla letteratura francese dopo Choderlos de Laclos.

Ogni metodo usato per situare o circoscrivere questo disumano atto d'accusa e di autoaccusa rischia di apparire funesto o ridicolo: ridicole le motivazioni patologiche ("un momento di follia") e quelle estetiche ("L'antisemitismo è solo una metafora dell'odio per il mondo"); funeste quelle psicologistiche ("Céline vuole fare scandalo perché in una fase di impotenza creativa") e quelle enigmatiche ("*Bagatelles* è un pamphiet antisemita ma noi non sappiamo cosa siano gli ebrei per Céline").

Per quanto queste sciocchezze contengano sempre un riverbero di verità, la realtà è che la materia di questo libro, più che ributtante è intrattabile, impermeabile a qualsiasi giudizio che non pretenda di usarla.

Come molti, ho creduto che questo libro derivasse un suo fascino dal fatto di essere una delle poche cose ancora proibite che la letteratura potesse offrire. Il proibito si dà a noi con una seduzione di qualità sofferente, come una derivazione laica, volgare dell'enigma, quell'enigma che — in modo paradossale — riesce pur sempre a proporsi come estetica.

L'estetica di *Bagatelles* ha una connotazione assai precisa, quella della crudeltà. Tuttavia, non è la crudeltà a rendere infernale questo libro.

Swift, ad esempio, è uno scrittore crudele e *Una modesta proposta* si tiene, per alcuni aspetti, assai vicino a *Bagatelles* ma non è infernale.

In cosa consiste codesta qualità rara, sofferente, intrattabile che si definisce infernale?

Proprio il senso di questo aggettivo così poco moderno e tuttavia legato ai grandi momenti della letteratura diviene sfuggente non appena lo si guardi da vicino.

Può una qualità così particolare spiegarsi con il semplice attributo di "antisemita"? Se, invece di semita, avessimo trovato l'odio di Céline e la sua affabulazione retorica applicati a una piccola tribù mongola, l'effetto non sarebbe cambiato? Non sarebbe apparsa come una modesta bizzarria?

Esistono dunque differenti qualità d'odio ovvero: siamo disposti a riconoscere che certe cose siano meno odiabili di altre.

Se davvero esistono differenti qualità d'odio allora non è importante comprendere come si manifesti questa tollerabilità bensì una definizione dell'Odio.

Come ciò che appartiene al mondo morale anche l'odio è un concetto trasformabile anzi trasferibile: esiste un odio positivo e un odio negativo. La negatività o positività dipendono sempre ed esclusivamente dal soggetto che lo prova e dalla cultura morale che questo sentimento deve esprimere. Tuttavia, non sempre chi odia ha la certezza di essere nel giusto. Chi odia sapendo che il suo odio è orrendo imbocca fatalmente la via della perversione. Chi odia sapendo che qualsiasi odio è orrendo procede vistosamente per questa strada fino a vivere questo sentimento come una vera e propria dannazione. Infine, cos'è una dannazione se non lo spirito che anima una rivolta (non una rivoluzione, beninteso)?

Odio, coscienza, perversione, dannazione, rivolta: manca ancora un elemento perché l'ambientazione di *Bagatelles* sia completa: il Potere.

Ogni rivolta non può che essere rivolta contro il potere ma in cosa differisce una rivolta da una rivoluzione?

La rivolta non pretende di mutare l'arredamento, il panorama o lo stato di cose. La rivolta è legalista, ama il potere così com'è, lo desidera come un diritto, come risposta a un sopruso: non vuole cambiare il mondo ma più semplicemente appartenervi. Nella scienza, nell'arte non c'è posto per alcuna rivolta ma solo per rivoluzioni.

La rivolta è, in definitiva, una regressione, il sintomo di un disagio che può risolversi solo nel presente immediato ma anche l'espressione di un trauma.

La rivolta di *Bagatelles* si manifesta come rivendicazione di un diritto anzi di un possesso. Questo diritto giustifica l'odio ma l'autore sa bene che l'odio non può mai essere un diritto. Céline conosce bene la categoria morale dell'odio, il suo non può essere quindi che un libro perverso.

Di che qualità è l'odio di *Bagatelles*? È un libro animato dall'odio ma è anche un libro sull'odio: non su un odio qualsiasi bensì diretto contro una particolare tipologia sociale: l'ebreo. Questo ebreo rappresenta, nel tempo e nella società di Céline, il prototipo del Potere.

L'odio di Céline è odio del potere ma di un potere particolare, un potere che si identifica con il desiderio del potere. Céline ama il potere che l'ebreo detiene per lui o contro di lui.

Questo libro sull'odio, *Bagatelles*, definisce un sopruso e valendosi dell'odio, si realizza come una rivolta. Perché *Bagatelles* non sembri un "incidente" nella carriera di Céline, è necessario dire che sia l'odio che il sopruso sono già presenti nei suoi due primi romanzi *Voyage au bout de la nuit* e *Mort à crédit*, vissuti dallo squallore piccolo borghese. Si potrebbe aggiungere che questo squallore è agito dai genitori dello scrittore ma sarebbe irrilevante: l'orrore privato, quando lo si rappresenti direttamente, non scavalca mai la barriera "artistica" soprattutto quando si tratta di un capolavoro. L'arte, come di consueto, crea una morale privata e finisce per conservare il trauma, l'odio o il sopruso come pura astrazione.

L'odio di Céline, lo stato di insufficienza verso la sua immagine "narrante" ha bisogno di nutrirsi di elementi reali, di bersagli oggettivi, "artistici", non privati. Al contrario, bersagli viventi, comuni, riconoscibili da tutti e proprio per questo in grado di scatenare lo scandalo. Scandalo che, come è noto, deve rifornire le più conformiste emozioni, le più regressive intenzioni, rinvigorite i più sepolti fantasmi. Lo scandalo è il rovescio "artistico" della rivolta.

Lo scandalo trasforma l'antropofagia di Céline in una autofagia, in questo egli si differenzia profondamente da Sade o Swift.

Un esempio: se Swift in *Una modesta proposta* non avesse solo consigliato di mangiare i bambini per risolvere alcuni grossi problemi dell'umanità ma avesse anche indicato *quali* bambini mangiare, giustificando la scelta con motivazioni morali, l'effetto sarebbe stato meno comico. In cosa consiste la differenza? Perché la connotazione del tempo e della qualità di un gesto crudele è più crudele di una determinazione astratta?

Non credo si tratti del fatto che qualcuno possa venir minacciato "davvero", bensì perché quella minaccia nasconde una motivazione privata divenuta improvvisamente una forma di fascinazione popolare. La motivazione privata che deriva da un trauma è, per definizione, perversa perché esprime uno stato non più latente di malattia che è, per l'appunto, lo stato perverso dell'uomo.

Lo stato perverso, tuttavia, non porta direttamente un libro al suo approdo infernale, alla sua intrattabilità. Per essere intrattabile, cioè infernale, un libro deve situarsi in una zona ambigua: prima di tutto non definirsi né come opera d'arte né come progetto politico. In secondo luogo, deve adottare uno stile particolare. Questa è la grande invenzione di Céline: uno stile perverso (che durerà per sempre) applicato a una materia perversa.

Lo stile perverso è questo: offrire in "trompe-l'œil" la realtà apparentemente privata di valori estetici. Ma questa realtà è solo effetto di uno stile.

Lo stile di Céline è Céline stesso, non la prima persona né l'autore che si confonde al narratore ma l'autore che distrugge il narratore perché il lettore si rassicuri: qui non ci sono finzioni, al contrario, qui si scoprono le finzioni. In questo modo la parola si sostituisce alla realtà permettendo la più pura espansione "privata" del trauma.

C'è un punto in cui anche la perversione viene superata, un punto estremo di sofferenza in cui essa si trasforma in corruzione. È da qui che dovrebbe iniziare la lettura di *Bagatelles*.

Ogni qualvolta si nomini la corruzione o la perversione si evoca istantaneamente il dolore, vale a dire lo stato di insufficienza verso il mondo.

Ciò che questi stati "naturali" dell'emozione umana esprimono è una necessità di possesso e quindi un sentimento di esclusione che produce dolore.

Se davvero esistono due differenti qualità d'odio, dovremmo ora osservare anche due opposte qualità di dolore.

È imbarazzante affermare che il dolore dei buoni si fonda sulla rinuncia: nessun buono potrebbe mai accettarlo. Ma non esiste nessun'altra possibilità. Chi vuol lottare contro lo stato di insufficienza deve lottare per il possesso cioè per il potere. Nessuno è in grado di definire due tipi di potere perché esso, per definizione, si pone fuori dalla legge morale trattandosi di una forma perversa di igiene. Perché perversa?

Perché il potere non può che produrre dolore e per giustificare il dolore è necessario trasformare lo stato di insufficienza, il trauma, in una categoria morale.

Ora, colui che vive nell'odio del potere senza poter eludere il suo stato di insufficienza, cioè l'esclusione, ha forse una via diversa dalla perversione del potere?

Bagatelles non è solo un libro sul potere ma anche sull'odio del potere. Questa simultaneità che mescola un trauma a una profonda esigenza morale per mezzo della simulazione verbale prodotta dallo stile, non solo definisce gli angusti limiti della morale ma anche la scarsa dialettica legata al desiderio di appropriazione della realtà che si esprime in un'opera d'arte dissimulata.

Si deve porre, qui, un problema assai delicato, forse irresolubile: il rapporto di uno scrittore con il suo io narrante.

In cosa consiste lo stato di insufficienza di Céline? Non certo in una carenza d'amore. Il suo odio non ha nulla di particolare: non l'odio di sé ma l'odio dell'immagine che l'Io ha di sé: un odio di classe, "culturale". Sbarazzarsi di quest'immagine significa non solo sbarazzarsi della classe sociale che rappresenta ma anche della classe che l'ha prodotto.

Distruggere il potere e insieme l'effetto del potere può essere pensabile solo acquisendo l'onnipotenza, cioè un potere che non si connoti come tale: un potere creativo, artistico, che distrugga il mondo rappresentandolo.

Nel *Voyage* e in *Mort à crédit* l'inferno piccolo borghese, con i suoi riti e le sue disperazioni, è il bersaglio che Céline si è proposto. Ma è proprio il successo clamoroso di questi due libri che conduce Céline alla definizione del suo stato di insufficienza: il successo gli garantisce il ruolo di scrittore ma esaurisce anche l'epoca delle confessioni: l'inferno ha ricevuto i suoi contorni precisi e si è ammutolito.

Céline non è scrittore d'invenzione e neppure un osservatore visionario come Balzac o Stendhal. Il successo ha esaurito il suo mondo narrativo ma non il trauma che lo ha portato a scrivere e che, ora, è privo di nutrimento.

Come in Proust o in Dostoevskij, anche in Céline è attiva soprattutto la sindrome del contagio: egli vuole che il suo disagio si estenda al mondo.

Se in *Bagatelles* possiamo osservare la trasformazione di uno scrittore o di una scrittura dalla perversione alla corruzione, ci si deve chiedere in che modo avvenga questo passaggio.

Sade, ad esempio, è perverso ma non corrotto: crede in ciò che scrive perché sa che ciò che scrive appartiene ad una perversione. La perversione è la risposta "naturale" al silenzio di Dio, allo stato di insufficienza verso Dio. Il suo mondo non può uscire dall'orbita morale ed è paradossalmente assai vicino al giansenismo di Pascal, solo di segno inverso.

Per Céline questo stadio dev'essere superato. Egli non vive il potere come categoria metafisica o simbolica. Il potere è assolutamente reale, socialmente definibile, fonte di corruzione e di perversione.

Se, come abbiamo detto, i personaggi di Sade sono perversi perché usano moralmente il potere, in Céline la corruzione si manifesta nella coscienza di ambire eticamente a quel potere, nel reclamare un diritto. Diritto che è il primo sintomo della corruzione in quanto la rivolta di Céline è contro il potere, primo stadio del suo disagio. Questo disagio, del tutto privato e non certo mosso dalla lotta di classe, produce la sindrome del contagio.

Dopo il *Voyage* e *Mort à crédit* Céline ha bisogno di uscire, letteralmente, di sé, deve riconoscere nel mondo la sua sindrome, ritrovare le uova che lui stesso ha deposto nel nido di qualcun altro. I suoi viaggi continui sono una disperata ricerca di prove, il viaggio di un inquisitore... A questo punto nasce l'odio. Un odio in qualche modo sdoppiato, perché se è vero che chi detiene il potere deve essere odiato, è altrettanto vero che anche chi vive la realtà del potere come esclusione merita lo stesso odio.

Se Céline non fosse stato un genio ma solo un buon scrittore, queste prove le avrebbe sicuramente trovate.

In lui, al contrario, l'odio produce un fenomeno del tutto inaspettato: la ricerca del dolore nella corruzione.

Un inquisitore è sempre impudico ma in Céline, per cui ogni

emozione deve possedere anche il suo segno contrario, la ricerca di prove del dolore si fa singolarmente pudica.

Anche questa pudicizia, tuttavia, deve teatralizzarsi attraverso l'ambigua retorica dell'ironia.

Nei due grandi capolavori che chiudono la sua vita, *Nord* e *Rigodon*, il ghigno dolorante che animava la rivolta dell'odiatore di se stesso si tramuta nell'ironia impassibile dello stile-jazz.

Come la realtà può teatralizzare un trauma e, in qualche modo, incarnarlo? Quello che il Terrore è stato per Sade, per Céline è dato dalla grande deflagrazione mondiale. Non già la guerra eroica della cavalleria dei Dragoni ma l'esplosione della corruzione planetaria, del contagio universale che lottava flaubertianamente per il diritto alla stupidità. Il massacro, la dissoluzione e la rinascita infinita del potere mostra a Céline la verità ultima, banale, che si può trarre dallo stato di insufficienza: tanto più la corruzione dilaga, tanto più il potere accresce il dolore. Non è il possesso ad animare il potere bensì il dolore. In questo modo il cerchio si chiude senza più vie d'uscita...

In *Bagatelles* c'è un elemento non fortuito che permette di affrontare l'ultimo stadio dell'arte di Céline e conferisce a questo libro un ruolo fondamentale, anticipatore: la danza.

Che tutto questo libro sull'odio sia costruito con lo stile e la trama di un balletto, è già di per sé significativo, La danza è l'innocenza del corpo, l'affrancamento non solo dalla schiavitù necessaria della legge sui gravi ma soprattutto da quella del Tempo.

Il corpo della danzatrice sospeso nell'attimo in cui si eleva dal suolo, fissato senza sforzo apparente nel perseguimento di una libertà fantastica è forse la metafora dell'uomo e della purezza.

Per capire cosa significhi per Céline l'innocenza e l'insistere su questo tema legato unicamente ai bambini e agli animali, è necessario tornare per un istante alla distinzione tra corrotto e corruttore,

Il corrotto usa la categoria morale per distruggerla. Egli mostra, con l'uso del potere, come il mondo proceda attraverso realtà istintuali o fenomeniche atte a dominare la paura e l'insicurezza.

Il corrotto sconvolge le coscienze per mezzo del peccato al solo fine di mostrare come esso altro non sia che il prodotto del bene e come ambedue, il bene e il male, siano frutto di un punto di vista, di un artificio regolato dal potere.

In questo senso il rifiuto dell'innocenza è, per il corrotto, la manifestazione del suo stato di insufficienza. In altri termini, il suo sintomo è anche la sua sindrome.

Per il corruttore, invece, l'idea di innocenza è centrale, irrinunciabile, solidale con il suo mondo morale. Ma quale può essere questo mondo morale se è proprio l'innocenza a produrre il disagio più profondo del corruttore?

Per Céline l'innocenza è l'unica cosa che non può essere abbruttita dalle classi sociali. Essa non è una rivolta bensì uno stato di impassibilità verso le categorie del potere, quella stessa impassibilità che, in *Nord* e *Rigodon*, sono il prodotto dell'iroma.

L'innocenza di Céline è l'ironia. Questo è il fenomeno inaspettato partorito dalla ricerca del dolore nella corruzione.

Il disagio più profondo di un corruttore è di non saper vivere l'innocenza senza dolore. Anche se il tempo può talvolta cancellarne i sintomi, lo stato di insufficienza verso il reale non si risolve nella coscienza, essendo proprio lo stato di insufficienza che produce sia la corruzione che la scrittura.

Alla propria opera e solo a quella lo scrittore concede la speranza di una purezza, il privilegio di una immeritata, impassibile innocenza.

In Céline il desiderio di distruzione della propria scrittura non è centrale come in Sade, Gogol' o Kafka, autori per cui la scissione tra vita e opera era irrimediabile. Essi non possie-dono più una vita privata, il dialogo che per anni hanno intrattenuto con l'Ombra si è mutato in assoluto silenzio.

L'uscire di sé, l'*ek-statis*, è per Céline — come per Proust — affidato unicamente alla parola, la parola che rende immortali finché si è in grado di pronunciarla. Egli si unisce a quella razza sovrana e infelice che si costringe a inseguire la propria scrittura, non a precederla. Autori che muoiono scrivendo come attori che muoiono recitando.

È curioso come al termine di questa insufficiente nota su *Bagatelles* io veda accostarsi a Céline la figura prepotente di Karl Kraus, dell'ebreo Kraus.

Per questi scrittori-attori, la corruzione non è solo un'irresistibile seduzione ma la testimonianza di una irrinunciabile fedeltà alla vita. So che queste parole possono sembrare ovvie o perfino inutili ma sono probabilmente l'unica risposta possibile al quesito posto all'inizio di questa nota: come si può definire l'odio? Ebbene, io non credo che l'odio sia la tragedia dell'istinto ma la forma più perversa del dolore umano, dolore che si manifesta in un solo modo nel mondo e negli spazi infiniti: come privazione d'amore. L'odio è la forma più profonda e incomunicabile dell'amore.

U.L.

> È cattivo, non andrà in Paradiso chi muore sensa aver regolato tutti i conti
>
> *Almanach des Bons-Enfants*

La società è piena di gente che si dice raffinata e che poi non lo è, ve lo dico io, manco per un soldo. Io, servitor vostro, credo di esserlo, un raffinato! Così come sono! Autenticamente raffinato. Fino a questi ultimi tempi, avevo difficoltà ad ammetterlo... Resistevo... E poi un giorno ho ceduto... Tanto peggio!... Ora sono un pó interessato del mìo raffinamento... Che si potrà dire? Pretendere? Insinuare?

Un vero raffinato. un raffinato di diritto, di costume, di abitudine, un raffinato ufficiale deve per lo meno scrivere come i Signori Gide, Vanderem, Benda, Duhamel, come le Signore Colette, Femina, Valéry, come i "Théâtres Français"... illanguidirsi sulle sfumature... Mallarmé, Bergson, Alain... strofineggiare gli aggettivi... goncourtizzare... fare lo amorino col moscerino, freneticizzare l'insignificante, cicaleccíare, darsi delle arie, gracidare nei microfoni della radio... rivelare i miei "dischi preferiti"... i miei progetti di conferenze...

Potrei, o potrei diventarlo anch'io, un vero stilista, un accademico "pertinente". È una questione di lavoro, un'applicazione di mesi... forse di anni... Si arriva a tutto... Come il proverbio spagnolo: "molta vasellina, molta pazienza, Elefante inchiappetterà per le feste Formica".

Ma sono ormai troppo vecchio, troppo avanzato, troppo incanagli-to nella strada maledetta del raffinamento spontaneo... dopo una dura carriera di "duro tra i durissimi" per cambiar rotta e presentarmi poi all'esame di stile ricamato!... Impossibile! Il dramma sta appunto qui. Come potrei essere afferrato, strangolato d'emozione... dal mio stesso raffinamento? Ecco i fatti, le circostanze...

Recentemente, mi confidavo a un amico mio, un bravo mediconzolo sul mio stampo, ma migliore, Leo Gutman, parlandogli del gusto sempre più vivo, pronunciato, virulento che dico? assolutamente dispetico, che mi sta prendendo per le ballerine... Gli domandavo il suo parere... Che cosa sarei divenuto io, carico di famiglial... Gli confessai tutta la mia tempestosa passione...

"In una gamba di ballerina, il suo mondo, le sue onde, tutti i suoi ritmi, le sue follie, i suoi desideri sono iscrítti!... Il poema più ricco di sfumature che sia mai esistito! Commoventel Gutman! Il poema inaudito, caldo e fragile come una gamba di ballerina in movente equilibrio, Gutman, amico mio, è in linea con la risonanza del più gran segreto, è Dio! È Dio stesso! Nientemeno! Ecco il fondo del mio pensiero! A cominciare dalla settimana prossima, Gutman, appena pagato raffitto... non voglio più lavorare che per le ballerine... tutto per la danza!... Null'altro che per la danza! La vita le prende pure... le trascina... Al minimo slancio, voglio andarmi a perdere con loro... Tutta la vita... fremente... ondeggiante... Gutman!... Esse mi chiamano! Non sono più io... Alla sorgente di tutto!... Di tutte le onde!... La ragione del mondo è là... E non altrove... Una ballerina che mi faccia perire!... Sono vecchio, creperò presto... Voglio crollare, sprofondare, disfarmi, vaporizzarmi, tenera nuvola... in arabeschi... nel nulla... nella fontana dei miraggi... Voglio che sia la più bella a farmi perire... Voglio ch'ella soffi nel mio cuore... Esso cesserà di battere... Te lo prometto! Fai in modo, Gutman, ch'ìo mi avvicini alle ballerine!... Sai, accetto di morire, conne tutti gli altri... ma non in un vaso da notte... Voglio che sia un'onda... una bella onda... la più danzante... la più commossa...".

Sapevo a chi parlavo, Leo Cutinan poteva capirmi... Un collega di alto bordo, Gutman!... Attrezzato come pochi sanno... Quante relazioni!... Intrufolato in tutto il Gran Parigi astuto, guizzante, ottimista, insinuante, sapiente, fine come l'ambra, piu' al corrente di metriti e sifilidi dell'alta società, di malattie di baronesse, di cure a base di bismuto e di acidi, d'assassini mondani, di agonie truccate, di falsi seni, d'ulcere sospette, di ghiandole inaudite, più al corrente in tutto questo da che non venti notai, diciotto commissarì di polizia, quindici confessori... Per di più e per merito suo una faccia tosta da trentasei gendarmi, il che non guasta mai, anzi facilita enormemente la comprensione delle cose.

– Ah! Ferdinando! - mi ha risposto. – Eccoti un nuovo vizio! Tu vuoi scherzeggiare con le stelle! Alla tua età! È la china fatale!... Non hai molto denaro... E, considerando il tuo fisico, dato che sei piuttosto ributtante... insomma, numeri negativi... E dato che non sei distinto... Dato che i tuoi libri così grossolani, così sporchi, ti nuocerebbero certamente, il meglio sarebbe di non far conoscere questi particolari, e ancor meno quelli del tuo volto... Per cominciare, ti presenterò anonimo... Non te ne importa?

- Ah! - esclamai. - Gutman, io sono partigiano! Me ne infischio enormemente!... Certo che accetto!... Anzi preferisco stare sul chi vive... Intravederle, quelle adorabili, nascosto da qualche pesante tendaggio... Non ci tengo a mostrarmi personalmente... Vorrei solo osservare, nel più gran segreto, quelle generazioni al lavoro... nei loro esercizi... come in chiesa si ammirano gli oggetti del culto... da lontano...

— Ecco... Proprio così! Non farti vedere! Hai sempre una testa da satiro... Le ballerine si spaventano facilmente... molto facilmente. Sono uccellini...

Credi?... Credi?... Tutti lo sanno.

Gutman gocciola 5'idee... Ecco un intermediario geniale... Ha riflettuto...

— Per caso, dì, non saresti poeta?... mi ha domandato a bruciapelo.
— Mi pigli alla sprovvista... (Non mi ero mai fatta una simile domanda). - Poeta?... Poeta?... Poeta come il signor Mallarmé? Tristan Derème, Valéry Victor Hugo? Guernesey? Waterloo? Saint-Malo? Maurice Rostand? In una parola, poeta?
— Sì, in una parola: poeta!
— Hem... Hem... È ben difficile rispondere... Ma, sinceramente, non lo credo...

Si vedrebbe... La critica me l'avrebbe detto...

— Non te l'ha detto, la critica?
— Oh, manco per sogno!... Ha detto che come tesoro stercorario non si poteva trovar di meglio... nei due emisferi... che i libroni di Céhne... essi sono vere latrine...

"Forsennato, proteso, contratto - hanno scritto tutti - in una volontaria ostinazione a creare lo scandalo verbale... Il signor Céline ci disgusta, ci stanca, senza stupirci... Un sotto-Zola senza slancio... Un povero imbecille maniaco dalla volgarità gratuita... Una grossolanità piatta e funebre... Il signor Céline è un plagiario d'iscrizioni da orinatoi... Nulla di più artificiale, di più vano, della sua eterna ricerca dell'ignobile... Persin un pazzo si sarebbe stancato... Il signor Cóline non è pazzo... Questo isterico è un furbacchione... Specula su tutta la grulleria e la stupidaggine degli esteti... Artificioso, stiracchiato all'eccesso, il suo stile è una nausea, una perversione, una esagerazione affaticante e monotona. Nessun sprazzo di luce in questá fognatura!... Non un attimo di respiro... Non il minimo fiorellino poetico... Occorre essere uno snob a oltranza per resistere a due pagine di questa lettura forsennata. Bisogna compiangere di tutto cuore i poveri critici costretti (il dovere professionale!) di percorrere, e con quale senso di pena, tali distese di sozzure!... Lettori! Lettori!... State ben in guardia dal comperare un libro di quello sporcaccione! Siete avvertiti! Voi avrete tutto da rimpiangere! Il vostro denaro! Il vostro tempo!... E poi, uno straordinario disgusto, forse definitivo, per tutta la letteratura... Comperare un libro del signor Céline proprio nel momento in cui tanti nostri autori, grandi, nervosi e leali valori, onore della nostra lingua (la più bella), in pieno possesso delle loro più alte capacità, abbondantemente provvisti di merito, si lagnano, soffrono della crudele diminuzione di vendite. (Ne sanno qualcosa!) Sarebbe commettere una pessima azione incoraggiare il più sbiadito, il più degradante degli snobismi, la "Célinomania", il culto della piatta sozzura!... Sarebbe pugnalare, in un momento così grave per le nostre Arti, le nostre Belle-Lettere! (le più belle di tutte!)".

— Han detto tutto questo, i critici?

Non avevo letto tutto, non ricevo l'*Argo della Stampa*.

— Ah! Ma si sollazzano! Non sono forse ebrei? Chi sono i tuoi critici?
— Il fior fiore della critica!... Tutti i grandi critici francesi! Quelli che si attribuiscono i Grandi Premi!... "Signore! voi siete un grande critico..." "Un giovane critico di gran valore...".
— Sono dei fessi! Tutti fessacci, tutti ebrei! Tutti falliti! Ciascuno di essi ha rovinato almeno una quindicina di volumi... Si vendicano così... Crepano... Sviano... Fetenti!
— Ah! Se fossi uno "strillone del re"... un ventriloquo... uno staliniano... un Célinomane rabbinizzato... come mi troverebbero interessante!... Se almeno offrissi loro qual'cosa... Tavola, banco di caffè aperti in permanenza... I critici si sono sempre inevitabilmente sbagliati... Il loro elemento è l'Errore... Non han mai Saputo far altro nel corso dei tempi storici – sbagliarsi... Per fesseria? Per gelosia?... Gli unici due piatti di questi giudici... La critica è un penoso salvacondotto degli ebrei... La grande vendetta degli impotenti, dei megalomani di tutte le epoche di decadenza... Essi cadaverizzano... La tirannia senza rischio, senza pena possibile... Sono i falliti più rancidi che decretano il gusto del giorno!... Chi non sa far nulla, chi fallisce tutte le sue imprese, possiede ancora una meravigliosa risorsa – la Critica!... Trovata sbalorditiva dei tempi moderni. Non ci son mai conti da rendere. La critica si tiene su grazie alla propria faccia tosta, alle sporche camarille, ai piccoli odi, ai piccoli luoghi comuni... I critici sono le larve e i topi guardiani delle più puzzolenti fognature... Tutto in ombra, bave, tossine, immondizie...
— Uno solo ti scopre un po' di interesse... Chi? Marsen.

- E per questo è morto.
- Fernandez...
- È un amico...
- E poi, Sabord.
- Tremo per lui! È mio padrino!
- E poi, Strowsky...
- Non lo farà più.
- E Daudet? Ti sputa su!
- Sarebbe ebreo, per caso?
- Tutto va male!

Quello che Gutman mi annunciava, così, d'un colpo, senza preparazione, mi sconvolgeva completamente.

- Gutman! Gutman! Ti ho offeso, poveretto! Scommetto che con tutti questi "ebrei"...
- Nulla mi offende da parte tua... Nulla mi ferisce, Ferdinando! Rispondi piuttosto alla mia domanda... Sei poeta si o no?
- Ah! Leo, Leo, ebreuccio mio... Per arrivare alle ballerine, mi farò poeta!... È giurato!... Per arrivare alla divinità, farò di questa terra, di questo cadavere in fondo alle nuvole, una stella di prima grandezza! Non indietreggio di fronte a nessun miracolo!
- Allora, forza! Non parlare più! Al lavoro! Prendi la penna... Butta giù un grazioso balletto, qualcosa di tipico e di piacevole... Andrò a portarlo io personalmente... Al teatro dell'Opera... Il Direttore, il signor Rouché, è mio amico...
- Ah! Ah! Son tutto confuso... È vero? Vero?
- Ufficiale!... Egli fa tutto quel che gli domando...
- Ah! Leo... (mi gettai alle sue ginocchia) Gutman!

Gutman! Mio vecchio amico! tu mi esalti! Io vedo il cielo! La danza è il paradiso!

— Sì, ma fai bene attenzione... Un poema!... Le ballerine sono difficili... suscettibili... delicate...

Bluff di ebrei!... Impostori!... Pubblicità!... 1 servitori sono diventati padroni?... *In quale epoca cadiamo? Oh, grande pietà dei tempi!... L'oro sporca tutto! I vitelli d'oro! Gli ebrei sono all'Opera!...* Teofilo Gautier, fremi! Teofilo irsuto, saresti cacciato via con Gisella!... Tu che non eri ebreo!

— Tu dici troppo male degli...
— Te lo giuro! Non ne parlerò più! Purché il mio balletto sia accettato!
— Ti vanti come un ebreo, Ferdinando!... Ma attenzione, dico!... Niente sozzure! Ogni pretesto sarebbe valido per eliminarti... Si parla di te in modo odioso... Tu sei venale... perfido, falso, fetente, astuto, volgare, sordo e maldicente... Ora, anche antisemita – il conto è completo!... È il colmo!... La Opera! Tempio della Musica! La tradizione!... Le Precauzioni! Molta delicatezza!... Molto slancio, certo! Ma niente violenza!... Nulla che ricordi i tuoi affastellamenti disgustosi... Il signor Rouché è un uomo di gusto perfetto... Preoccupato per il mantenimento della sublimità delle melodie nel Tempio!... Non mi perdonerebbe mai di avergli raccomandato un lavoro licenzioso, d'aver attirato la sua venerabile attenzione sulle sudicerie di uno screanzato... Ferdinando! Senso e misura?... Fascino... tenerezza... tradizione... melodia... i veri poemi sono così... le ballerine!

Mi prese la febbre... Cedetti...

Si può dire tutto quel che si vuole su quanto vi si presenta... La critica in sè non esiste... È una storiella, la critica in sè... Esiste una critica benigna ed esiste una critica velenosa. Tutto sterco o tutto cioccolato. Questione di parzialià. Per me, accetto benissimo questo divertimento fantasmagorico, tragico-comico. Mi soddisfa ed ho più gusto io, io da solo, che tutta la critica stercoraria e deretanesca riunita; e così, anticipando ogni commento, ho deciso che il mio balletto valeva assai di più, sorpassava di molto tutti i vecchi temi... tutti i luoghi comuni del repertorio... la cavalleria d'Opera... Gisella... Bagattelle... Nonnulla... I Laghi... Silvia... Niente storie, niente mimica!... Esaminate un po' l'attrezzamento di queste meraviglie... Guardate l'articolo più da vicino... È lavoro cucito a mano... assolutamente autentico... tutto vi si concatena... nel divertimento, nel fascino... Turbina... vi ritrova... Varianti... riprese... tutto si allaccia... si slancia... si ritrova ancora... Chi vúoi danzare!

Anzitutto, a cominciare da oggi il critico di me stesso sono io. E mi basta. Magnifico!... Occorre ch'io organizzi senza' ritardo la mia difesa... Ho avvertito subito Gutman..."Attento, Leo!... Taci!... Non far commenti!... Vai a portare questo!". Egli ne rimaneva tutto stupito...

— Mai, mai avrei creduto, Ferdinando!

E restava trasecolato, confuso!... Ha riletto due volte ad alta voce il poema! Scopriva finalmente il poeta!... Ai suoi occhi, ero poeta!... Ci abbracciammo... Si è buttato a capo fitto nelle pratiche... Io mi sono coricato...

Ho così atteso un giorno... poi due... tre... dieci... Cominciavo già a fare un po' il muso... Il dodicesimo giorno egli ritorna, imbarazzato. "Il signor Rouché ha trovato che non c'è male, il tuo coso... ma vuole la musica nello stesso tempo... Non vuol sentire parlare d'un balletto, così, senza musica!... Un musico ben quotato...".

Ecco quel che complicava le cose... Ben quotato? Ben quotato? Ho uno scatto... Ma...

—   Solo gli Ebrei sono ben quotati! – dico chiaramente.
—   Devi andare a vederli tu stesso...

Non mi piace molto suonare alle porte, ho fatto enormemente "la piazza" in molti punti di Parigi, per collocare ogni specie di articoli... Ah! non ho più fegato!... Ma poi, chi se ne frega? Tanto peggio! Farà ancora altri tentativi! Mi farò schiacciare, per Dio... per potermi avvicinare alle ballerine... Son disposto a tutto!... Per la danza!... Soffrirò due, tre morti di seguito... Mi vedevo già, devo confessarlo, ammirevolmente a posto... Per dirla un po' crudamente, ci ficcavo l'Evelina, la mia fata, in un modo... immaginario... Anticipavo... anticipavo... Ah! ed era solo un ingannevole sogno!... Quale abisso!... Coraggio! Coraggio!... Gutman soffiava nella sua trombetta... Quando s'entusiasma, parla nel naso...

Sono dunque andato a trovare, uno dopo l'altro, tutti i grandi musicisti ebrei... dal momento che ci son solo loro... Sono stati tutti fraterni... molto cordiali... lusingatori... ma per il momento... tutti occupati... troppo lavoro... per questo e per quello. In fondo, assai scoraggianti... evasivi. Mi fecero mille complimenti... Il mio poema poteva certo reggere... ma era tiri po' lungo!... Troppo corto forse?... troppo sdolcinato?... Troppo duro?... Troppo classico?... Insomma, tutto quel che si cincischia per sbarazzarsi d'uno scocciatore... d'un fesso qualsiasi... Cominciavo ad averne le tasche piene... Tornando, ho guardato Leo Gutman con una certa curiosità... Mi attendeva sul pianerottolo.

— Avrai mica l'intenzione di giudaizzarmi, per caso? Tu, canaglia? – gli dico serio serio. – Mi confondi forse con i tuoi ebrei?
— Ah, Ferdinando? Sarebbe conoscermi male...
— Non c'è nulla da fare al Teatro dell'Opera...
— Ascolta, ho un'idea... (non sono le idee che gli mancano).
— Per l'Esposizione del 1937?... Daranno dei balletti? Ma sarà vero?
— Ufficiale!
— Dei balletti di Parigi?

Ricomincio a sperare sentendo queste parole...

— Oh, capita veramente bene, Leo... Sono nato a Courbevoie!... Poi, son cresciuto sotto la campana... cioè al Passage Choiseul!... (il che d'altronde non m'ha reso migliore). Allora, capisci?... Se conosco la capitale?... Non è certo la Parigi dei miei vent'anni!... È la Parigi delle mie sei settimane... Non sono certo arrivato dal Cantal per stordirmi alla Grande Ruota!... Avevo fiutato tutti gli angoli dei. quartieri più popolari del centro (in quei tempi, i parigini venivano tutti a sputare nel Passage), quando i grandi. "scrittori di Parig" correvano ancora dietro al loro pollame... Per essere di Parigi!... Certo che lo sono! Posso mettere tutto questo in valore... Mio padre è fiammingo, mia madre bretone... Lei si chiama Guillou, lui Destouches...

– Oh, nascondi tutto questo!... Non andare in giro a raccontare questi orrori!... Ti danneggeresti in modo incredibile... Bisogna che te lo spieghi subito, Ferdinando. L'Esposizione delle "Arti e delle Tecnich" è l'esposizione ebraica del 1937... La grande giuderia 1937., Tutti quelli che espongono sono ebrei... insomma, tutto quel che conta... quel che comanda... Non gli staffieri, i giardinieri, i facchini, i manovali, gli operai, i mutilati, i guardiani... No... i raccattatori di cicche... i sorveglianti di latrine... insomma, la robaccia... le nullità... No!... Ma tutto quello che comanda... che ordina... che dirige... Architetti, grandi ingegneri, direttori, incaricati... tutti ebrei... o mezzi ebrei o quarti di ebrei... a peggio andare, massoni... Occorre che la Francia intera venga ad ammirare il genio ebraico... che si prosterni... che mangi ebreo... che beva ebreo... che paghi ebreo!... Sarà l'esposizione più cara che si sarà vista da che mondo è mondo... Occorre che la Francia intera si eserciti a morire per gli ebrei e per fatto degli ebrei... e poi, con entusiasmol A cuor contento!...

Diceva tutto questo, Gutman, così per ridere, per sfottermi e pigliarmi in giro...

Mi imitava...

– Capito!... Capito!... Non fare sforzi... Dimmi soltanto che vuoi... È l'ultimo scampo che ti offro... prima di litigare... di lottare a sangue...

– Tu, Ferdinando – mi dice lui – mi darai un vero lavoro, un balletto... che sia assolutamente adatto ai fasti della Esposizione...

– D'accordo! – scatto io. – Gutman, ti prendo sulla parola... Non ti lascio più uscire! Te lo butto giù subito, il mio poemal...

Qui, sopra il marmo stesso del tavolo... (eravamo in un caffè) così potrai portarlo immediatamente... Cameriere, datemi carta e inchiostro!

Non intendevo stillarmi il cervello... come avevo fatto per l'altro balletto... perché poi finisca senza risultato... Gli butto giù in fretta e furia la mia idea... avevo già il soggetto ben ruminato per la testd... Gli passo lo scartafaccio del manoscritto, ancora bell'e caldo... e gli ordino:

— Gutrnan! Salta! Ma ti avverto... faccia di falso invertito, fai attenzione!

Guai se mi torni ancora senza aver concluso nulla! Mi offenderei terribilmente!

Gutman è tornato dall'Esposizione, quattro giorni dopo... con la testa orribilmente bassa... mortificato, giù di corda... Aveva solo riportato degli scacchi...

— È più ebreo di quanto immaginassi, Ferdinando!

Mi confessava, tra i singhiozzi, che ovunque aveva incontrato Ebrei di un razzismo spaventoso... tutti ribollenti di giudaismo... dieci per ufficio... trenta per corridoio...

— Ed è tutto quel che trovi da dirmi? Di, piattolone? Allora, niente per i Francesi?... Niente per quelli di casa?... Nient'altro che posti di custodi d'orinatoi e di guardaroba?

L'avrei fatto a pezzi, gli avrei stravolti gli occhi (globulosi, ebrei).

Allora, non avrò mai ballerine?... Mai?! Tu lo confessi... Tutto per i semiti...

Gridalo dunque, traditore!

Ciondolava la testa, così, come un vitello senza madre... Scuoteva le sue orecchie immense. Si compiaceva a farmi soffrire! Era sadico, per forza!

— Vuoi sapere che effetto mi fai?... Lo vuoi sapere? Dì, vampiro? Non voleva che glie lo spiegassi. Ma glie l'ho spiegato lo stesso...

A conti fatti, non è solo da oggi che li conosco, io, i semiti. Quando ero nei *docks* di Londra, ne ho visti molti ebrei. Mangiavamo i topi insieme, perché non erano ebrei milionari, erano terribili morti di fame... Erano piatti come sogliole. Uscivano giusto giusto dai loro ghetti, dai fondi lettoni, croati, valacchi, rumelici, dai letamai di Bessarabia... Si mettevano subito all'opera, avevano questo per testa... a far, sorrisi ai guardiani... ai *policemen* di servizio... Cominciavano la seduzione, per infiltrarsi anzitutto nei Posti di Polizia... Parlo dei *docks* di Dundee, per quanti li conoscono... dove sbarcano le materie gregge, soprattutto i cotonanù e poi anche le marmellate... Gli "Sclunout" facevan sorrisetti... sempre più vicini al policeman... era il loro sistema... e poi, dàgli a lusingarlo... a blandirlo... A dirgli che è forte!... che è intelligente!... che è animirabile, il bruto!... Una guardia è sempre un Irlandese... Si lascia abbacinare dal miraggio. È vanesio come tutti gli Ariani... si dà subito delle arie... diventa subito condiscendente, Nuario, piglia toni di protezione... sì commuove per gli ebrei... li invita a passare nel suo sgabuzzino... c'è la stufa...

una tazza di tè...

Gli ebrei entrano, non sono più fuori... Anche nel mondo dei mendicanti, s'arrangiano per essere i primi... Tutto questo succede tra i barconi, tra corde grosse come un pugno, presso l'acqua gialla dei docks... tra la confusione di tutte le navi del mondo... in uno scenario per fantasmi... in un vento che vi taglia le mani... che vi fa girare le costole...

L'Ebreo, lui, s'è già messo a posto, mentre gli altri, i bianchi, agonizzano sotto il tempo cane... Litigano tra di loro come cani... Sono fuori, urlano nel vento... Non han capito nulla... Ed ecco quel che succede quando una nave arriva... La nave è annunciata... si accosta alla banchina... Il "secondo" sale a bordo... Si buttano le corde... Tutti i poveracci sono ammassati sulla banchina,... im'orda che trema di gelo, ve lo garantisco... Aspettano il "numero"... e che tremarella!... Ne occorrono cinquanta! viene annunciato...

Allora, succede un parapiglia feroce... i primi che arrivano a issarsi lassù, sono accettati... Quelli che possono, si buttano sulla scaletta e salgono di corsa... Gli altri, tutti quelli che ricascano, possono crepare... non avranno di che mangiare... né lo "shilling", né da bere...

Non c'era pietà, ve l'assicuro... Lè col temperino che si liquidava l'affare... alla fine, per gli ultimi... Un colpo nel di dietro... Fzt!... il colpito lascia la corda... la massa precipita giù nell'interstizio... tra il fianco della nave e la banchina... nell'acqua che lo strangola... e finisce sotto le eliche...

In fondo all'*hangar*, l'agente della potente compagnia, il "Commissionario", aspetta che la lotta sia finita; e aspettando mangia tranquillamente, su una cassa rovesciata.

Lo vedo ancora... prosciutto... piselli... in un grosso piatto di stagno... dei piselli grossi come prugne... Egli non lasciava il suo rifugio, la sua. pelliccia, la sua grossa busta con i manifesti... Attendeva che tutto si calmasse... che il pugilato finisse... non fiatava... non sollecitava mai... Si godeva il divertimento sino alla fine...

– Ready, Mr. jones? – interrogava alla fine, quando la calma era ristabilita. Il Secondo rispondeva:
– Ready, Mr. Forms!...

Gli Ebrei riuscivano sempre, dopo la battaglia, a trovarsi sulla nave, a infiltrarsi nelle stive, con le carte in regola e con la guardia di servizio... si assicuravano un piccolo guadagno attorno agli argani, a tenere il freno... Stridono, gli argani... urlano... e poi scorrono... E l'Inghilterra continua!... I palanchi salgono e gravitano. E i più fessi sono intanto caduti tra il muro e il cargo con una piccola lama nel sedere...

Parliamo d'altro...

Verso la fine di quest'estate, ero ancora a Saint-Malo... riprendevo un po' di fiato, dopo un duro inverno... Passeggiavo fantasticando, meditando lungo la spiaggia. Tornavo, quel giorno, tutto meditabondo dal "Grand Bé". Camminavo lentamente all'ombra del muraglione, quando una voce... il mio nome gridato... mi fece trasalire... una signora mi chiamava... da lontano... di corsa... si precipita... arriva... sbandierando un giornale...

—   Ah! Dite... Guardate un po'... Guardate questo giornaleL. Come vi trattano!... Non avete ancora letto?

Col dito mi sottolineava un passaggio: – Ah! come vi conciano!... Lei era tutta giuliva... felicissima:

—   Siete ben voi Céline?
—   Ma sì... ma A... È il mio nome di battaglia!... E questo è il. giornale di chi?... il giornale di che?...
—   Anzitutto leggete quel che scrivono!... Ma è il *"Journal"* di Parigi...

"Rinnegato!", vi chiamano... e in grossi caratteri... Rinnegato! come un André Gide, aggiungono... come il signor Fontenoy e tanti altri...

Roba da matti! Il sangue mi dà alla testa!... Scatto! Salto!... M'han trattato di mille cose... ma mai ancora di rinnegaio!...

—   Rinnegato, io?... Rinnegato chi?... Rinnegato chd?... Che rinnegato d'Egitto!... Io non ho mai rinnegato nessuno L'oltraggio è enorrne... Chi è questa testa di cazzo che si permette di calunniarmi a proposito di politica?... Un certo Helsey... così lo chiamano... ma io non lo conosco!... Dove ha pescato simili insulti?... . Di dove esce, questo bilíoso?... Un bel fegato, hanno 'sta gente!... Sì, era scritto in piena pagina, a grossi caratteri... non c'era da sbagliarsi... la signora aveva ragione...

"L'opìnione dei rinnegati non ha, certamente, nessuna importanza, i Gide, i CéJine, i Fontenoy ecc. bruciano quanto hanno odorato...''. Che pretese, 'sto fesso!... Con qual diritto si permette di trattarmi a questo modo?... Ma io non ho rinnegato nullal... Io non ho odorato nulla!... Dove ha letto simili storie?... Mai son montato alla tribuna per gridare... a tutti gli echi, *urbi et orbi*: "Io faccio parte di questo o quest'altro!... Ci mangio su... ingoio tutto crudo!... Anche se dovessi creparne!''. No! No! No! Non ho mai gracidato, mai sballato. nei *meetings*. Non ho mai firmato manifesti!... per i martiri di questo o di quello... Voi potete esseme sicuri... si tratta sempre di qualche ebreo... di un comitato giudaico o massone... Se fossi io il "martire", io povero fesso d'indigeno francese... nessuno piangerebbe per me... non circolerebbero manifestini per salvare le mie ossa. non circolerebbero da un punto all'altro del pianeta... Tutti, invece, ne sarebbero ben contenti... i miei fratelli di razza, per i primi... e poi gli Ebrei in coro...''Ah! – esclamerebbero. – Avete visto? Han avuto ben ragione di regolare i conti a Ferdinando!... Non era che un tipaccio vizioso, un porco isterico scocciatore... Bisogna che non esca più di gattabuia... 'sto insopportabile ciarlone... E poi, se crepasse al più presto!''. Ecco quel che direbbero per me!... che razza di dolore proverebbero... Oh, ini sono bene informato... allora, non ho aderito a nulla... nè ai radicabsti... nè ai colonnellotti... nè ai doriottisti... ne all' "Esercito della Salvezz" nè ai framassoni, questi boys-scouts dell'ombra... non ho aderito a nulla... Aderisco a me stesso, per quanto posso... È già abbastanza difficile coi tempi che corrono... Quando ci si mette con gli Ebre~ son loro che rivendicano tutti i vantaggi, tutta la pietà, tutto il beneficio: ma è la loro razza ch'è fatta'così, pigliano tutto e non rendono mai nulla.

Ma, poiché si riparla di questo mio viaggio, poiché il "*Journal*" mi provoca, occorre ch'io mi spieghi un po'... ch'io fornisca qualche particolare. Oh, non ci son andato, io, in Russia, a sbafo o, per dirla alla parigina, aux frais de la princesse!... Cioè come ministro, inviato speciale, pellegrino, giornalista, critico d'arte... no, ho pagato tutto coi soldarelli miei!... col mio modesto "grano" ben guadagnato... e pagato tutto integralmente: alberghi, tassi, viaggio, interprete, mangiatoria... Tutto!... Ho speso una fortuna in rubli... per poter veder tutto come volevo io... Non ho esitato di fronte alla spesa... E poi, sono i Sovieti che mi devono ancor dei soldi... Voglio che lo si sappia. Io non devo loro un centesimo... non un favore... nemmeno una tazza di caffè... Ho pagato tutto, integralmente, tutto più caro di qualsiasi "Inturist"... Non ho accettato nulla... Ho ancora la mentalità dell'operaio di prima della guerra... Non è nel mio temperamento di piantare grane quando devo ancora qualcosa... Ma qui è giusto il contrario... sono io il creditore!... in buona e dovuta forma... per i miei diritti d'autore!... Essi mi devono ancora sempre 2.000 rubli... la somma è laggiù, sul mio conto, nella loro Libreria di Stato!... Non ho inviato nessun telegramma, io, partendo, al grande lepidauro per felicitarlo, per abbracciarlo, non ho russato, io, in un treno speciale... Ho viaggiato come tutti, un tantino più liberamente dal momento che pagavo tutto, di volta in volta... Da mezzogiorno a mezzanotte, venni accompagnato continuamente da una interprete (di polizia). L'ho pagata a tariffa completa... Ella era d'altronde assai simpatica, si chia,mava Nataliá, una davvero graziosissiffia bionda, ardente, tutta vibrante di convinzione: una proselite capace di tenervi testa, in caso di bisogno... Molto seria, d'altronde... Oh, non state a farvi delle idee... a pensare male... e poi, sorvegliata, oh oh! Abitavo all'*Hôtel de l'Europe*, secondo ordine, scarafaggi, scolopendre a tutti i piani... Non dico questo per fame un dramma... certo, ho visto di peggio... ma, ad ogni modo non era nickel strofinatissimo... per quanto la camera costasse come se lo fosse: duecento cinquanta franchi il giorno! Sono andato in Russia senz'esservi inviato da nessun giornale, da nessuna impresa, da nessun partito, da nessun editore, da nessuna polizia, a spese mie, giusto per curiosità... Che lo si dica e si ripeta!... Natalia mi piantava verso mezzanotte... Allora ero libero... Sovente ho fatto delle scappate, dopo la sua partenza, a casaccio... Ho seguito numerose persone... in angoli curiosi della città... sono entrato da tanta gente, girando per i piani delle case... gente perfettamente sconosciuta... Mi son trovato col mio piano indicatore in certe periferie assai poco ordinarìe... nelle ore pièèole del mattino... Nessuno non mha mai ricondotto a casa... Non sono un ragazzino... Ho una certa abitudine di tutte le polizie del mondo... Mi stupirebbe che ni p avessero seguito... Potrei parlare anch'io, fare l'osservatore, il reporter imparziale... potrei anch'io, chiacchierando, far fucilare venti persone... Quando dico: tutto è schifoso in questo malefico paese, mi si può credere su parola... (come pure è vero che il Colombia ha ricevuto leggere scariche di mitragliatrici passando davanti a Cronstadt, una bella sera dell'estate scorsa).

La miseria russa l'ho ben vista, io; è inimmaginabile, asiatica, dostoievskiana, un inferno putrido: aringhe, cetrioli salati e delazione... Il Russo è un carceriere nato, un Cinese fallito, aguzzino... l'Ebreo lo inquadra perfettamente. Rifiuto d'Asia, rifiuto d'Africa... Son fatti per essere uniti... Il più bell'accoppiamento che sia mai uscito dagli inferni... Non ho avuto soggezione a dirglielo, a Natalia, dopo una settimana di passeggiate, che ormai m'ero fatto un'opinione.'. Natalia ha tentato, era suo dovere, di dimostrarmi che mi sbagliavo, di indottrinarmi con gentilezza... e poi s'è messa in collera... quando ha visto la resistenza... Il che non ha cambiato nulla... L'ho ripetuto a tutti, a Leningrado, a tutti i Russi attorno a me, che mi parlavano, a tutti i turisti, ch'era un paese atroce, che farebbe persin schifo ai porci di vivere in un simile merdaio... E poi, come Natalia mi faceva l'opposizione e che cercava di convincermi... allora l'ho scritto a tutti su cartoline perché le potessero ben vedere alla posta, dato che son così curiosi, quel che ci avevo per testa... Perché non avevo nulla da rinnegare io!... Nulla!... Non avevo bisogno di mettere i guanti... Penso come voglio, come posso... ad alta voce...

Si capisce quindi la mia indignazione, essa è naturale, quando mi si tratta da rinnegato... Non mi piacciono 'ste cose... Questo Helsey sí guadagna i pasti sporcando la gente per bene... L'ho detto alla persona che m'aveva fatto leggere il trafiletto... Che cos'è capace di fare d'altro, questo ijrnbrattacarte?... Oggi sragiona così a proposito della Russia... Domani, sbaverà sulle Dogane... un altro giorno sulla Stratosfera... Purché possa dire fesserie... se ne frega... È un pauroso... purché si venda!... È tutta la sua tecnica...

Insomma, s'era d'estate... ero in vacanza... Mi son detto: "To', gli voglio rompere le scatole!". Afferrai una penna scintillante e scrissi una di quelle lettere al direttore del *"Journal"*... di rettifica... ve lo garantisco... Ho atteso che la pubblicassero... Ho ricominciato ancora una volta... due volte... macchè rettifica d'Egitto!... Questo è schifosità della stampa... Vi si insudicia... è gratuito... Avrei potuto inviare l'usciere per vendicare il mio onore!... M'avrebbe detto che costa tanto per parola... Per una volta ancora sarei stato fregato... Quanto costa "Rinnegato" al prezzo dell'Onore?... Se uccidessi l'Helsey alla pistola, sarei ancor io ad andar dentro... E poi l'Helsey forse non esiste nemmeno... Insomma, comunque sia, non han detto la verità sul *"Journal"*, giornale di Parigi... Ne sono creditore, è provato... Mi devono delle scuse... Ed è talmente simpatico aspettare delle scuse da gente simile!

Assai candidamente, mi pare che tutti quelli che tornano dalla Russia, parlano soprattutto per non dire nulla... Ritornano pieni di particolari obbiettivi, inoffensivi, ma evitano l'essenziale, non parlano mai dell'ebreo. L'ebreo è tabù in tutti i libri che ci presentano. Gide, Citrine, Dorgelès, Serge ecc. non ne fanno parola... Dunque cicalano... Han l'aria di buttare tutto in aria, di spaccare per dritto e per traverso e invece non scalfiscono nulla. Abbozzano, parano, sfuggono davanti all'essenziale: l'Ebreo. Arrivano sino al bordo della verità: l'Ebreo. È una ricercatezza così così, un coraggio all'acqua di rose, c'è un filo, si può cadere, non ci si frattura nulla. Tutt'al più ci si farà una storta... Si esce tra gli applausi!... Ruffio di tamburi!... Vi si perdonerà certamente, siatene sicuri...

La sola cosa grave all'ora attuale, per un grand'uomo, scienziato, scrittore, cineasta, finanziere, industriale, uomo politico (ma allora la cosa si fa gravissima) è di mettersi in urto contro gli Ebrei. – Gli ebrei sono i nostri padroni! – qui, là, in Russia, in Inghilterra, in America, dappertutto!... Fate il clown, l'insorto, l'intrepido, l'anti-borghese, l'arrabbiato raddrizzatore di torti... l'ebreo se ne infischia!... Divertimenti!... Sciocchezzuole!... Ma non toccate la questione ebraica, altrimenti la pagherete cara... Dritto come una palla, vi faranno colare in un modo o in un altro...

L'Ebreo è il re dell'oro, della llanca e della Giustizia... Direttamente o per mezzo di un uomo di paglia... Possiede tutto... Stampa... Teatro... Radio... Carriera... Senato... Polizia qui o là... I grandi scopritori della tirannia sovietica lanciano grida di scorticati... si capisce! Si battono il petto a sangue, eppure mai e poi mai non scoprono il pullulare degli ebrei, non rimontano al complotto mondiale... Strana cecità... Pure Stalin non è che un carnefice, di dimensioni colossali d'accordo, tutto gocciolante di trippe di congiurati, un barba-blu per marescialli, uno spauracchio formidabile, indispensabile al *folklore* russo... Ma, dopo tutto, null'altro che un cirriefice idiota, un dinosauro umano per masse russe che strisciano solo a questo prezzo... Stalin non è che un esecutore della bisogna. Esecutore in crudeltà. La rivoluzione bolscevica è tutt'altra cosa! Infinitamente complessa! Tutta in precipizi e retroscena. E in queste retroscene vi sono gli Ebrei che comandano, padroni assoluti. Stalin non è che un fantoccio. Il trionfo della rivoluzione bolscevica non si concepisce, a lunga distanza, se non con gli ebrei, per'gli ebrei e grazie agli ebrei... Kerensky prepara ammirevolmente bene Trotzky che prepara l'attuale Komintern ~(ebreo), ebrei come setta, razza, Ebrei razzisti (lo sono tutti) rivendicatori circoncisi, armati di passione ebraicà, di vendetta ebraica, di dispotismo ebraico. Gli Ebrei trascinano i dannati della terra, gli abbrutiti della gleba, all'assalto della cittadella Romanoff... come hanno lanciato gli schiavi all'assalto di tutto quello che dà loro noia; qui, là, dappertutto, l'armatura brucia, crofia e gli abbrutiti della gleba, della falce e del martello, ubbriachi per un istante di belle parole, ricascano presto sotto altri padroni, altri funzionarii, altre schiavitù sempre più giudaiche. Quel che infatti caratterizza il "progresso" della società nel corso dei secoli, è la salita dell'ebreo al potere, a tutti i poteri... Tutte le rivoluzioni gli fanno un posto sempre più importante... l'ebreo era meno di nulla ai tempi di Nerone, ora è sul punto di divenire tutto... In Russia, questo miracolo è compiuto... In Francia, quasi... Come si recluta, come si forma un Soviet in U.R.S.S.? Con operai, manovali (da due generazioni almeno) ben incretiniti, ben Stakhanovisti, e poi con intellettuali, burocratici ebrei, strettamente ebrei... Niente intellettuali bianchi! Niente possibili critici bianchi!... Ecco l'ordine maggiore implicito di ogni rivoluzione comunista. Il potere non può restare agli Ebrei se non a condizione che tutti gli intellettuali del partito siano ebrei o per lo meno furiosamente giudaizzati... sposati con ebree, sanguemisti, mezzi ebrei, quarti di ebrei... (questi naturalmente più arrabiati degli altri). Per la fornia, qualche comparsa ariana ben addomesticata viene tollerata in vista della propaganda estera... (genere Alexis Tolstoi)... comparsa tentita in sottomissione coi favori e la paura... Tutti gli intellettuali non ebrei, ossia quelli che potrebbero non essere comunisti (ebreo e comunista sono per me sinonimi) sono stati colpiti a morte... Vanno a vedere al Capo Baical o a Sakalin se le fragole sono mature... Esiste evidentemente qualche cattivo ebreo nel numero, dei "Radek"... alcuni traditori, così, per il loggione... dei Vietor Serge, Giuda d'una nuova varietà... Li maltrattano un po'... Ne fucilano qualche dozzina... li esiliano per la forma... ma la feroce intesa del sangue esiste, credetemi... I rari ariani sopravvissuti, gli antichi quadri ufficiali, le antiche famiglie, i rari sfuggiti all'ecatombe, che vegetano ancora un po' negli uffici... nelle ambasciate... devono dare prove quotidiane della sottomissione più assoluta, Più strisciante, più devota, all'ideale giudaico, ossia alla supremazia della razza ebraica in tutti i campi: culturale, materiale, politico...

L'ebreo è dittatore nell'animo. Ovunque e sempre, la democrazia è stata solo il paravento della dittatura ebrea.

Nell'U.R.S.S., non c'è nemmeno più bisogno di quei fantocci politici che si chiamano "liberali", Stalin basta... Veramente ebreo, egli sarebbe forse diventato il facile punto di mira degli anti-comunisti o del mondo intero., dei ribelli all'imperialismo ebreo. Con Stalin alla loro testa, gli Ebrei sono tranquilli... Chi uccide tutta la Russia?... Chi massacra?... Chi decirna?... Chi è questo abbietto assassino?... Questo carnefice super-borghese?... Chi saccheggia? Ma, per Dio, è Stalin!... È lui il capro espiatorio per tutta la Russia! Per tutti gli Ebrei!... Non si deve aver soggezione in qualità di turista, si può raccontare tutto quel che si vuole a patto di non parlar degli ebrei!... Sparlare del regime comunista!... maledire! tuoneggiare!... gli Ebrei se ne infischiano altamente! La loro convinzione è fatta e arci-fatta! La Russia, per quanto spaventosarnente sudicia la si possa trovare, rimane per sempre una messa in marcia assai importante per la rivoluzione mondiale, il preludio del "gran giorno" ebreo! del grande trionfo d'Israele! Voi potete sporcare quanta carta vi fa comodo, tonnellate su tonnellate, sugli orrori sovietici, voi potete far lampeggiare, elettrizzare le vostre pagine, tanto la vostra penna scatta e lavora sotto l'indignazione, tutto questo servirà al massimo a far ridere gli ebrei... Vi troveranno sempre più cieco e imbecille... Quando andrete a gridare dappertutto che la U.R.S.S. è un inferno... sarà ancora del rumore per nulla... Ma farà loro meno piacere quando aggiungerete che sono gli Ebrei i diavoli del nuovo inferno!... e che tutti i *goym* vi fanno la parte dei dannati... Ma tutto questo è riguadagnato, siatene sicuri, dalla propaganda colossale... (e le miniere degli Urali non sono ancora stanche)... È un po' più complicato quando si scoprono gli altarini, gli altarini ebrei... Insomma, costa un pochino di più... Ecco...

> "Popoli, state attenti, ché l'indignazione del Signore si scatenerà su tutti i Ppopoli, il suo furore su tutti gli eserciti. Essi morranno di morte sanguinosa e quelli che saranno stati uccisi verranno buttati in un angolo; un fetore orribile si eleverà dai loro corpi. e le montagne coleranno sangue".
>
> ISAÏA

Li conoscono bene, loro, tutti i segreti dell'opinione pubblica, i giudei, che dirigono l'Universo, che ne tengono tutti ifili in mano. Propaganda, oro, pubblicità, radio, stampa, corruzione, cinema. Da Hollywood l'ebrea a Mosca la giudaica, stesse botteghe, stessi telefoni, stesse agenzie, stessi semiti inagguato, alla cassa, negli affari e poi, in basso, strisciante sul suolo, la stessa massa plastica, imbecille, l'ariana distesa delle bestie ottuse, credule. divise... davanti, di dietro, attorno, dappertutto... L'immensità delle carni ubriache, il tappeto universale piagnucoloso e formicolante per i piedi ebrei... Perché avere scrupoli?... Come abbacinare, come tenere incatenate tutte queste carni frolle?... in più dei discorsi e dell'alcool? Con la radio, col cinema! Si fabbricano nuovi dei! E, se occorre, numerosi nuovi idoli, ogni mese! Sempre più stupidi, sempre più vuoti! Mr. Fairbanks, Mr. Powell, darete alle folle che vi adulano l'immensa gioia di farvi vedere un istante in persona? in tutta la vostra gloria travolgente? rigogliosissima? qualche istante eterno? su un trono d'oro massiccio? affinché cinquanta nazioni possano finalmente contemplarvi nella carne di Dio?... Non è più agli artisti inauditi, ai geni sublimissimi che vanno le nostre preghiere... i nostri brucianti fervori... è agli dei, alle divinità dei vitelli... più potenti, più reali di tutti gli dei... Come si fabbricano, vi domando io, gli idoli che po- polano tutti i sogni delle generazioni di oggi? Come il più inflino cretino, il giornalucolo più ributtante, la più scoraggiante donzella, possono trasformarsi in dei?... dee...? raccogliere più anime in un giorno che Gesù Cristo in duemila anni?... Pubblicità!... Che cosa domanda tutta questa folla moderna? Domanda di mettersi in ginocchio dinanzi all'oro e allo sterco!... Ha il gusto del falso, dell'artificioso, della fesseria farcita, come nessuna folla non ha mai avuto in tutte le più arretrate antichità... Di colpo, la si rimpinza e ne scoppia... E tanto più nullo, tanto più insignificante è l'idolo scelto, tanto più ha probabilità di riuscire sul cuore delle folle... tanto più la pubblicità si attacca alla sua nullità, la penetra, ne produce l'idolatria!... Sono le superfici più lisce quelle che prendono meglio la pittura... Si fabbrica un Giuseppe Stalin, Lindon B. johnson, una Jacqueline Kennedy, un John Kennedy (li si uccide quando non servono più), come una Joan Crawford, Sofia Loren; stesso procedimento, stessa sfrontatezza, stessa truppa, stessi Ebrei che tirano i fili, tra Hollywood, Parigi, New York e Mosca, uno stesso circuito di saturazione di crani. Charlie Chaplin lavora anche lui, magnificamente, per la causa, è il gran pioniere dell'Imperialismo ebreo. Fa parte del gran segreto Evviva la buona piagnisteria ebrea! Evviva il compianto riuscito! Evviva l'immensa lamentazione! Essa intenerisce tutti i buoni cuori, fa crollare grazie all'oro tutti i muri che si presentano. Quest'oro rende questi fessi di *goym* ancor più friabili, smidollati, malleabili, turlupinabili, anti-pregiudizio questo, anti-pregiudizio quell'altro, "umanitari", è tutto dire, internazionalisti... E intanto, come li si fa filare! Come li si prepara ai proiettili! Nella vaporosità sentimentaloide, l'Ebreo taglia, ritaglia, gratta, raspa, avvelena, prospera. Delle sofferenze del povero sfruttato, del forzato della grande industria, Chaplin, come può infischiarsene, lui, pieno di miliardi!... Evviva le eccellenti geremiadi! Evviva i tempi moderni! Evviva i buoni Sovieti, ben ebraici! Nulla resiste alla propaganda. Io importante è di metterci abbastanza oro... E gli Ebrei possiedono tutto l'oro del mondo!... dagli Urali all'Alaska! Dalla California alla Persia! Dal Klondyke alla City! La City! Sportelli a cui si aggrappano, per gemere, questi fessi contenti d'Ariani! Lo sportello dei Lamenti! La corsa verso l'oro dei prestiti molli! Piangere nutrisce! Piangere fa fondere! Piangere è il trionfo degli Ebrei! Riesce meravigliosamente! Il mondo è nostro grazie alle lacrime! Venti milioni di martiri ben esercitati sono una forza! I perseguitati sorgono, scarni, pallidi, dalla notte dei tempi, dai secoli di tortura... Eccoli, i fantasmi... sospesi ai nostri fianchi... Léon Blum... Hays... Zuckor... Litvinoff... Lévitan... Brunschwig..., Berristein... Bader... Kerensky... cento mila Lévy... Chaplin il crocifisso... I Marx Brothers Aragici... Noi abbiamo fatto troppi martiri... Come riscattare tutti i nostri delitti?... Noi li abbiamo fatti soffrire troppo... Svelti, bisogna che ci prendano tutto il nostro lavoro, i nostri pochi soldi... I nostri ultimi soldini... Bisogna che ci facciano sanguinare ancora... a fondo... due... tre... dieci guerre, ma di quelle... Bisogna abbattere tutte le frontiere con le nostre carni di bestie ariane... Troppo giusti, ora, i *pogroms*... per noi, santiddio! Tutto per noi! Troppo giusto che li organizzino. È una benedizione del cielo!

> Jehova creò le nazioni perché fossero immolate come altrettante vittime umane per espiare i peccati d'Israele.
>
> IL TALMUD

Salgo lassù, vado a trovare Popol, il mio amico. Non l'avevo più visto da un po'. Abita sulla cima di Montinartre. Popol è un vecchio montmartrois. Non è venuto dalla sua Corrèze per scoprire il porto. È stato preconcepito nei giardini del Moulin de la Calette, una sera di 14 luglio. Allora è un "puro dei puri". So che gli piace il vino di BouTgueil, glie ne porto una bottiglia, tanto per metterlo di buon umore. Voglio che mi parli! È pittore, tanto perché lo sappiate, all'angolo del vicolo Girardon. Spennelleggia quando non piove troppo; quando piove troppo, diventa troppo scuro nel suo studio. E quando fa bello, si sta meglio fuori, sui banchi dell'Avenue junot a guardare gli uccellini, gli alberelli come crescono e come si affrettano a morire, a causa della troppo benzina che c'è per aria. Si prende il sole come vecchi passeri.

Popol ha avuto un gran da fare per trovare la buona condizione, favorevole alla sua pittura, tra la troppa ombra e il troppo sole. Popol è un mutilato, un mutilato della grande guerra; ha dato una gamba intera per la difesa della Patria.

Gli rivelo d'un tratto che son diventato anti-semita e mica per ridere, ma ferocemente sul serio, sino al midollo!... per buttare tutti i giudei per aria! falangi, dense coorti, battaglionì di giudei...

— Cavolo! – mi fa lui. – In un bel pasticcio ti sei cacciato! Gli Ebrei son tutti al potere... Non possono mica andarsene cosi... Nemmeno pensarcì!... Sarebbe l'anarchia!... Il disordine!... Sono persone indispensabili!... La tua crociata non si presenta bene!... Incontrerai difficoltà enormi a cacciarli viaL. Gli Ebrei sono come le cimici... Quando ne trovi una nel letto, è segno che ce ne sono diecimila nell'alloggio! Un milione in tutta la casa!... Non vale la pena insistere... Tu ti farai schiacciare, disgraziato!... Tu non sai dove metti le mani... Tu vuoi fare l'eroe! Poveretto! Ti risveglierai su una tavola di marmo!... Una di queste sere, mentre torni dal tuo lavoro, ti capiterà una tegola sul cranio... come se le 1 tegole piovessero giù lungo le case... Sei fesso ad agitarti così, vecchio pazzo!... È la menopausa che ti travaglia?... È la tua bicicletta che non val nulla... Tu non sei fatto per la velocità... essa ti f a delirare... Te l'avevo detto di far ben attenzione... Non è più l'età, credimi... a quarantatrè anni... (È geloso, lui, perché non può più salire in bicicletta, a causa della sua gamba)... Tu vuoi diventare un piccolo Barrès? un Bolívar? una Giovanna d'Arco? Gli Ebrei son furbi, mio caro, tu saresti distrutto, misero vermiciattolo di fango, Ferdinando!... prima ancora che tu abbia detto: uff!... ti faranno abbattere... oh, mica loro... ma dai tuoi stessi fratelli di razza!... Te lo predico!... Conoscono tutti i trucchi!... Sono fachiri al cento per cento!... Han tutto l'Oriente in tasca!... Passano... promettono... chiacchierano... ingoiano tutto... non rendono mai nulla... Vanno più lontano, partono con i tuoi fondi e la tua anima... Tu non ti raccapezzi più... Sono gli ebrei erranti, amico mio; cittadini del mondo! Truffatori di tutto!... ti vuoteranno la testa e le tasche, ti spogliano, ti succhiano il sangue... Nelle BelleArti, han preso tutto! Tutti i primitivi! 1 folklore! Copiano, truccano; E te lo riservano con un beneAcio enorme! È la salsa ebrea. I critici, tutti ebrei, massoni, intonano il coro. urlano al genio! È normale, è regolare, in un certo,senso: di tutte le scuole sono i padroni, i tiranni, i prorietari assoluti, di tutte le Belle-Artì quante sono, soprattutto in Francia. Tutti i professori, tutte le giurie, le gallerie, le esposizioni sono completamente giudaìche. Non val la pena di reagire Io, se avessi la tua testa, giocherei alla palla con loro... Al tuo posto, mi farei massone... È il battesimo per un Ariano!... Questo ti laverebbe un po'... ti farebbe ''eticci''... ti ridurrebbe il tuo peccato... Diventar bianco, no, non bisogna più farlo in Francia... È diventar nero che bisogna... L'avvenire appartiene ai negri!

– Ah! – scatto io – Popol! Mi disgusti! Mi spaventi! lo credevo di trovare un amico! Un vero soldato per la mia causa. E tu mi consigli di dileguarmi!...

Diventava troppo grave per discutere all'aria aperta. – Torniamo in casa – gli dico.

Continuavo il mio ragionamento sino in fondo al suo *atelier*. Tutto sommato, mi era perfettamente indifferente d'averli tutti contro, nella mia crociata anti-semita. Ma ci avrei tenuto a Popol! Un compagno di trincea conta sempre... Cerco di esortarlo, ancora un po'...

– Come?... Tu, Popol... tu ti rammollisci?... Una vera medaglia militare, decorato sul campo di battaglia... tu trovi questo regolare?... Che per ogni Francese, morto sotto il piombo nemico dalle Fiandre a Verdun, ci si faccia ora inondare da diecimila israeliti, tutti solidali, razzisti arrabbiati, insaziabili?... Occorrerebbe forse che noi ci camuffassimo, per farci tollerare in sordina?... Al suono dell''' InternazionalÈ'?

—   E del proletario che ne fai? – mi risponde lui.

—   Il comunismo è solo un vocabolo per riunioni, una gigantesca truffa! Hai visto come i cori rossi ora ci danno, ben rinfrescato *"Le chant du départ"* in salsa internazionale... Non ti dice nulla, questo?... I ciarlatani della Comune ebraica sono pronti... Battono la grancassa... Proletari! miei fratelli martiri, proletari di cento paesi del mondo... Io sono maturo per liberarvi... Sono attrezzatissimo! per darvi una vita comoda... Riprendo un po' la sferza per difendervi meglio, figli miei!... La sicurezza dei vostri vecchi giorni!... Venite a vedere all'interno della baracca... Forza, un bel gesto!... Non abbiate paura... Voi sentite che sgozzano dietro la parete? Ma no, è un'illusione dei vostri sensi! È una triste calunnia dei reazionari! Venite! Veni , te! Venite! Affrettatevi! Affrettatevi! Perché ho un grosso lucchetto in mano e una chiave enorme?... È un regalo che voglio farvi... È per amarvi ancor meglio!... Sii! Su!... ogni giorno avrete il cinematografo...

L'Ebreo internazionale vi farà rimpiangere Sclineiderì Thiers, Wendel e Gengis-Kan... L'Ebreo sarà il peggiore dei padroni, più informato, più bilioso., più minuzioso, vi garantisco, completamente sterile, monroviano per la costruzione, incapace di costruire salvo le prigioni (vedi la Russia). Dov'è imbattibile è nell'arte di abbacinare l'Ariano, di fargli trangugiare rospi, di farlo saltare come vuole dalla galera all'ammazzatoio... senza resistenza... l'occidentale è ostinato, ubrìaconé, chiacchierone e cornuto. È un nato schiavo per Ebrei, ben cucinato, tutto istupidito sin dalle scuole elementari dalle belle frasi e poi dall'alcool, più tardi lo si svirilizza grazie alla istruzione obbligatoria... Per essere sicuri che non si risolleverà più, che non a'vrà mai più musica, che non canterà mai più la sua arietta nonebrea, gli si fa scoppiare l'anima, – come si acciecano i piccioni, – perché non possa più scappare. Lo si finisce con l'alcoolismo. Che può diventare al massimo?... *Schupo*, guardia, manovale... Un cane di più ò di meno. Ossia cane per Ebrei. Nessun satrapo ariano dura nè può durare... La misura del mondo attuale? Devono essere mistiche mondiali per, potersene prevatere... o scompaTire... Napoleone l'aveva capito. Il gran segreto della giungla, di tutte le giungle, la sola verità degli uomini, delle bestie e delle cose:

"Essere conquistatore o conquistato", solo dilemma, ultima verità. Tutto il resto non è che impostura, falsificazioni, espedienti, cícalate elettorali. Napoleone ha fatto tutto il possibile perché i bianchi non cedano l'Europa ai negri e agli asiatici. Gli Ebrei l'hanno vinto. Dopo Waterloo, la sorte è decisa. Ora, il colpo non è più lo stesso. Gli ebrei non sono in casa nostra. Siamo noi ad essere in casa loro. Dall'avvento della Banca Rothschild, gli Ebrei han ripreso ovunque il comando... Pisciano anch'essi sulle parole. Essere ovunque, vendere tutto, possedere tutto, distruggere tutto e prima d'ogni altra cosa l'uomo bianco... Ecco un programma consistente!... Più tardi, si faranno altri progressi, ben più ammirevoli!... Si farà a meno dell'oro, gli ordini precisi basteranno per la massa degli schiavi. Gli Ebrei non mostrano i loro capi... Tessono la loro trama nell'ombra... Mettono in vista solo dei burattini... i loro ciarlatani, le loro "vedette"... La passione ebraica, così unanime, cosi lancinante. è una passione di formicaio. Nel progredire delle bestiole, gli ostacoli sono rosi, lacerati, distrutti POCO per volta, sino alle fibre... ignobilmente decisi nel peggio, Puzzolenti magma di succo imputridito e di mandibole... sino alle calamità totali, sino al crollo definitivo, al vuoto ebreo.

Ci si può domandare perché i giornali di destra, di sinistra, o del centro, non raccontano mai nulla degli Ebréi? In quanto ebrei, voglio dire attivamente ebrei, attentarriente ebrei, specificamente ebrei e razzisti?

Quando si decidono a parlarci degli Ebrei, quando per caso vi si trovano costretti, lo fanno con infiniti riguardi, con un incredibile lusso di precauzioni, con mirifici preamboli, con diecimila adulazioni da leccapiedi: "Il grandissimo artista israelita si è degnato di riceverci... una bella ascendenza semitica... il grande, geniale e filantropo finanziere della nobile razza dei Rothschild... Il nobile idealismo, la fiamma travolgente, quel fuoco nero che si scopre nelle pupille del giovane poeta... animato d'ardore messianico...".

Tutte queste circonlocuzioni, queste servilità canine vogliono dire in parole povere: "Attento! mio caro giornalístucolo! Attento! quegli individui che tu vedi là, dinanzi a te, sono Ebrei!... Fai dunque ben attenzione! Terribilmente attenzionel... Essi appartengono alla razza più potente dell'universo... di cui, per nascita, tu non sei che un servo... Essi possono con una sola parola farti saltare dall'impiego... farti crepare di fame, senza appello...".

Durante tutto l'affare Stavisky, una parola d'ordine è corsa in tutte le redazioni dei mondo.− una consegna formale che doveva costare assai caro... L'han detto turco, questo ebreuccio paranoico., perfido straniero, *métèque*, spia orientale, avventuriero polacco, senza patria, parrucchiere, dentista, paracadutista, magnaccia, tabetico, terra-nova... qualunque cosa... per distrarre, sviare l'attenzione... ma mai non si è pronunciato la parola EBREO... Pure non era altro... Aveva potuto riuscire tutte le sue truffe solo grazie alla forza della giudeaggine... Come Loewenstein, come Burmat, come Bigore...

Notate un po'... in ogni occasione del genere: la stessa fanfara... Spacconate della destra, schiamazzi confusi della sinistra, gracchiamenti al centro, pausa dappertutto... Ottima.mente ben recitato!... Se arrischiaste una parolina contro la grande invasione giudaica. contro la colonizzazione dei vostr; affari ' voi tutti, voi tutti quanti, o giornali!... smargiassi imputriditi! corrotti, inchiostri compresi, sino nei vostri ultimi caratteri di stampa,... ebbene, vi strangolerebbero così energicamente che otto giorni dopo, si dimenticherebbe persino il titolo della vostra testata!... persino il colore delle vostre pagine... Nemmeno più un annuncio!... Nemmeno più un teatro! In cinque minuti, sareste liquidati, schiacciati, polverizzati... Non più un soldo di credito, non più un permesso, non più un articolo e, ben presto, nemmeno più una notizia, nemmeno più una telefonata, il vuoto!... L'Ebreo può fare il deserto attorno a qualsiasi affare, banca, industria, teatro o giornale... Ford, che li Aetesta, ha dovuto chiudere la bocca, pure così possente. Rischiava di saltare in otto giorni!... L'Ebreo paga o non paga!... Con oro... Funziona o non funziona più. E se non funziona più, l'uomo crepa. Per quanto coraggioso, per quanto stoico lo si possa immaginare.

O finte campagne! O furibondi compromessi! O infingardie bisognose! O mormorii di vecchi leccapiedí!... Bestemintate! Maledite! Sacramentate! Tagliate in due la luna! Fate scoppiare le bolle comuniste! Vituperate a forza di tromboni!... A che serve? A nulla! Tutti i padroni assoluti del mondo, son tutti *youtres*, son tutti giudei! New-York, Hollywood, Praga, Parigi, Mosca... è la stessa cosa... malgrado le apparenze, son gli stessi compari, è la stessa cosmica commedia... Allora, che può loro importare se i barbari in gabbia si agitano, si battono tra di loro, scuotono le catene e i ferri per questa o per quella ragione, per delle stupidaggini? Si deve stringere un pochino di più ì loro ferri, ogni tanto, e questo basta...

Ma! – si dicono gli ebrei.–- Una costituzione? Un'altra? Siamo sempre noi, *youtres*, a tenere il manico!... Il comunismo? Ma è quel che ci vuole!... Noi diventeremo tutti "Commissari del Popolo", il giorno che le Borse chiuderanno... Le Borse, oh è faticoso!... vi sono delle fessure... vi sono dei goym ancora in libertà... che si intrufolano nelle Borse, nelle rendite... Bisogna che questo cessi in modo assoluto... Si sopprimeranno questi abusì!...– Tutto rientrerà rkell'ordine, nel gregge... Ossia – quelli che ora vivono di reddito, mangeranno le immondizie insieme agli altri cani... L'oro! L'oro, siamo noi, Ebrei! L'Ebreo è in oro! E poi, basta!... Il mondo è nostro!... non è per i minchionfl... Appartiene a noi, youtres, che siamo i paranoici più rinomati dell'universo... Che siamo voraci a mille per uno!... Il nuovo trucco è gia pronto... "l'apparecchio a soldi" terrificante!... Assolutamente, interamente ebreo per la transizionepolitico-finanziaria, con guardie mongole... Tutti gli editti sono pronti... Basterà promulgarli... Circolano già nelle Logge massoniche, dove sono molto ammirati.

I signorotti ebrei, sempre in ansia, perseguitati, saranno in eterno viaggio da un punto all'altro del pianeta, del loro pianeta... Non si fermeranno più... Da New York a Yokohama, tra cugini e fratelli, da Trebìsonda al Kamiciatka, tra instabilità e angosce, essi andranno firmando accordi e mercati... preparando le deportazioni, gli invii di nuovi schiavi, i rinforzi di stakhanovisti...

Eccola la "libertà" di cui ci parla Dorgelès... 80.000 leghe sotto gli Ebrei... Gli indigeni perseguitati, don-iati dalla fame, dal freddo, dalle guerre, dalla follia, addomesticati sino al sangue, sino alle midolla, sino alle radici del cetriolo, non avranno certamente più nessun diritto al passaporto!... Sfileranno all'interno delle frontiere, nei loro colossali canili, ogni muta rinchiusa tra le proprie sbarre. Non ho bisogno di inventare... Basta andare a rendersene conto in Russia... come funziona le bella Avventura... Il nostro avvenire è là, per intero, si mostra ai nostrI sguardi, non si nasconde per nulla... Gli Ariani non sono curiosi... Restano in casa propria, giocano alle carte, si fanno abbronzare sulle spiagge, sbevazzano, si riuniscono nei boschetti. Mentre gli Ebrei, essi si muovono, vanno tutti a fare un giro dai Sovieti per rendersi conto, per ispirarsi... il 98% dei turisti che vanno in Russia ogni anno, da tutti i paesi del mondo, sono ebrei... Ministri, agitatori, marchese, ingegneri, spie, pellicciai, gioiellieri, banchieri, grandi autori, matrone, critici d'arte, attori, tutti ebrei, tutti youtres, tutti *youpins*...

Vanno ad annusare il vento dell'Asia... fiutare la magnifica rivincita. Quelli che non sono ebrei, sono per lo meno framassoni, grandi democratici, grandi demagoghi, i nostri traditori più zelant~ sfrenati, propagandisti, ferventi predicatori della luce! Tutti occhi chiusi, corrotti, venduti... assorbiscono tutto, tutto quel che si dice loro... vuoti, golosi, cupidi, fessi...

Quanto al piccolo *clan* dei refrattari, gli eterni rospi raritolanti, gracidano giusto A necessario... E ce ne vorrebbe! Se non esistessero, questi putridi, bisognerebbe che li facessero venire pagando 1e spese... Essi provocano, giustificano certe misure, certi rigori... Certi decreti, come per esempio: "Tutti i discorsi antisemiti saranno passibili della pena di morte..." Ecco un editto come si deve. E scommetto che tra poco ne vedremo dei simili sui nostri muri... Io gracido giusto il necessario...

Devo dire che con Popol ci siamo trovati d'accordo lo stesso; e abbiamo concluso: "Sono dei vampiri! Ci fanno un danno immenso! Non possiamo tenerli in casa nostra!" Soprattutto perché Popol, sia detto tra parentesi, aveva subito uno scacco assai duro, il suo capolavoro era stato rifiutato, dal Municipio, un magnifico paesaggio, per l'Esposizione, tutti gli Ebrei avevano fatto affaroni, lui invece rimaneva sul lastrico...

Ma per formare la mia crociata, Popol, per quanto coraggioso, per quanto valoroso, non poteva bastare... Bisognava che ne reclutassi ancora altri... Lo avverto dunque:

-   Aspettami! Torno subito... Faccio solo un salto sino a Bezon, vado a svegliare mio cugino, Gustin Sabayote... Vado a scuoterlo dal suo torpore... Bisogna che ci segua... È celibe anche lui... è dunque libero, in principio... Sta a sinistra del municipio... Un istante...

Quando l'ho sorpreso, stava in cucina, Gustin, occupato a sbucciar piselli... Gustin ha un solo vizio: fuma la pipa senza arrestarsi mai... Non faccio caso ai preamboli... lo metto al corrente in quattro e quattr'otto... Gli spiego la faccenda... Mi risponde:

-   Ferdinando, eccoti fanatizzato... ma parla pure... pero, ti avverto, ti metto in guardia, gli Ebrei sono molto intelligenti... in Francia ci son solo loro che leggono i libri, che si documentano, che si informano, sono armati di conoscenze, occupano tutti i posti, tutti i permessi sono nelle loro mani, sanno rendersi popolari, per di più fanno del bene al popolo, votano le 40 ore di lavoro settimanale... e le vacanze pagate... Rischi di farti mettere in prigione... di farti mettere a pezzi...

- Intelligenti, che?... – insorgo io – sono razzisti, hanno tutto l'oro, han preso tutte le leve, si aggrappano a tutti i comandi... È questa la loro intelligenza?... Non c'è di che star allegri... Filano meravigliosamente bene il fatto loro, eliminano, disgustano, perseguitano tutto quello che può rivaleggiarli, dar loro ombra... È la loro crociata contro di noi, la crociata a morte... È questa la loro intelligenza?... Tutti i posti interessanti, se li mettono in tasca... accaparrano... espellono brutalmente o a lento fuoco tutto quello che non è ebraico... sporcamente ebraico... ebraizzato... proyoupinizzato... infilato da ebreo... È la grande tecnica del cuculo... Per citare un grande esempio, per ben illustrare le cose, se Einstein non fosse youtre, se Bergson non fosse circonciso, se Proust fosse soltanto bretone, se Freud non avesse il marchio giudaico... si parlerebbe molto meno degli uni e degli altri... non sarebbero geni che fanno sorgere il sole!... Posso garantirtelo... La minima sfiatatella di ebreo, oggi si chiama bum! diventa, amico mio, una meravigliosa rivelazione, istantaneamente... Grazie all'armatura ebraica del mondo... E la si gonfia e la si monta, sta storiella,... la si trasforma in miracolo! E al galoppo! Che sia la pittura di Cézanne, di Modigliani, di Picasso o di altri... i films del signor Benhur, con musica di Tartinowsky, ecco, diventa subito un avvenimento... L'enorme pregiudizio favorevole mondiale, prelude e anticipa ogni intenzione ebrea... Ebrei, tutti i critici dell'universo, tutti i cenacoli,... tutte le informazioni!... Tutte le agenzie ebree del mondo si mettono, al minimo mormorìo, al minimo sussulto di produzione youtre, a lanciare tuoni e folgori... e la pubblicità parlata, razzista, ebraica, si trasforma meravigliosamente in eco... Tutte le trombe echeggiano da un lato all'altro dei continenti, salutano, intonano inni, fanno baccano rumoreggiano splendidi Osanna! al sublime inviato del Cielo! Ancora un Ebreo eccezionale! della paletta! dello schermo! dell'archetto! della politica! infinitamente più geniale! più rinnovatore, senza dubbio, di tutti i geni del passato, ariani naturalmente. L'epilessia s'impadronisce subito dei goym grotteschi, esultano in coro, i fessi! si lanciano violentemente nell'esaltazione, con tutta la forza della loro imbecillità, disposti a farsi schiacciare... per il trionfo del nuovo idolo ebreo!... Per riempirli di gioia, basta che si offra loro ancora un po' di roba ebrea in cui avvoltolarsi... Oh, non sono difficili da accontentare... Hanno perso ogni istinto... Non sanno più distinguere tra vivo e morto... tra lo organico e il velleitario, tra l'imitazione ifl cartapesta e il prodotto puro, tra le lucciole e le lanterne, tra il falso e l'autentico... Non sanno più... Hanno ingoiato troppe porcherie, da troppi secoli, per distinguere ancora l'autentico... Si soddisfano a forza di imitazioni... Scambiano la conigrina per acqua di fonte. E la trovano migliore! Infinitamente migliore! Sono ritmati sull'impostura. E quindi, evidentemente, dàlli addosso all'indigeno che potrebbe farsi notare per una sua qualità originale, per una musica sua... per un respiro di tentativo! diventerà subito sospetto, detestato, odiato dai suoi fratelli di razza. La legge dei paesi conquistati vuole che nulla possa mai scuotere il torpore del gregge schiavo... Tutto deve subito crollare... in discorsi di ubriachi... Son loro stessi, i fratelli di razza, che s'incaricano severamente dell'ostruzionismo metodico, del denigramento, del soffocamento. Appena un ind igeno si rivela un po'... gli altri della stessa razza insorgono, per poco non lo linciano... Nei bagni penali, le peggiori sevizie esercitate dai forzati stessi... tra di loro, molto più crudeli che la ciurma più atroce...

I fratelli di razza sono ben ammaestrati... Per l'alcoolista cronico, l'acqua di sorgente diventa veleno. La odia con tutta l'anima... Non vuole vederla sul tavolo... vuole delle porcherie in bottiglia... Nei films, nei libri, nelle chiacchierate, nelle canzoni d'amore... non capisce più che l'ebreo. Se ne rimpìnza, ne gode... E null'altro!... Gli Ariani, i Francesi soprattutto, non esistono più, non respirano più, non vivono più che sotto il segno dell'invidia, dell'odio reciproco e totale, della maldidicenza assoluta, fanatica, massima, del pettegolezzo forsennato, meschino, delirante, dell'alienazione denigrante, del giudizio basso, sempre più basso, sudicio, accanitamente vile... Perfetti schiavi, agenti provocatori entusiasti, montoni, falsigettoni, teste da caffè e osterie, perfettamente ammaestrati dalla polizia ebrea, dalla stampa ebrea, dai comitati del gran potere ebreo... Nessun senso di razza li unisce più... Nessuna mistica comune. Gli Ebrei nuotano divinamente bene in queste acque putride... Questa enorme mascalzonata permanente, questo mutuo tradimento di tutti contro tutti, li incanta e li soddisfa... La colorazione diventa facilissima. Su questa venalità meschina, -assoluta, del fondo terriero francese, gli Ebrei se la godono, sfruttano, taglieggiano a piacere... Arrivano nel mezzo di questa ultrasorprendente carogneria come la jena sulle trippe in decomposizione avanzata... Questa putredine è la loro festa, il loro elemento provvidenziale... Ne trionfano sino alla cancrena...

Diligenti, ondeggianti, ossequiosi, bene informati, orientali, vischiosi, segreti, sempre pronti a lasciar stagionare, ad andare verso una putredine più grande... più spugnosa, più intima... oh, hanno buon gioco, ottimo gioco!... Corrompere più largamente, "iù intimament". Non hanno mai incontrato nella strada dei loro trionfi un'orda di domestici più servile, più satura di odi reciproci, abbrutita da secoli di alcoolismo e di polemiche tra vicini. Tagliare, frugare in questa torba francese, estrarne tutto il sugo, tutto l'oro, il profitto, la potenza, è per l'Ebreo un gioco assai semplice!... Lo schiavo si presenta titubante, ben macinato, in ferri. Basta disporlo sui propri passi. Il bianco, il Francese soprattutto, detesta tutto quello che gli ricorda la propria razza... Non ne vuol sapere... Tutto quello che non ha il marchio ebreo, che non puzza d'ebreo, non ha più per l'ariano alcun gesto, alcuna realtà, alcun sapore. Gli occorre, esige il *bluff* ebreo, la pomata ebrea, le generazioni ebree, la truffa ebrea, l'impostura ebrea, il livellamento ebreo, ovunque quel chegli chiama progresso, il progresso ebreo... Tutto ciò che è semplice, diretto, come la sua propria natura occidentale, lo porta al sospetto, all'odio, immediatamente... Insorge, si arrabbia, non si calma sinché non ha fatto scomparire queste evocazioni,... questi fantasmi che lo urtano... La verità, la semplicità lo offendono... Una totale inversione degli istinti estetici... Si è riusciti, grazie alla propaganda e alla pubblicità, a fargli rinnegare il proprio ritmo... Quello che ora egli ricerca nel cinematografo, nei libri, nella musica, nella pittura, è la smoffia, l'artificioso, l'alambiccato, la contorsione afro-asiatica... Bisogna andar a cercare ancor più lontano... Supponete che a me, piccolo *goym*, capiti di pubblicare un giorno – Dio me ne scampi! – un romanzetto... di schizzare qualche ritratto delicato... di modulare qualche arietta... di redigere un breve studio, supponiamo sul "Bilboquet", e le sue regole, o uno studio più approfondito sull'origine dei bitorzoli...

Se non sono che un semplice autoctono... nemmeno framassone di terz'ordine... chi mi leggerebbe? chi m'esalterebbe?... Certamente, non i miei fratelli di razza... Venerano troppo-la loro ignoranza, la loro poltroneria, la loro abitudine pretensiosa... Ma certamente tutti gli Ebrei che passeggiano nei paraggi... se il mio grande o piccolo libercolo contiene qualche vera sostanza emotiva, lirica, sarà da essi prontamente scorticato, portato via... Gli Ebrei sono piuttosto mal disposti per le arti, biologicamente, dal fondo stesso della loro natura. Cercano di fare dell'arte, in Europa per lo menQ ci riescono male... Occorre che suppliscano, che barino, che rubino continuamente, che succhino i vicini, gli autoctoni per potersi sostenere... Glì Ebrei mancano disastrosamente di emozione diretta, spontanea... Parlano invece di provare... Ragionano prima dì sentire... In pratica, non provano nulla... Si vantano... Come tutti gli afro-asiatici, il loro sistema nervoso etnicamente è di zinco e tale rimane, grossolano, volgare e ordinario, malgrado tanti sforzi e le enormi pretese... Precoci e logori, senza eco. Sotto i nostri climi., sono condannati a perdersi in smorfie, in tam-tam, in imitazioni, come i negri e come tutte le scimmie... Non sentono nulla direttamente, non assimilano che poche cose in profondità... E di qui le infinite vaselinate, i tasteggiamenti bluffistici, le didattiche forsennate, le analisi sfrenate, tutta la pomposa masturbazione dottrinaria, invece dell'umanità diretta, di vera ispirazione... Sarebbero da compiangere, se non fossero così scocciatori. Sono più mattoni che vìolini, malgrado tutto questo scarcassamento frenetico, universale, sempre in atto di bluffare ancora, di dimostrare il contrario.

Come tutti i grandi insensibili, il loro spirito non concepisce spontaneamente che le *gaffes*.

Torniamo ai nostri montoni: quando, dicevo, gli Ebrei avranno percorso i miei libercoli, quando avranno prelevato, spiluccato tutto ciò che potrà dare loro un utile, io sarò completamente smarcato, truccato, rivenduto, volgarizzato sotto le loro piume, ebraizzato mio malgrado, sotto i loro nomi, sotto le loro etichette, da parte di mille altri piccoli ebrei internazionali, ancora più ladri, sempre più sfacciati, sornioni, geniali gli uni più degli altri... Il mio conto sarà regolato, mi si farà il colpo dell'oblio totale, dell'umiliazione a oltranza, del soffocamento, dell'annullamento con tutti i mezzi possibili, del cancellamento, della negazione, della negazione se possibile...

Il processo digestivo ebreo completo... D'altronde, devo confessarlo... i miei. fratelli di razza, in simile occasione si mostreranno centomila volte più abbietti di qualsiasi *youtre*... Nessuno è come loro, nel mondo intero, per vomitare fiele sull'onesto lavoro. Il Francese, in particolare, si stacca nettamente dall'insieme ariano, per il suo odio irremissibile, inespiabile, per tutto quanto, anche di lontano, gli ricorda un certo lirismo. Allora, non si contiene più di furore oscuro! Il sangue gli sale agli occhi!... Che fallimento!... che incretinimento! dall'epoca delle caverne!... Che sconfitta! Che ignobile avvoltolamento nell'inerzia e nel letame!... Se ci vedessero, i Cromagnons, questi incisori sublimi! Che vergogna!... Nulla di più odioso ai nostri giorni, umanamente più odioso, più umiliante che di vedere un Francese moderno detto istruito, scovare beffardamente un testo, un libro... qualunque bestia in suo confronto ha un aspetto più nobile, più patetico, più profondamente commovente. Ma guardate questo spaccone mingherlino così indecente di sufficienza, osceno di zoticaggine risonante, di arroganza ottusa, com'è insopportabile!... Che gli si può spiegare ancora?... Che rispondergli?... Sa già tutto!... È incurabile!... Se ha ottenuto una laurea, allora non è nemmeno più avvicinabile... Il pavone non è più suo cugino... Tutto quanto può rassomigliare sia pure vagamente ad una intenzione poetica, diventa per lui un'offesa personale... Ah! ma... ce ne strafottiamo di lui?... Da questa disgraziata laurea ne esce mille volte più selvaggio, più irrimediabile di un capo tribù. Non ritrova più il suo slancio, le sue spiritosaggini, i suoi luccicamenti, il suo figarotismo, tutta la sua tradizione di piroette, la sua piccante frivolezza, tutte le sue contorsioni leziose se non al momento di adulare l'Ebreo, il suo pensieroso signore. Di colpo, allora, egli si arrende, si dà, si sorpassa. tutto quel che crogiola di dolciastro in fondo alla sua carcassa fifosa, gli spunta fuori improvvisamente... Son capitato l'altro giorno, leggendo una rivista d'arte, su uno di questi pezzi di alta sudiceria, nelle chiacchiere di uno di questi immondi. Si trattava di pittura, cito press'a poco a memoria:

"Ah! – esclamava quell'infingardo – da molto tempo, in Francia almeno, i nostri critici più eminenti non fanno più distinzione nei loro. apprezzamenti tra gli artisti francesi nati in casa nostra e i nostri cari vestiti di origine straniera (leggete: Ebrei). Parigi deve loro tante cose!... Lo splendore di Parigi! (ebreo). Poiché ci hanno adottato, ebbene noi li adotteremo!... Divengono ugualmente francesi! (eccome! ma non a Verdun!) Fraternità artistica anzitutto!... Al di sopra di tutte le frontiere!... Nelle Belle-Arti, non più patria! Un solo cuore unanime per tutti!... Basta con i pregiudizi di razzaL. Fraternità culturale!... Chi penserebbe ancora a... ecc. ecc.''.

Sicuro! Sicuro! Imbecille!

> Tutti i popoli della Terra saranno incatenati al trono d'Israele, in seguito ad una atroce guerra mondiale, in cui tre quarti delle popolazioni saranno decimate. Occorreranno trecento asine per trasportare le chiavi del tesoro.
>
> IL TALMUD

- Ma sei antisemita brutto mio! Male! È un pregiudizio!
- Non ho nulla di speciale contro gli Ebrei in quanto ebrei, voglio dire in quanto semplicemente poveri diavoli come noi, tutti, bipedi alla ricerca di un pezzo di pane... Non mi danno alcun fastidio. Un Ebreo vale forse un Bretone, in pantà, un Alverniate, un francocanacco, un tipo qualunque... Può darsi... Ma è contro il razzismo ebreo che mi rivolto, che divento cattivo, che ribollisco sino in fondo all'anirna... Io grido! Io urlo! Urlano anche loro contro i razzisti! Non la smettono mai! Urlano contro gli abbominevoli pogroms! Contro le persecuzioni secolari! È il loro gigantesco alibi! La gran torta alla crema! Nessuno mi toglierà di testa che le han cercate, le loro persecuzioni! Se avessero fatto meno le canaglie su tutta la distesa del pianeta, se avessero rotto mieno le scatole alla gente, non avrebbero provocato tutto questo!... Quelli che h hanno impiccati un po' dovevano pure averle, le loro ragioni!... Si era certo dovuto metterli in guardia, questi youtresI Abusare, stancare le pazienze... Viene da solo, un pogrom... È un grande successo nel suo genere, un pogrom, una manifestazione di qualche cosa... Non è umanamente credibile che gli altri siano tutti unicamente mascalzoni... Sarebbe troppo comodo...

Bisogna ben notare che in Francia nessuno ha loro mai fatto del male... Hanno prosperato tanto e così bene che tengono tutti i migliori posti... Si è stati liberali con loro, sino alle Inutande, pure guardate come si comportano!... Una banda di topi vociferatori, intrattabili, implacabili... È un falso fenomenale, questo grande martirio della razza ebrea... lo si agita al di sopra dei cristiani... sempre fessi e allocchi comuti entusiasti... due milioni di martiri, solo in Francia, ecco una forza considerevole!... Invincibile, a dire il vero... Una volta ben istallati nelle nostre ossa, una volta rammolliti i nostri cuori, una volta ben sicuri che ci tengono sino all'ultimo globulo, allora si trasformano in despoti, i peggiori, arroganti, sfacciati che si siano visti nella Storia...

Napoleone diceva sempre: "La neutralità, per me, è il disarmo degli altri". Il principio è eccellente. Gli Ebrei possono dire a loro volta: "Il comunismo, per noi è l'asservimento degli altri...".

In fatto di vittime, guardate un po' gli Ebrei attraverso i secoli!... attraverso tante e tante guerre (una popolazione così piccola), se la sono cavata mica male; la prova, non ne han mai troppo sofferto, non l'hanno mai passata càsi brutta come quei fessi di Ariani. Piangere conserva! Non rubano molto alle battaglie. Preferiscono far questo in Borsa! Ecatombi! EcatombiL. Riporti!... Riporti!...

In Russia, gli *youtres*, appena hanno potuto comandare, non han avuto bisogno di mettersi i guanti per decimare gli Ariani... Da diciassette anni, è a milioni che fari crepare gli impuri... Gli Ebrei non amano veder colare il sangue?... Storle! Non il loro! Certo!... Ma per quello degli altri si mostrano sempre più generosi... appena l'occasione si presenta... Per un Ebreo, ricordatevelo bene... il non-ebreo non é'che un animale! Al massimo, può essere divertente, utile, pericoloso o pittoresco... Mai di più...

La razza eletta non ha ancora fatto procedere, nelle nostre regioni, a esecuzioni in massa, so;o a qualche uccisione sporadica. Ma non tarderà. In attesa del grande spettacolo, si lavora con pazienza la bestia... o con strappi, o con salti, secondo piani ben preparati... Un giorno, la si stringe al collare, l'indomani gli si tagliano un po' le giunture, bisogna che l'animale si spaventi, si sfinisca e incespichi nell'arena... esso perde, sputa via poco per volta il sangue... nella segatura e nella Borsa... Gli Ebrei se la godono, se la spassano. Quando l'animale sarà sulle ginocchia, allora sarà messo a morte, senza più resistenza possibile...

Quanto hanno guadagnato gli Ebrei nel colpo del Fronte Popolare?... sulle tre... o quattro svalutazioni? È incalcolabile. Trovatemi un solo ministro che abbia perso un po' di denaro!... Mai popolo sovrano si mostrò così generoso, cosìi grandiosamente prodigo verso i suoi emancipatori!... Dove sono finiti tutti questi miliardi?... Non state a cercare... Presso gli altri *youtres* della Svizzera, di Ginevra, di New-York, di Londra... in graziosi immobili... in deliziosi valori al portatore, in distillerie... in armamenti...

Gli Ebrei non speculano loro soli! non manipolano solo loro il mondo!... Non sono i soli *racketers*... Ottima musica!... Evidentemente, i cristiani ricchi si curano anch'essi, allo stesso modo, enórmemente!... si precipitano a tutta forza sui benefici del disastro! Certo! Certo!... Sciacalli come nessun altro! Solamente c'è un "hic"... i capitalisti "indigeni" hanno i giorni contati!... Non sono, anche loro, che animali! Non bisogna che lo dimentichino! Gli Ebrei non lo dimenticano mai... Alla vigilia della festa, gli sfruttatori bianchi morivano come porci destinati al banchetto... Essi si cullavano in vane illusioni!... Non arriveranno alla felicità... Sono soltanto ostaggi! L'Ebreo man mano che avanza, chiude dietro di sé tutti i cancelli... Nessuno sfuggirà al Destino... L'Ebreo tiene tutte le chiavi, le conserva... Getta attorno a sé qualche osso per scovare, per attirare i più voraci... Ne farà dei *ras*, dei traditori per il Gran Giorno, come negli ammazzatoi si preservano sempre alcune bestie ben ammaestrate sempre le stesse, per trascinare le altre, l'orda, sotto il coltello, il torrente delle carni da accoppare, belanti, disordinate.

Louis Ferdinand Céline

> L'Ebreo è la piaga dell'Umanità, il nomim di tutte le Nazioni.
>
> FOURIER

Io non rispondo mai alle lettere. Si finisce per saperlo. Ne ricevo sempre meno. Non è una posa. No... No... È semplicemente perché non mi piacciono le lettere e perché anzi, le detesto. Trovo indiscreto che mi si scriva. Non scrivo a nessuno io. Le "accomandat" sono la mia, fobia. Le rifiuto tutte, in blocco, per principio. Le altre, le lettere semplici, è la mia portinaia che le strappa, toglie via solo i francobolli per i suoi ragazzini... Voi mi dite: "Il denaro, allora?". ON quello, siatene sicuri, non sale su da solo. Bisogna ch'io scenda a cercarlo. Non arriva per posta. Il resto, forzatamente, son solo parole. E nemmeno non ricevo "L'Argo della Stampa", il mio editore Denoël neanche. Trova che costa troppo... E poi, gli articoli, bisogna confessarlo, quelli che parlano delle vostre così belle opere rimangono sempre così lontani della questione, talmente insoliti, che non vale la pena di leggerli, è veramente tempo perso, una sofferenza inutile.

I critici, soprattutto in Francia, sono troppo vanitosi per parlare di qualcosa' che non sia il loro magnifico "se-stessi". Non parlano mai del soggetto. Anzitutto, son troppo fessi. Non sanno nemmeno di che si tratta. È uno spettacolo di vigliaccheria vederli, questi schifosi, agitarsi, offrirsi una posa ben sorniona alla vostra salute, approfittare del vostro povero libro per mettersi in mostra, pavoneggiarsi per l'uditorio, camuffarsi. Oh, i sedicenti "critici"!

Oh, torvi letamai! È un vizio. Non possono godere che vomitando sulle vostre pagine. Ne conosco che sono scrittori e anche milionari, escono apposta dalle loro rubriche per masturbarsi un po', ogni volta ch'io pubblico un libro. È la consolazione della loro vita... delle imiiliazioni in profondità, dell' "inferiority-complex", come si dice in gergo.

Per la questione delle lettere, una volta sola ho fatto eccezíone in favore della Palestina. Dopo l'uscita del mio libro "Mea culpa", mi sono arrivate tante di quelle lettere che la mia portinaia ne è rimasta commossa. M'ha domandato quel che doveva farne. Gli Ebrei mi scrivevano in massa, da Tel Aviv e da altri posti. E poi, su che tono! nelle furie di una di quelle rabbie! Da bruciare le buste! Si arroventavano sino al rosso-bianco, quegli energumeni! Ah! i piccoli Passionisti!... Ah, li amano loro, i Sovieti! Questo posso assicurarlo!... Da questo enorme fracasso d'ingiurie, discorsacci tonanti, sfrenate maledizionì, anatemi deliranti, cacofonia estrema in odi compressi, emanava malgrado tutto un luogo comune tonico... un'aria vittoriosa di trombetta, un'aria ben ebrea, ben conosciuta... l'appello che li riunisce tutti, che li fa correre tutti insieme, che li lancia corpo ed anima all'assalto dell'Universo, l'aria del "Sozial" come la chiamano.- Il loro grande alibi, il loro grande grido. Tutti quei "coraggiosi" della Giudea, tutti più o meno anonimi, mi vomitavano in tedesco. Terminavano press'a poco tutti, dopo alcune pagine di rabbia intensa, con formule di questo genere: "Du! Dümenkopf! Wirst du nimmer doch Sozial denken?" (Tu! Idiota! non penserai mai "sociale"?)..."Sozial denken". Pensare "sozial"! Ecco il magistrale argomento! il gran destriero di tutta la razza *youtre!* di tutte le invasioni e devastazioni *youtres!* Pensare "sozial" vuol dire, in pratica, in termini ben crudi: "Pensare ebreo! per gli ebrei! a causa degli ebrei! sotto gli ebrei!". Null'altro! Tutto l'immenso soprappiù di parole, il mitragliante chiacchierio socialistico-umanitario-scientifico, tutto il comico cicaleccio dell'imperativo dispotico ebreo è solo il travestimento mirifico, il parolame caotico spingente, la salsa orientale per gli invertiti. Ariani, la fricassea terminologica, putrida, per l'educazione ad uso dei "bianchi smidollati", ubriaconi striscianti, inguaribili, che se ne riempiono sino al collo, si minchionano, si satollano sino a crepare.

"Sozial denken" vuol dire, per essere espliciti, che - una volta fatta la rivoluzione, una volta riuscita, terminata, una volta che gli indigeni saranno stati ben salassati, fregati, accantonati, messi in parchi - arriverà sulle nostre ossa una nuova invasione dall'Oriente, di almeno un milione di funzionari, con i loro figli, le loro uri, i loro mendicanti; i loro bravi, i loro dervisci, lebbra, malattie, venditori di *hascisch* e tutto il caravanserraglio butterato delle orde asiatiche.

Ai primi trionfali clamori inneggianti alla "liberazione delle masse", ecco che anche loro trasaliscono, si muovono e si precipitano in massa sulla Francia, da ogni parte. Diggil fremono, da lontano... al minimo rymore... Al segnale che "la bestia è morta!"... lasciano cadere Tel-Avivi... piantano il Kamciatka... spuntano dalla Slesia... dai bassifondi di Bessarabia... dalle rive della Cina, dai pantani d'Ukraina, dell'Insulindia, da tutte le fognature d'America... Pullulano su tutti i passaggi per topi, si precipitano a miriadi... si rovesciano... invadono... Carlo Martello non aveva visto nulla in confronto à questo!... Sono ancora persone discrete quelle che attualmente ci rubano e ci dissanguano a paragone di quelle che ci aspettano al varco. Sarà un tale parapiglia, una corsa talmente feroce verso i dolciumi di casa nostra che si noteranno "abbassamenti di terra" lungo le frontiere dove passeranno. Arriveranno così densi e folti tra Dunkerque e la Costa Azzurra che non si vedrà più nulla né vie né strade.

Ve lo preffico, sta scritto: la madre degli Apostoli non è ancora morta. Il mondo è ancora pieno di martiri che muoiono in fondo agli ergastoli dal bisogno di liberarci e poi d'essere "titolarizzati", nella stessa festa, in funzioni poco faticose. d'un ministero o di un altro, con pensione. Mai non si sono veduti tanti Apostoli pensionati, come ai nostri giorni. Il Fronte Popolare, a questo riguardo, non è che una piccola prova generale, un piccolo anticipo dell'avvenire ebreo...

L'avvenire ebreo si. occuperà di tutto. Si occupa già di tutto. Tra l'altro, delle arti popolari, con molta sollecitudine... sono una parte importante del "Sozial", le arti popolari...

Una sera, preso dall'inquietudine, mi son deciso a scendere, per rendermi un po' conto, nella cantina della "ultura!". Per vedere quel che vorranno farne delle arti popolari, i nostri rinnovatori, quando ci avranno "liberati"...

Questo non si ridurrà a scherzetti, ve lo posso garantire sin d'ora, basta guardare le loro facce, i loro atteggiamentí di "appassionati"... Sono dunque disceso nella cantina, una piccola "Università per martiri", ancora più ebrea dell'altra Università, nella Rue de Navarifi. Ho l'aria di vaticinare, di divagare a mio piacere su "visioni", di non vedere altro che semiti, ad ogni passo che faccio, ma, porco cane! vi assicuro che non ho-maí visto tanti

Ebrei in così poco spazio come in quella cantina della "Cultura", ammucchiati, fumanti; mai visto tanti funzionari, funzionari titolari, allievi funzionari, tante Legioní d'Onore, tanti Apostoli accatastati in quel sottosuolo, vociferanti nelle volute di fumo; credo che fossi il solo Ariano di quella frenetica riunione. Non stavo troppo comodo.

E come erano messianici! Crespi! Miopi! Frementi di anatemi! Frenetici di redenzione! Caspita! Gli metteva il fuoco dietro, l'arte moderna! Bisognava vedere come si agitavano, come scuotevano le povere sedie! E poi, impazienti, trepidanti, da far crollare tutta la volta; dei topi rinserrati in un fondo di stiva, mentre li fumigavano, ecco quel che sembravano. Si dibattevano in quell'antro, mi ricordavano Harlem e il "Divine Father!"

Un piccolo tutto nero, tipo prete, me ne ricordo bene, era diritto sul palco, dominava il baccano, si sfiatava al disopra dei contraddittori, vedo ancora le sue mani più larghe della testa, i suoi piedi che oltrepassavano il palco, somigliava in tutto a Charlot, ma a un Charlot sinistro, salvatore e vociferante...

Si trattava di pittura, era il soggetto della controversta... l'avvenire "sozial" della pittura... E su un piano tragico e persino rivendicatore, ve lo giuro!... Non si trattava più di facezíe! Quel tipo alla "rigolizia" schiumava... dibattendosi, facendosi in pezzi, per convincere... Un "crocifiss" tetanico..."Voi non siete murale! - urlava. - Voi non siete murale! Voi non capite nulla! Nulla del senso della rivoluzione! Voi non siete murale! Voi non siete murale! Compagni!". Ce l'aveva in modo speciale con un certo Wirbelhaum... Il Wirbelbaum... in una nuvola, perduto in fondo al fumo, un terribile turbinio di gesti...

—   Te, WiTbelhaum, io ti tefo dire qualche cosa! Te sai che cosa sei, Wirbelhaum?

—   Tillo! per Dìo, tillo!

—   Te sei... pittore da cafalletto! Dov'era questo Wirbelhaum?

—   Ah! Ah! Ah! - si storceva lui, sentendo questo; protestava, tra le quinte... Rantolava addirittura, Wirbelbaum, le parole non gli venivano più... Impazziva... sentendo ingiurie simili... Era miope, Wirbelhaum, al punto da farsi schizzare le orbite tanto cercava il suo attaccante... Non ritrovava il senso del palco... Rispondeva a rovescio, al lato opposto... Il "Rigolizía" continuava, lo attaccava sempre più... Era tutto trasfigurato...

—   Wirbelhaum! Tu. non sei murale!... Tu sei- arretrato! Wirbelhaum, tu non hai l'istinto "sozial" della rifoluzione delle masse!... Tu non capirai mai, mai nulla! Ecco cosa ti dico, Wirbelbaum, tu sei un pittore sul tipo di Fraugoùnard Fraugoù.nard! Per il cafalletto! un pittore da cafalletto! La propaganta pittorica! La fera propaganda iteologica! Wirbelhaum, tu non comprendi nulla! Tu non comprendi nulla!

I dignitari ebrei di "Cultura", tra cui Cassou, il Grande-Ispettore-Dannato-della-Terra (100.000 franchi all'anno) si tenevano la pancia in mano...

Il Wirbelhaum, in fusione, scattava di furia, i compagni l'avevano girato nel senso della scena, ma ora dovevano trattenerlo, prenderlo per la cintura, di forza... Wirbelhaum non era più lui... Voleva lanciarsi sul palco... abbattere l'altro "murale"...

- Fragoùnard! Fragoùnard! - gridava tra i vapori. - Ah, bugiardo!... Ah, villano!

Non trovava piú gli insulti... Non gli venivano più che bolle... schiuma... briciole...

> Considerati come nazione, gli Ebrei sono per emelienza gli sfruttatori del lavoro degli altri uomini.
>
> BAKUNIN

Ma io, io gli dico a questo fesso ch'io non sono reazionario! manco per un unghia! manco per un minuto! niente reazionario; niente condizionale! Vi piglian subito per quello che non siete! Vi pigliano per talmudisti! per complicati! per tripli fessi come loro! Ma no! Ma no! Accetto, si, che si divida! Non ho mai domandato di meglio! Eccovi i miei quattro soldi sul tavolo! E subito! E ben guadagnati! questo ve l'assicuro... nel quarantatreesimo anno della mia vita!... Mica rubati al popolo. Mai intascato un soldo che non fosse 120 volte guadagnato! Tutti gli studi sgobbando, Ferdinando, da un padrone all'altro... voi sapete che vuol dire... Mica nato nella borghesia... nemmeno un'ora in un Liceo... dalle scuole comunali al lavoro... Oh, lo conosco il mio brav'uomo!... Sgobba dall'età di dodici anni!... 22 padroni, Signore, 22... E tutti l'hanno messo alla porta... Ne rimangono ancora due o tre... anzi, quattro... Si consultano per sapere quanto egli vale... Lo considerano con sguardi turbati... Ferdinando ne ha l'abitudine... Era destinato ai padroni, corpo ed anima, come tutti i poveri... Egli ha sempre, Signori e Signore, rubato, riscattato la sua vita giorno per giorno!... fa finta d'egsere con gli altri... sui banchi della galera... Lavora con una mano per i padroni, con l'altra per la sua propria testa... e preoccupato che nessuno lo sappia!... S'è nascosto nei gabinetti, aveva l'aria di fare porcheriole, invece studiava per gli esami... Ve lo presento com'è... Son cattivi, i compagni di scuola, appena si cerca di liberarsi, di ragionare con la propria testa, son peggio dei padroni in fatto di gelosia, fiele e vigliaccheria... E, così, la laurea... in medicina... e poi il libro "Viaggio al termine della nottÈ'... mica attraverso sentieri che passano attraverso i Ministeri... Sempre ha riscattato, strappato la propria esistenza, Ferdinando, da uno scatto all'altro... da un giorno all'altro... con mille astuzie... e miracoli... Ho dovuto rubare la mia vita... eppure, mai libero... Ogni mattina. venivano a riprendermela... È regolare... Quando sento dei fessi istallarsi, parlare delle loro incredibili prove, delle loro spaventose avventure!... Per tutti i diavoli, divengo rosso... Piatti superficiali, piccoli granchi!... se io volessi parlare... quali carte potrei mostrare... quali passaporti m'han fatto uscire dal Bagno... Ebbene, Signore, per me fa lo stesso... Son disposto a versare tutto sul tavolo. Se si divide "assolutamente". Non diversamente! No! Assolutamente! Lo ripeto e subito!... E allora, d'accordo, tutti e insieme!... insisto!... senza eccezioni!... senza esitazioni!... non una falsa nota! non' un sospiro in questo grande coro!

Quel che si chiama comunismo negli ambienti bene avanzati, è la grande assicurazione-mandorlato, il parassitismo più perfezionato di tutti i tempi... magnificamente garantito dallo asservimento assoluto del proletariato mondiale... L'universale degli Schiavi... grazie al sistema bolscevico, superreazionario, imprigionamento internazionale, la più grande cassa-forte blindata che sia stata inventata, inchiodata, costruita, saldata sul braciere delle nostre trippe per la più grande gloria d'Isràele, la Difesa suprema degli eterni saccheggi ebrei, l'apoteosi tirannica dei deliri semiti... Grazie tante... Solo per questo?... No, Moloch!... non ci sto. Ah, se fosse diverso... Se si trattasse della suddivisione di tutti i beni e pene del mondo nella più stretta uguaglianza, allora sì, ci starei come nessun altro... Non ho più bisogno che mi si stimoli, che mi si invogli... che mi si catechizzi. Sono pronto, sull'attenti... Sono il più grande spartitore che si sia mai conosciuto...

Ricordiamo un pochino gli avvenimenti: il signor Gide stava ancora domandandosi, tutto pieno di reticenze, di sinuosi scrupoli, di fragilità sintattiche, se bisognava sì o no decidersi per quella razza di piccoli beduini, quando da molto tempo il mio "*Viaggio al termine della notte*" aveva già fatto parlare di sé... Non ho atteso d'avere 80 anni per scoprire la ineguaglianza sociale... A 14 anni, già mi ero fatto le mie idee, in proposito... Avevo gustato la cosa... Non avevo bisogno di saper leggere. Che mi sia permesso di notare qui (dato che il dimenticare diventa di moda), che prima, durante e dopo il "Viaggio", gli scrittori di sinistra, in titolo, in corte, in cortile, si sono grattati qui, là, un po' dappertutto, per offrirci nel senso di "umanitario intimo" qualcosa di ancor meglio... L'intenzione era ottima, assolutamente onesta... Ma dove sono i capolavori promessi?... Pure, si sono riuniti, quegli scrittori, qui, là e altrove... E come hanno declamato! Enormemente pontificato! Come hanno tranciato giudizi! criticato! attaccato gli empi!... Sul piano ideologico... Che massacro!... E poi, trasportati dall'apostolismo, impazienti di farsi vedere, troppo belli a contemplare, come si son ben tastati lo spirito dinanzi a milioni di persone! Stupiti, esultanti, trucì!... Dall'alto dei palchi!... Davanti a tutti questi geni raggianti in potenza!

Come la critica ha ben strisciato! come ha incensato, glorificato, gonfiato, strombazzato questi poveri scemi! Che rullar di tamburi! Che gazzarra di trombe!

Pure, dove sono i capolavori promessi? Non vedo, anche spingendomi il più lontano possibile in questi deserti della Promessa, che pietre e spazzolini per farsi belli... ma logori, logori... Ne han fatto del baccano, ne han gridato delle stupidaggini! Con quale cosmica sfrontatezza si sono spinti dal rosa! al rosso! al bianco! al "super-io" più che rosso! Povero "io" di natura così tepida!

Potrebbe essere un gran motivo comico dell'epoca, il fallimento spirituale degli scrittori di sinistra (teatro o romanzo)... L'anima non ha seguito, proprio per nulla! La dottrina, l'ipocrisia generale... L'anima umanitarista non si esprime in nessun punto... in nessuno di questi libri strombazzati con tanto fracasso... e questo per un'eccellente ragione... perché emanano tutti da individui, detti creatori, tutti assolutamente borghesi... di cuore e di intenzioni, frenetici infimi dell'idea dei borghesi. Non possiedono se non la "vernice dottrinale", la chiacchiera, tutto questo prodotto da idee strampalate... Ah, non è facile far nascere della musica con un semplice ordine! Vedete la prova!

Dove sono i capolavori promessi?... Facevo questa domanda, senza malizia, credetemi, al direttore delle Edizioni di Stato, Orloff, a Leningrado, Il signor Orloff possiede la più angosciante testa da carnefice, la più severa che si possa scoprire in questa città dove pure il patibolismo è assai di moda. Accanto al signor Orloff, Deibler, il nostro carnefice nazionale, che io conosco un po', prenderebbe un'aria benigna, compiacente, pusillanime.

- Dove sono i capolavori promossi?

- Oh, verranno!... - mi rispose lui, attraente a suo modo.
- Non verranno, signor Orloff, non credo, non credo più...
- E perché?
- Perché i vostri autori non sono molto comunisti... non sono nemmeno abbastanza borghesi... Hanno qualcosa di servile...

Queste parole segnarono la fine della nostra intervista... l'unica...

Gli Ebrei han promesso di dividere, han mentito come sempre... Tutto sciroppo... tutte finezze... insinuazioni... femminerie... paroline... sfregamenti... boomerang... Non si sa quel che si piglia, se l'è una candela o un... cazzo. È una massoneria dentro una massoneria... La rivoluzione?... ma son d'accordo! Nessuno più ugualitario di me!... Sono un figlio di- Robespierre in fatto d'essere sospettoso... Allora, i privilegi?... Ma non ne ho nessuno!... Me ne strafotto... Chi non ha dato tutto non ha dato nulla... È il mio motto assoluto... "Trafficone" è morto come "Credito"... Chi vuole provare?... Tutti nel bagno, alloraJ... E tutti insieme... Le alte funzioni nella stessa salsa! La stessa tessera del pane per tutti! Sì! Non, uno a piedi e l'altro in bicicletta. Non, uno a dieci soldi e l'altro a mille... Voi mi direte che queste cose son solo chiacchiere, Ferdinando sragiona ancora... E va' bene!... L'ammetto. Ma, scusatemi, voglio dirvi qualcosa di più preciso... citarvi dei fatti, delle circostanze, voglio essere -breve, attuale e tipico, non voglio annoiarvi, mi direte poi se ho mentito...

Quando il "Colombia" della Compagnia Transatlantica entra nel porto di Leningrado, le autorità sovietiche si danno da fare - questo lo si sa - per l'equipaggio... Si tratta di portare in qualche ora questi "fratelli di classe", attardati nelle "sonnolenze" borghesi, a temperatura di entusiasmo... al grido di "I Sovieti dappertutto!". Basta, per questo, di mettersi subito al lavoro, di far loro ammirare durante le ore di scalo... tutto ciò che la città e il Regime offrono di più rivelatore, di più eccitante per i cuori proletari... Autobus... giro della città... rigiro... chiese... visite... arcivisite... altri autobus... discorsi dottrinari ovunque: discorsi... e finalmente pranzetto. All'officina dei telefoni, i pellegrini vengono abbrutiti con una valanga di spiegazioni tecniche..."impressionare con i particolari", questo fa parte del bel programma... Terminata la visita, riunione presso il direttore...

Breve discorso (tempo di musica: allegro) del direttore, traduzione a cura dell'interprete-poliziotto ebreo..."Voi avete visto, cari compagni, percorrendo i nostri stabilimenti, che tutti i nostri cari compagni operai lavorano qui nella contentezza; nello slancio e nella sicurezza. Qui, esiste la gioia! Qui non ci sono schiavi affaticati, tremanti di paura come nelle vostre officine dell'Occidente! Qui, operai, ingegneri, assistenti, direttori, sono tutti eguali, tutti concorrono nell'entusiasmo e nella perfetta uguaglianza all'edificazione del socialismo mondiale... alla stessa opera di emancipazione internazionale... ecc... eccL. Per concludere, compagni, se qualcuno di voi desidera fare qualche domanda al compagno direttore, egli sarà ben felice di rispondere con la massima sincerità".

Un membro dell'equipaggio:

- Domandate dunque al compagno direttore quanto guadagna in media un operaio della sua officina...
- Da 200 a 300 rubli il mese (un paio di scarpe costa 250 rubli, l'alloggio 90... ecc. ecc.).

Un altro marinaio, minuzioso:

E il compagno direttore, quanto guadagana, lui, il mese?

Piccolo imbarazzo... conciliabolo... sussurìo tra il comparedirettore e il – compare - interprete...

Il direttore (in russo):

- Via!... Rispondetegli 1.500 rubli... L'interprete:
- Il direttore vi fa rispondere ch'egli guadagna 1.200 rubli il mese. Poi, attacca, parolaio, entusiasta, confusionario:
- Ma qui, non è vero compagni? qui l'operaio gode enormi vantaggi, ve l'ho fatto notare, gli operai non sono come da voi, legati per sempre alle più dure bisogno... Da noi. stanno pochissimo nei posti subalterni! Poi, salgono! Salgono! Salgono tutti i gradini! Tutti i compagni operai possono diventare anch'essi direttori a loro volta!... Tutti!...

Il direttore (un po' nervorso);

Spiegate loro che anch'io ero operaio... L'interprete (caricando la dose):

- Il direttore vi fa dire che in altri tempi era marinaio! come voi!

Marinaio come io sono astronomo... ma intanto 1.5W rubli il mese e Membro del Partito... Tanti vantaggi per operai quanti pesci si possono trovare nel Sahara...

Vi ho citato come esempio-questa storiella di soperchieria,

moltiplicatela per un tre milioni di casi, per tutti i membri e cugini del Partito, e voi, otterrete con molta approssimazione la verità sulle cose russe.

Ma ora, la guerra per gli Ebrei! Non posso trovare aggettivi per darvi il senso di quel che significa. Non posso immaginare un'umiliazione più grande di quella di farsi sventrare per gli *youtres*, non vedo nulla di più ignobile, di più infamante.

Non è la questione di morire, è la questione d'essere il più in basso, il più in ritardo, il più fesso che non si sia mai visto sulla calotta di madre terra... Che vogliono gli Ebrei? dietro il loro gergo social-comunista? dietro il loro carnevale demagogico? dietro tutta questa truffa infernale? Che vogliono? Che noi si vada a farci sbudellare per loro, che siamo noi a riprendere le loro beghe e che si vada noi a fate da fantocci dinanzi alle mitragliatrici. Agitano, propagano, aggrediscono in nome delle loro più grandi idee servendosi delle trippe dei goym. Bisognerebbe anzitutto domandare agli Ebrei che comincino a*sacrificare loro, le trippe, le personali... prima di pensare a impegnare le nostre. Che comincino a crepare tutti loro, poi si vedrà... L'idea germinerà forse nella carogna ebrea... È così che si provano, i martiri, i veri martiri, non con le sole parole... Gli Ebrei ipotecano sempre l'avvenire, ma non si fidano che del presente... È al tempo presente che si godono la nostra fesseria, la nostra ebetudine, la nostra credulità in forma d'Universo einsteiniano, in miliardi d'anni di notte. Questi Messia, questi sparuti apostoli non prendono contatto con lo Spirito, non entrano in commercio spirituale se non col concorso delle più grandi comodità.

Non bisogna confondere! I comodacci e l'esistenza grassa,

anzitutto! Essenzialmente. Non si tratta, per il fondo'di queste crociate giudeo-mongoliche, che di strapparsi gli schiavi, tra botteghe rivali... Chi scenderà non-ebreo, nell'arena, vi lascierà certamente la pelle e non ne caverà nulla. È un cane, avrà un osso tutt'al più!... e poi, non rompa le scatole!... Mai un soldo di utile!... Dall'ultima grande guerra 14-18, gli *youtres* ne sono usciti grandi vincitori!... Poincaré, Viviani, Ribot, Millerand, Clemenceau: rottami scaltri, acuti maniaci, imbecilli, burattini perversi, giullari canaglie, biliosi, venduti, arcivenduti agli Ebrei.

Si è massacrata. la metà della Francia, la più giovane, la più virile, per ravvivare le basse midolla di quattro scimnùoni anatomici. Occorre quel che occorre! È la gloria! Tutti i grandi vampiri campano cent'anni! E la prossima guerra sarà ancor meglio! e più implacabile ancora, ben più pepata, più sanguinosa, più torrenziale, sarà la fine della Francia. L'odio degli Ebrei per gli animali che noi siamo è così virulento, di un tale ardore compresso, concentrato, che noi saremo proiettati, arsi, tagliuzzati, maciullati dalla mitraglia, ancora vivi, prima ancora d'aver potuto aprire gli occhi.

L'impostura è la dea delle folle. Se fossi nato dittatore succederebbero cose abbastanza strane. Io so, io, quel che abbisogna al popolo francese: non una rivoluzione, non dieci rivoluzioni... Quello che gli abbisogna, è che lo si condanni per dieci anni -al silenzio e all'acqua! che vomiti il troppo alcool bevuto dal 93 in poi e le parole che ha sentite... Com'è, attualmente, è irrimediabile. È talmente infarcito di porcherie massoniche e di alcoolismo, ha le budella in tale stato di giudeaggine e di cirrosi che si sfa in pezzi.

Alla mia "borghesia del suolo", durante il tempo della mia dittatura, glie ne farei tante di quelle, le farei imparare tante di quelle nuove maniere di comportarsi, da farle rimpiangerle per benino la Comune, gli Incas, gli Unni, l'eccidio per mezzo delle belve! Rappresentano il "Passato", i nostri borghesi! Non significano più nulla! Schiavi eternamente degli Ebrei, l'inquietudine li travaglia, si sfanno per la paura nel fondo dei loro calzoni. Non sanno più che pesci prendere tanto hanno fretta di tradire, di vendersi, tanto hanno paura di non tradire abbastanza. Si farebbero dipingere da Ottentotti, si farebbero rivolgere il naso solo perché gli *youtres* li tengano ancor su, li tollerino ancora un po', nel nuovo ordine, perché non li privino subito delle loro "mangiatoie"... Son nati nel tradimento, ne morranno...

La prossima guerra - si può prevedere - sarà su tre frontiere nello stesso tempo e quali batoste! formidabili! mica piccole! immense! Ve l'auguro bella e allegra, figli della Gallia!... Quelli che sanno scavare, scaveranno!... Mai tante trincee, cosii profonde! così larghe! cosi lunghe! avranno inghiottito un così grande numero di uomini in una sola volta! Per l'immensa gloria d'Israele! Per l'Ideale massonico! Per la gloria delle Borse! dei Valori e del Còmmercio! e della Mensa! Per l'arrivo allegro e trionfante del milione di *youtres* saccheggiatori che ci mancano ancora e che si consumano d'impazienza nella desolazione dei loro ghetti!

Francesi di casa nostra, un po' di cuore! Non addormentatevi a questo modo!... Sareste forse dei degenerati? Ricordatevi in questo sublime istante, meravigliosamente atteso, delle vostre tradizioni cavalleresche! Un Francese non ha mai esitato un istante per la difesa della Patria! Buon sangue non mente! Sangue guerriero! Il Francese non si ritrova che sòlto i proiettili! Quale soldato! Baiardo! Murat! La Tour d'Auvergne! Presente! Addosso al nemico! Sì, ma soltanto con i Russi! attenti! con giudeo-mongoli! Attenti a non sbagliare! Non bisogna fare attendere Yubelkrantz!... Lisok, Lévy, Rosevibaum intristiscono, poveretti, laggiù, soffrono, si annoiano... mentre voi chiacchierate ancora sulla soglia del massacro... Che attendete, banda di vigliacchi? Potete partire tranquini... Voi sarete prontamente sostituiti nel vostro lavoro, nelle vostre case, nei vostri letti... Le donne francesi, d'altronde, non domandano che di arrendersi... che dico?... sono impazienti come Lisok, Lévy, Yubelkrantz di condurvi al più presto alla Stazione dell'Est, quella che porta alla frontiera... di spingervi alla mischia... Povera carne da cannone, voi sarete presto dimenticati! Voi sarete aspirati, assorbiti, digeriti, presi nella vittoria ebrea... Vi sì trasformerà in pensioni per le vedove ben consentevoli!... Alla vostra salute, amici!... L'Inghilterra alleata?... Un corno!... Ecco una famosa altalena! Andranno lemme lemme, ve l'assicuro, stavolta!... Ancora più lemme lemme che l'altra volta... Un anno per mobilizzare... un altro anno per istruire... Noi saremo già serviti quando sbarcheranno nelle Fiandre i primi scaglioni di sbarbatini di Oxford. La graziosa Home-Fleet del Whiski si spargerà nell'Atlantico in aspettativa... Gli Ebrei sono padroni della City, non dimentichiamolo... una delle supreme cittadelle con WallStreet e Mosca... Non si distruggerà molto... siatene certi... Aspettativa! Molta aspettativa un ''wait and see'' formidabile... Stavolta, non faranno nulla con precipitazione... Invienanno qualche aeroplano_ qualche generale per pranzare alla mensa di Maurois... e per discutere un po', al Ministero, sul tunnel sotto la Manica...

Ma per la corrida cosmica, saremo noi a offrire la materia da fare a pezzi... è il nostro paese, ben designato, il più nutrito, il più decadente d'Europa... che deve pagare lo scotto... SI, voglio dire, con la nostra carne... i nostri ventricoli... dopo tutto il nostro denaro!...

I tipi di casa nostra, i qualunque Bidart, i Brodin, i Lacassagne, i Vandenput, i Kersuzon forniranno tutte le pipe é le carotidi del Tiro a segno. Con loro, nessuna storia, nessuna chiacchiera!... Sarà deciso sin dal primo giorno!... E non saranno di quelli che fanno finta!... Non andranno alle conferenze!... Si daranno da fare in fatto di peritoneo, di baionette, di granate... Tutta la battaglia sarà per loro, senza discussioni... in tutta la distesa della Francia... E l'Ebreo allora? I nostri forsennati liberatori?... dove saranno?... i nostri frenetici, i nostri eccellenti *youtres*?... Eh? dite un po'?... "Troppo vecchi, troppo lunghi, troppo grassi, troppo occhialuti, piedi molli, sistolici, albuminosi"... Il vento della gloria passa vicino, essi sono troppo fragili e preziosi... riformati insomma... o, al massimo, infermieri... o, a peggio andare: nello Stato Maggiore... "qualcosa" in un genere che ispeziona molto le cantine... interpreti, per forza... ufficiali presso il generale per dare gli ordini... molto telefono... Quello che ci vuole ci vuole Gutman mi diceva, l'altro giorno:

- Vedrai, Ferdinando! Tu non li conosci i francesini! Uno squillo di tromba e, hop! partono di corsa!... Si precipitano tutti come un sol uomo!... Eccoli, petto in avanti! superbi! fieri, di fronte al nemico!...

È vero... si tratta dei Bidasse... dei Lidoire, dei Varidenput e ancora di altri dieci milioni di uomini come questi che vanno a farsi sventrare per i giudei!... (su tre uomini uccisi in guerra, due son contadini: 1/1.300 soltanto è ebreo). Ha ragione, Gutman. Basteranno quindici giorni di radio, di stampa e di fanfara perché accorrano tutti, ben avvinazzati, a farsi sbrindellare nei fuochi di sbarramento... È infantile, meccanico... Bidasse, Guignon, Miraillé, La Gotimette, nomi ben francesi, e due milioni di altri ancora...

Io, se fossi dittatore (decisamente è una mania), farei approvare un'altra legge... una ancora ed è l'ultima... Immaginatevi che conosco un modoper tranquillizzare, per chiarificare immediatamente l'atmosfera internazionale... Ecco tá sostanza del mio editto: in tre semplici brevissimi articoli...

1) Al momento della dichiarazione della guerra tutti gli Ebrei residenti nel territorio, dai 17 ai 60 anni, mezzi Ebrei, quarti di Ebrei, sanguemisti di Ebrei, sposati a Ebree, frammassoni, saranno versati, unicamente alle unità di fanteria, combattenti e di prima linea. Nessuna infermità, ragione di riforma, di rinvio, sarà valevole per un Ebreo o assimilato. In nessun caso, questo militare potrà oltrepassare il grado di capitano.

2) Nessun altro servizio potrà essere dato a un Ebreo, né medico, né infermiere, né artigliere, n'' zappatore, né scrivano, né aviatore, né commissario politico, né guardarobie re, né autista, né attendente; e questo in virtù del principìo, che il fatto di ritirarsi a soli venti metri dalla linea del fuoco diventa per l'Ebreo una scappatoia meravigliosa, un'occasioné immediata di mettere in moto le proprie conoscenze, il primo passo verso le imboscature e i Ministeri...

3) Ogni infrazione a questi articoli sarà punita con la pena di morte, senza discussioni né mormorii...

Tutti gli Ebrei in prima linea! E per tutta la durata della guerra! Nessun privilegio ammesso. I feriti ebrei non saranno mai sgombrati dalla zona di operazioni. Guariranno nella zona di operazioni... Se occorre, creperanno nella zona di operazioni... Feconderanno la zona di operazioni... Bisogna sempre diffidare degli Ebrei anche quando sono morti.

Dal momento che i Sovieti rappresentano la guerra... Ebbene, sia!... se l'avventura finisce male, com'è assai probabile, non bisogna che i nostri Ebrei se ' la svignino. Bisogna che paghino i piatti rotti; bisogna che gustino sino alla fine. Bisogna che divengano ostaggi, immediatamente, sin d'ora; che garantiscano con le loro pelli quell'emancipazione umana di cui ci parlano sempre. Si vedrà che piega prenderà.

Dal momento che gli Ebrei sono nostri padroni, dal momento che rappresentano il sale della Terra, la luce del Mondo! Dal momento che devono rendere la terra abitabile! Allora è il momento di cominciare! Tutti in prima linea! Per Dio! E nessuna defezione! Sarà il momento in cui ci offriranno di che spassarcela! Li voglio vedere, io, in prima linea! Intenti a rendere le prime linee abitabili! Ecco un meraviglioso spettacolo: il più bel teatro ebreo che non si sia mai visto...

Sarà bello a farei morir di gioia. Mica fesso, io prometto di tirar su il sipario personalmente, di rimanerci quanto basterà per vedere finalmente tutti gli *youtres* saltare sui parapetti delle trincee, per ammirare questo splendido sport nonché i "Benda Brothers" salire all'attacco, pieni di dìsprezzo per no~ e con mille baionette nel sedere!

> Le guerre e le rivoluzioni sono le messi del popolo Ebreo...
>
> DISRAELI, *Ebreo Primo Ministro dell'Inghilterra*

Popolazione totale della Francia: 40 milioni. Ebrei e affini: 2 milioni.

Ricchezza totale della Francia: 1.000 miliardi, di cui 750 agli Ebrei.

Francesi mobilitati: 8.400.000... Ebrei mobilitati: 45.000. Francesi uccisi in guerra: 1.750.000 (1 su 5).

Ebrei uccisi in guerra: 1.350 (1 su 33). (Dichiarazione del Gran Rabbino).

Per essere ancora più precisi, esaminiamo queste cifre... Durante la guerra 14-18: 1.350 uccisi ebrei, Ebrei francesi... In proporzione, questo rappresenta 1 ebreo ogni 1.300 morti francesi. (1.750.000)... questo 1/1.300, io trovo, rappresenta in modo esatto tutta la entità dei diritti ebrei nel nostro territorio.

Darei volentieri 1/1300 dei diritti d'esercizio, in ogni professione, agli Ebrei; così, per esempio, in medicina, dove siamo 30.000 praticanti francesi, ebbene, accetteremmo 23 colleghi ebrei. Ottimo! Ecco una cifra normaleL. assolutamente sufficiente... Ma dato che in Francia, i medici ebrei sono press'a poco 8.000... allora, vero?...

> "Il mondo intero è governato da 300 Israeliti che conosco".
>
> RATHENAU, *Ebreo, Ministro tedesco*

"Un ebreo per feritoia..." tale è il mio programma per la prossima guerra. Un ebreo e poi un framassone... Insomma, i veri interessati, i pretendenti ai benefici, i partecipanti al potere... Anzitutto, non saranno le feritoie a mancare da Dunkerque al Golfo di Guascogna. Sarà un giochetto da bambini accontentare tutti! Ve ne sarà per tutte le Logge, per tutte le discrete Sinagoghe.

Come vedete, il mio piccolo decreto di mobilitazione degli Ebrei, dalla loro più stretta affettazione alla prima linea, non è uno scherzo... Ben compreso, ben ammesso, ben assimilato dai nostri *youtres*, può dare dei risultati di cui voi sarete straordinariamente sorpresi, risultati preziosissimi, provvidenziali, che ci eviterebbero di partecipare – qual miracolo! – con tutte le nostre carni al più grandioso macello dei tempi... un decreto che chiede solo di funzionare... che urla già ditianzi alle nostre porte... Partecipazione sempre più certa (che gli Ebrei rendono sempre più certa con le loro maniere di "spinta al delitto").

Voi vedreste come per incanto soffiare un venticello, che dico? scatenarsi invincibili, focose burrasche, veri cicloni di proteste pacifiche! attraverso tutte le frontiere!

Riavvicinamenti miracolosi, tra nemici "della notte dei tempi" non tarderebbero a sbocciare... da un lato all'altro dell'universo... Appena si fa capire al cuoco che finirà lui stesso, di persona, in un intingolo, state tranquilli, non accenderà più fiammiferi...

"Mio caro pollo! Mio caro pollo!" grida, intenerendosi... Ha capito... A cominciare da quel momento, ci parlerebbero assai meno di Russi, di queste grandi alleanze giudeo-tartare, imperiose, assolutamente indispensabili alla nostra felicità... alla liberazione del nostro spirito... Quando gli Ebrei si renderanno ben conto, assolutamente conto, che ci si servirà delle loro trippe per fabbricare i salsicciotti di trincea... scopriranno subito che certe alleanze... sono troppo pericolose... Quando si tratta di pagare con la propria pellaccia, i più frenetici "Osatutto" si interrogano. Vi assicuro che troveranno a volontà ogni sorta di compromessi originali per risolvere la Questione Sociale... Gli Ebrei si sentono benissimo nella fifosaggine... Li si lascierebbe ricadere di colpo nella loro barbarie, i Russi!... nella loro notte mongola... Da tutti i lati dell'Universo, per effetto di un sospiro magico, si scoprirebbe improvvisamente ch'essi sono veramente impossibili, irrespirabili, questi russacci!... defecatorii... stereofagí... mongoloidi sino alla nausea,... che non si sarebbe mai dovuto permettere che simili orrori venissero a distrarci... che bisogna respingerli subito... vadano tutti a nascondersi dietro la Grande Muraglia... Kirghisi, Manciù, Papatuiani! Non si parlerebbe più tra Apostoli, nelle cantine, di cultura se non di quella scandinava... di miracoli norvegesi... si studierebbe particolareggiatamente la collaborazione delle classi... i sindacati intesofili... Non si parlerebbe più di interventi, né di crociate, né di ferme attitudini... Sarebbe un riappacificamento generale... S'inviterebbero quelli di destra a venire a Garches con quelli di sinistra a bere un bicchiere... a giocare tra il verde, a raccogliere fiorellini...

> I regali degli Ebrei sono pestilenze...
> TRIDON, *Membro della Comune di Parigi.*

Per circostanze della vita, sono stato durante quattro anni titolare di un impieguecio alla S. D. N., segretario tecnico di un ebreo, di uno dei potentati della Casa. Uno strano lavoro, abbastanza divertente, bisogna dirlo, ma come soddisfazione alquanto sbiadito, assai poco generoso. Non c'era di che spassarsela. Facevo parte, io, del "Piccolo Quadro"... degli "ausiliari", della gente d'ultimo piano... 1 buoni posti, quelli ben zuccherati, sono occupati laggiù, come altrove, dagli Ebrei e dai massonì... Non bisogna mai confondere. Scuola Normale, Oxford, Politecnico, i begli Ispettori delle Finanze ecc. Insomma, l'Arìstocrazia... Io non brigavo per ottenere di più, siatene certi. Non sono geloso. Non è il mio sistema per riuscire... Era soltanto un'avventura... Non sono fatto per incrostarmi... Ma, in fatto d'esperienza, posso dire che m'ha ben servito!... Non rimpiango il mio tempo di Ginevra... Ho visto lavora-re i grandi Ebrei tra le quinte dell'Universo, preparare ì loro grossi affari... Ci vengono tutti, prima o poi, a Ginevra. È un luogo di devozione per loro. È la più grande Sinagoga nel più grande tempio massonico dell'universo... È l'antro delle combinazioni più viziose dell'Epoca e dell'Avvenire... Dal Segretario Generale sino all'ultimo giornalista, bisogna avere un certo odorino per far parte della casa... Bisogna "essere dei lor", insomma!... Tutto quanto non è ebreo o affine è abbastanza in fretta eliminato... Non mi facevo illusioni... Più che altro mi interessava guardare... la mia carriera amministrativa ha tuttavia durato quattro anni. Son lunghi. Li ho visti venire i grandi Ebrei! I più grandi massoni del pianeta, i più inquieti, i più arroganti, i più induriti, i più scocciatori, i più grandeloquenti, i più muti, i più opulenti, i più tristi. Bisogna sentire come ciarla, tutta quella gente... Avevo capito, io, le ridicole complicazioni delle Commissioni... la dialettica dei compromessi_ Soltanto non bisogna essere troppo curiosi, mostrarsi troppo golosi di "origini"... Non sì è ben visti, in questo caso! Mai troppi particolari, per favore! Quando diventavo inquisitore, il mio grande padrone Yubelblat mi spediva in viaggio, in missione di studìo_ Ho così percorsi i continenti alla ricerca della verità. Se i viaggi formano l'età matura, posso dire che ne ho fatti parecchi. Dio, quanto ho viaggiato! per istruirmi! per accrescere le mie conoscenze! Quanti ospedali ho visto, quanti laboratori!... spulciato i conti delle nurseríes... visto funzionare le belle caserme! corso negli ammazzatoi! Ammirato tanti di quei forni crematori! apprezzato tante di quelle latterie! delle "modello" e altre meno pulite... dalla Cold Coast a Chicago! e da Bergop-Zoom a Cuba! dovrei fare parte dell'istituto di Francia, tante sono le cose che mi hanno ínsegnate, e tecniche e altre peggio ancora!... straordinariamente noiose!... Quanti scienziati ho visti, barbuti, calvi, pedanti, occhialuti!... Quante lezìoni mi lianno dato!... Da Harley Street a San Francisco! Da Leyden, sognante tra i tulipani, a Post-Lagos in Nigeria, ribollente di febbre gialla. Dovrei essere quasi perfetto in diecimila materie scientifiche, di cui non ne so; più una parola... Sono veramente tino dei cretini più matricolati del pianeta. Così va la vita...

Si son fatti tutti gli sforzi per fanni uscire dal mio torpore. Quanti maestri ho percorsi e ammirati tutti, sotto tutti gli aspetti, per ore ed ore... ognuno... fini clinici, ventripeti, ighemstì così convinti, così trasformatori, rinnovatori, promettitori al punto che la loro saliva valeva già il prezzo dei diamanti. O miraggi iridati! Ne ho visti dei cardiologi! degli endocriniani sbalorditivi; dei fisiopati simpatologi e di quelli sempre più strani, più perentori, confusionari, ultra-perspicaci gli uni più degli altri... Santi del Cielo!... che tormento! che genìa! Tutti questi neo-Dìafonísti del Progresso moderno si son dati appuntamento per riempire di meraviglia la mia povera testa... Ah! come ho dovuto subirli!... vertiginosi, imperiosi, vendicativi o dolciastri... sempre in atto di sottilizzare, d'analizzare... di fare un passo indietro, di attorcigliarsi... di masturbarsi su uno sputo, su una scorza di lenticchia, su un pelo del sedere, sii una stupidaggine, su una parola, e poi per ore intere su una virgola, in tutti i sensi... Come son parolai, puerili, presuntuosi, meselimi, pettegoli, inquieti, megalomani, persecutori, questi timili cercatori!... Il peggiore degli attori non è che una pallida violetta in confronto d'un abbaiatore alla radio, d'un venditore ambulante... I peggìori "hai-già-letto-il-mio-libro?" del mondo, ì più suscettibili istrioni, le più irascibili vedette si incontrano nei "Congressi", nelle fiere della vanità, per il "Progresso delle Scienze". Bisogna sentire che strombazzamenti! bisogna osservare che tiri birboni! Son disposti a tutti i delitti pur di vedere la loro fotografia figurare in un resoconto elogiativo. Yubelblat, il mio caro padrone, il suo mestiere speciale, la sua opera internazionale era di coltivare rapporti con tutti i grandi tenori della Scoperta... Io, il mio piccolo lavoro personale, consisteva ad aiutarlo nei meandri della sua politica, avvicinamenti, diplomazia, l'arte di far piacere a tutti, alla madre, al padre, ai cugini... Incarico ben arido! Tra tutti quei biliosi straordiriariamente ingrati... gli scacchi si trasformano in aceto, in rotture istantanee, in vessazioni considerevoli, diplomatiche... Gli scienziati sono spietati sotto il lato vanità... Oh, non l'è mica semplice, credetemi, rassicurare uno scienziato, fargli ben entrare nel cranio la convinzione ch'è proprio lui il primo del mondo, l'eccellentissimo, che non se ne conosce un altro come lui... in fatto di intuizione... sintesi travolgenti... probità ecc... Tutto questo richiede molte parole, molti gesti e continue scritture e finezze irreprensibili e poi una faccia tosta incredibile e infine una memoria delle fesserie, assolutamente straordinaria, impeccabile, extra-lucida. È questione di vita o di morte, ricordarsi di quel che si è detto. Il minimo sbaglio e tutto salta!... In ogni occasione e con tutti i mezzi valevoli e probabili, gli scienziati devono giubilare da un lato all'altro degli Stati, dei 48 Stati; non un attimo di riposo: bisogna continuamente spalmarli di pomata, inviare loro dei "pro-memoria", dei bigliettini, dei viaggi gratuiti, mille "spese", diecimila confidenze, centomila complimenti e poi incarichi di Commissioni, purché possano venire in persona a Ginevra... per mettersi ancora in vista, farsi belli, chiacchierare. Léon Bernard di Parigi, questo grosso rabbino medico, meravigliosamente pretenzioso e nullo, era uno dei più assidui a Ginevra... L'abbiamo ben conosciuto, noi, era un razzista sfrenato. Ha lavorato enormemente per l'invasione dei medici *youtres*, per il loro trionfo a Parigi. Tutta la sua carriera è consistita, sotto altre apparenze, a fare naturalizzare francesi 5 o 6 medici ebrei per settimana... tutti razzisti, evidentemente... Gli devono una vera statua, questi alluvionari, nel cortile della Facoltà di Medicina, una statua in oro, su un vitello. Yubelblat, bisogna riconoscerlo, era meno fesso degli altri scienziati, meno meschino, meno abbrutito, meno pretenzioso. Capiva perfettamente l'astuzia. Non delirava davanti allo specchio. Ma era ieratico come tutti i veri circoncisi, non poteva mai star fermo. Doveva tracciare, rivendicare. Il suo viaggio favorito era la Cina... Andava a militare da quelle parti... Faceva un salto sino al Giappone... Preparava qualche affaruccio... poi tornava tranquillo tranquillo... riattraversava tutto il pianeta per un telegramma, per un sospiro... per un nulla... Ripassava per la Russia... oppure non ripassava più per la Russia... tornava dal Sud. Veniva ad acciuffare il suo telegramma... il suo sospiro... il suo nonnulla... E poi, pam! me lo vedevo risorgere! una mattina! lo ritrovo d'un sol colpo! dietro la sua scrivania... tornava a galla dall'altro lato del mondo!... così!... Faceva l'ebreo errante, l'uomo-ghiribizzo, lo insolito... Per riflettere, si arrestava, dietro gli occhiali, oscillava in avanti... lentamente sui piedi... e che razza di piedi!... come un pendolo... Questo modo di comportarsi bizzarro sulla vita, di scomparire in fughe e di ritornare quasi in una corrente d'aria, non sicure gran che, in apparenza. Si sarebbe potuto pensare: questa agitazione è grottesca, è pura dispersione, nulla di serio, balordaggine. Quest'uomo lavora di fantasia. Eppure era^ssenziale, non bisogna lasciarsi trarre in inganno! Guardate un po' le formiche come si comportano... non tutte fanno veramente qualcosa, non tutte trasportano cibo... esse vanno, passano... è il loro lavoro... ritornano... si affrettano... esitano... hanno l'aria di non più sapere dove andare... di camminare a casaccio... eppure esse formicolano... hanno la loro idea... è questo l'essenziale: formicolare.

Dato che in proporzione gli Ebrei non sono molti sulla terra (15 milioni), bisogna che si facciano vedere ovunque, che siano dappertutto nello stesso tempo, ch'essi seminino la buona parola attraverso le colonie ebree e i potenti del giudaismo, e anche presso i piccoli ebrei, occulti o confessi, apparenti o mascherati, ma tutti razzisti... bisogna riattizzare il fervore, l'eccellente intesa, le ardenti correnti dell'opera, la passione del prossimo trionfo, con "ifr", con l'appoggio di "ifr", di statistiche, di nuovi bilanci, di nuove vittorie parziali, di Congressi all'infinito, per la Pace, sempre per la Pace, per il progresso. per -la luce, per il miglioramento delle scienze e degli uomini... Cosi e sempre, da Washington in Cina, dalla Grecia al Canada... Un lavoro formidabile... Non un solo minuto d'interruzione... Promettere... Promettere... lusingare facendo piani... risvegliare lo zelo o l'odio... che si attendono, si indeboliscono, si perdono... Lanciare di nuovo!... Quale tamtam!... Sorvegliare le messi... Percorrere... Percorrele. Scomparire... Era infaticabile, il fragile Yubelblat, nelle suer piroette, nelle sue rapide scappate,... acrobatismi, colloqui furtivi, misteri e giochi di bussolotti internazionali... Sempre in "oleanism", in volteggiamenti, vertigini, tra due cablogrammi, due telegrammi, due telefonate... Sempre intento a lanciarsi un po' più lontano, nel disordine, a scoprire nuove trame, altri fili più imbrogliati, trasformare il tutto in enigmi, e poi difendere tutti questi intrighi con piccoli trabocchetti ben occulti. Non si fermava mai... Lo si vedeva... Non lo si vedeva più... Mi ricordava qualcosa che avevo visto al Giardino Zoologico di Londra, quell'animale così stravagante che è l'ornitorinco, così abile, falso castoro incredibile, con un enorme becco da uccello, non smette mai di tuffarsi, di cercare, di tornare... Scompariva imprevedibile allo stesso modo, Yubelblat... Plaf!... Si butta in acqua, si getta nelle Indie... non lo si vede più!... Un'altra volta si volge verso la Cinà... nei Balcani... nelle ombre del mondo... profondità... Tornava a galla... Tutto strepito, strizzando gli occhi... Era vestito tutio di nero come l'ornitorinco... cornuto come l'ornitorinco... Era agile, flessuoso all'infinito... . straordinario a guardare, ma in cima alle mani aveva anche le grinfie... e velenose come quelle dell'ornitorinco... Occorreva conoscerlo da molto tempo perché ve le mostrasse... La fiducia non era il suo debole... Insomma, non posso pretendere che mi annoiassi ai suoi ordini... Sarebbe mentire... Mi piaceva cosi com'era... Avevo persino dell'affezione per lui... Certo, non dimenticava di maltrattarmi un po', ogni tanto... di farmi gustare una mascalzonata... Ma io, a mia volta, non avevo troppi riguardi... Esisteva una piccola lotta sorniona... Un g'iorno che m'aveva lasciato troppo tempo così, a Ginevra, in lavori imbecilli, a muffiile su ' incartamenti, ho complottato qualcosa nel mio genere, un piccolo lavoro teatrale, inoffensivo,..."a Chies". Un lavoro fallito, è vero... ma c'era tuttavia della sostanza... Glie l'ho fatto leggere, a Yubelblat. Egli che nella vita si mostrava il più eclettico degli *youtres*, mai scandalizzato da nulla, quella volta sentì il colpo... Ha fatto una smorfia... Non ha mai dimenticato... Me ne ha riparlato numerose volte... Avevo fatto vibrare l'unica corda proibita, che non doveva servire per i trastulli... Egli aveva perfettamente capito. Non aveva bisogno di disegni esplicativi.

Quanto agli Ariani, è desolante... Se non si annunciano loro le cose col *neon*... Qual è l'animale, vi domando, più stupido, ai nostri giorni?... più ottuso dell'Ariano?... Quale Giardino Zoologico lo ospiterebbe?...

Yubelblat, è vero, aveva cercato di rendermi perfettamente "ecnic", diplomatico e sagace, e, soprattutto, di farmi diventare, accanto a lui, un ottimo amministratore... Mi aveva in simpatia, malgrado i miei difettucci... e la mia testa da teppista... Voleva che mi iniziassi al maneggio dei fili, ai trucchi del mestiere, alle fini astuzie che fanno camminare le Assemblee, le Commissioni. 2a,

3a, 4a, 5a... i fantocci e le Finanze... soprattutto le Finanze...

– Io, vedete, Ferdinando, sono sempre Segretario, null'altro che Segretario, attraverso tutte le circostanze, voi mi vedrete solo Segretario... È il titolo che ho scelto, mai di più... Mai!... Segretario! Ecco tutto!... Arrivo, non dico una parola... La discussione è cominciata... vado a sedermi pian pianino, tranquillamente, alla sinistra del Presidente... Notate, non disturbo nessuno... I dibattiti cominciano e si sviluppano... sbiaditi o appassionati... grotteschi o noiosi... Nessuna importanza!... Ad ogni modo, nessun sviluppo logico nelle idee... è impossibile... nessuna coerenza... È la grande regola assoluta di tutte le assemblee... aprono bocca e dicono solo fesserie. Ecco la pesantezza del "numero"... la legge schiacciante delle Pendole della Stupidaggine. Essa trascina tutto, stanca tutto, schiaccia tutto... Non si tratta di lottare... Tutti quei fessacchiotti attorno ad un tavolo chiacchierano, sbuffano, s'insultano... sin dalle prima parole dimenticano quel che avevano da dire... Si ascoltano e questo loro basta... In fondo, parlano a casaccio... S'entusiasmano, si agitano... Sono là per prodigarsi... Cincischiano, si eccitano, si perdono... il che è assai facile nel caso. nostro con tutte le lingue... si comprendono male o addirittura a rovescio... Non si capiscono nemmeno tra di loro... si impigliano in malintesi... si soppesano... si sfidano da un lato all'altro del tappeto... Questi citetti li perdono... si appassionano... Ed ecco che cominciano a ragionare... non si tengono più... sono venuti per discorrere... e da paesi lontani... delegati alle chiacchierate... dal Venezuelà... dall'Arabia... dalla Nuova Zemblia... dalle Piccole Comore... I microfoni non sono fatti per i cani... Più invecchiano, i delegati, e più cicalano... La vecchiezza è tutta femminile, si rammollisce, si sfrolla, finisce in pettegolezzi... si sorpassano spolmonandosi...

improvvisano veri concorsi d'asma... La povera questione iniziale non esiste più... urtata da questi assurdi, stiracchiata, calamitosa, ah perso tutti i contorni... Non si sa nemmeno più dov'è finita... La si cerca... non la si trova più... Le discussioni continuano lo stesso e sempre più veementi... C'è una confusione terribile per la presa della parola, vogliono tutti averla nello stesso tempo... I delegati impacciati che non arrivano a piazzare nemmeno una parola dei loro discorsi... trovano che il presidente è infame- È il lato brutto delle chiacchierate ringoiate... Rodono il freno nell'angolo delle loro sedie... preparano i peggiori tiri mancini... vetrioli infernali per assaltare quelli che tengono solo per loro il diritto di parlare... Dopo un'ora circa di questi sfrenati cicalecci, i delegati ''tutti contro tutti'', non sanno nemmeno più dove si trovano... hanno perso la bussola, il senso della parte, delle dimensioni... Non sanno più di che si tratta... La questione è nelle nuvole... nelle chiacchierate, nei singulti... nel fumo...

Trafelati, sfiniti, devastati, crollano... Una specie di angoscia li prende... non sanno più come finire... si aggrappano alla tavola... Dal modo come li senti respirare rauchi, inceppare, rantolare a strappi... dai brani d'ingiurie che arrivano:mi dico:

''Yubelblat, è il momento...''. Il momento propizio per intervenire... Non un secondo in ritardo! Non un secondo in anticipo!... Bisogna che caschi proprio a tempo... nell'istante psicologico... Allora, è bell'è vinto! Li libero! Li salvo d'un solo colpo!... Organizzo l'''estasi'', Ferdinando... Gli è che in questo momento soffocano in seguito a un'ora di pugilato... di ebollizione di parole... Io conosco un modo di farli vibrare... lo offro una specie di sfogo a tutto questo gran parolame,... L'ho sempre qui, in tasca,... su un pezzo di carta... Al momento in cui non ne possono più, in cui si strangolano di confusione, in cui implorano l'atmosfera... io tiro fuori il mio scritto... dispiego sul tavolo il mìo pezzetto di carta, una "Risoluzione"... non Imenticate questa parola... una "Risoluzione"... La faccio scivolare al presidente, il peggior chiacchierone della banda, il più stordito di tutti... Egli si getta sul foglietto, lo afferra, è già tutto scritto... Egli non ha più che da leggere, sillabando... È fatto!... Sentendo questo testo netto, chiaro, che arriva loro per miracolo, che chiude cogi bene le loro discussioni, gli altri allora respìrano meglio... sì arrendono... lo "adottano"... con grande gioia! l'orgasmo!... Si distendono... si perdonano... si accarezzano si fanno defle moine... si congratulano... la vanità fa il resto... Si persuadono immediatamente che hanno finìto per godere da soli... Io naturalmente non rimango là, scompaio, rni squaglìo. Li lascio alle loro effusioni... Io non ho detto nulla... non ho fatto nulla... Ma le ho sempre in tasca le mie "Risoluzioni"... per tutta la durata dei dibattiti. Ogni mattina, le preparo... sono le mie piccole ricette... le redigo a casa, nella calma, a letto, prima dì scendere in quella gabbia di matti. Io so, io, che cosa voglio, io elle cosa occorre loro, ai delegati di cinquanta popolì... Sono fattì per "adottare"... Ed io sono là per questo, Ferdinando, e ho già tutto "scritto"... tutto scritto, amico mio... Io non parlo maì, Ferdìnando... Io non brillo mai, Ferdinando... Mai... Non dimenticatevi di questo... maì brillare!... Mai, Ferdinando!...

Faceva allora un grande sforzo di mìope, per sbirciarmi attraverso gli occhiali... per vedere se veramente avevo capito...

- Occorre che noi passiamo "inosservati", Ferdinando; mi capite? "inosservati"... altrimenti tutto andrebbe male... veramente malissimo, Ferdinando...".

— Considerate bene, Ferdinando, non dimenticate mai, quando esaminate, quando osservate da vicino l'andamento delle nostre commissioni, che più vìva è l'ìntellìgenza di ciascuno dei rappresentanti, e più grottesco, più pietoso sarà il loro cincischiamento una volta che saranno riuniti... E notate che li faccio venire apposta per l'esame di un problema nettamente dì loro specialità... che forzatamente non riserva loro nessuna sorpresa... che conoscono a memoria, a fondo, in tutti i particolari... sotto tutti gli aspettì... Più saranno eminenti e più i loro discorsi saranno ultrasorprendenti... le loro fesserie stupefacenti, colossali... i loro sbagli, le loro assurdità, addirittura inaudite... più li troverete elevati, considerevoli separatamente nel dominio dello spirito, della creazione, e più diventeranno inetti una volta che si troveranno tutti ìnsieme... Ecco una regola, un teorema, una legge dello spirito... Lo spirito non ama le riunioni...

Noi possediamo, a questo riguardo, alla S. D. N. un esempio veramente illustre, cataclismo Per meglìo dire... la famosa Commissìone detta delle "Correntì Intellettuali" per la "Espansione della Cultura e delle grandi Forze Ideologiche".

Null'altro che Geni!... scelti, sceltissimi,... dei geni provati, delle persone che Sconvolgono la storia delle Scienze C delle Arti, tutte le tecniche dello Spirito... Pure guardate, Ferdiriando, ascoltate bene questi illustri... basta che ìo suggerisca, eh'è ìo proponga la rninìma premessa di dilemma... che io agiti davanti al loro genio la più vaga inezia dialettica... il più insignificante nìnnolo pratico, perché si mettano a sragionare... che domandi il loro parere su un accento, sulla separazione d'una parentesi... sul progetto d'acquisto dì una matita... perché comincino a divagare!... perché affondino nelle sabbie mobili, perdano la tramontana, Si affloscino... Bisogna aver ben capito, Ferdinando, ben osservato da vicino le fasi di questo divagarnento parolaio... Bisogna che. per qualche tempo vi adìbisca ai dibattiti di questa commissione, ai "Resoconti".

Raccontando cose simili si ha sempre l'aria di prendere in giro... dì mirare solo all'effetto... Ma i dibattitì non erano il lato peggiore... La prova più dura per i grandi "Cefalo-Bills", era il momento degli addii... eran pene e dolori... non sapevano più come fare... come rìrietterrsi in gamba... eppure, dovevano per forza ritornare a casa... decidersi a riprendere il treno... Quando avevano scosso le loro manie, agitato, fatto vibrare i loro ossìcini, cosii, durante otto, dieci sedute, sbrigliato le loro ultime formule, non trovano più il comprendonio, non sapevano più come girarsi, come uscire dai colloqui, come tisolvere questo rebus... chiudere l'ultima seduta... Esìtavano da ogni lato... si urtavano in confusioni gli uni negli altri... attraverso le sedie... smarriti attorno ai tavoli... facevano il rumore delle nocciole in un sacco... si rimpicciolivano sempre pili... diventavano sempre più vecchi... più vecchi... Era urla vera disfatta dì carcasse...

Sulla questione del calendario, bisognava veramente aiutarli... Per sapere a che data ritornerebbero... o supponevano di ritornare... avrebbero vomitato sangue... talmente confondevano i giorni... sì strangolavano nelle date... per non arrivare a scegliere... Pareva un ospedale soltanto a guardarli dibattersi nelle convulsìoni... Facevano vergogna agli occhi dei segretari di servizio, e poi forzatamente facevano pena... Avevano perso ogni colore, quei dannati mingherlini, e passavano dal bianco al diafano, parlando con voce tremola attraverso i ruderi dei loro denti, dopo tante sedute di false lotte... Una terribile crudeltà... con i polmoni secchi, ventolavano ancora, sfinteri in rotta, organizzanti meticolosi... si maledicevano sull'Agenda... sulle pìccole date in asterìschi... e poi, a causa del mese dì giugno... e poi anche per l'altro mese, aprile... mesi che non avevano tutte le domeniche... e poi un giovedì in più... e poi un giorno di riposo che capitava addosso ad un altro... La "Risoluzione" li salvava ancora una volta, sulla soglia della tomba... si strappavano il foglietto... Si trasmettevano loro gli orari... non sapevano più dove dovevano andare... non si ricordavano più delle loro origini, occorreva portarli alla stazione... non ritrovavano la loro esuberanza che sulle banchine delle partenze... dinanzì alle grandi locomotive... Un'altra frenesia li prendeva... Si divertivano come pazzerelli a tutti gli echi... Imitavano le grosse macchine, le partenze, le trombette... i fischietti... Tal... tal... tal... tal... Pssiii... Pssiii.,, Rivedendo un po' della loro "ecnic", riacquistavano fiducia... Diventavano amici... amici... dei viaggiatori, di quanti stavano attorno, porgevano gentilmente le loro fragili manine... Li si istallava nel vapore... ben comodi, lontano dai finestrini, li si raccomandava alle persone che stavano nel corridoio... E poi il treno si metteva in moto... ritornavano ai loro lavori...

Quando redigevo le sue lunghe lettere, le sue delicate procedure, Yubelblat mi faceva sovente ricominciare da capo.,

Era il suo modo di fare... tre volte... dieci volte... quindici volte... di seguito... venti volte, un bel giorno... Era il suo sadismo... a proposito di un'inezia, di una finezza circonlocutoria...

- Troppo categorico! Ferdinando! Proprio troppo categorico! Troppo osato! Troppo formale!... Voi ci impegnate, Ferdinandol State attento!... Avvìluppate!... Avvìluppate sempre!... Delle proposte... certo, ne occorrono... ma piano piano... condizionali!... Queste spiegazioni sono inutili... sollevano la curiosità... Ne domanderanno subito di più... sempre di piii, se voi cominciate... Lasciate dunque stare... immagineranno molto meglio... immagineranno prodigi se voi rimanete nel vago... incoraggiante... ma discreto... un po' sottile... ma non troppo-, un accenno... mi capite?... un accenno... una sfumatura... sempre in tono elegante, mi capite?... voi fisparmierete così le "sorprese", le sorprese per noi... noi potremo sempre smentire... ritrattarci... Tenersi nell'Insignificantel Ferdinandol ve l'ho tanto raccomandato!... Nell'Insignificante. Avranno paura di noi... sarete temuto... sarete creduto... perché si supporranno parecchie cose... immagineranno chissà che... Il prestigio è il dubbio... Fatelo per me, Ferdinando... Io vi voglio bene... non impegnatemi... Informazioni precise... per molto vaghe... per gli altri... Avete capito? Aveva finito di ammaestrarinì, redigevo, ultra-astuto, nebuloso, come un vice- Proust, come un quarto di Giraudoux, come uno pseudo-Claudel... Me ne andavo circonIocutando, scrivevo da ebreo, da bello spirito dei nostri giorni... dialetticchiando... ellittico, fragilmente reticente, inerte, lezioso, manierato, elegante, come le accademie francongourtiane, come le conferenzielle della rivista "Les Annales".

Questo evidentemente mi impacciava. Questa applicazione, questo eccesso, ostacolavano il mio sviluppo... Un mattino, non mi ritenni più, sbattei la porta... Dopo tanti anni, quando ci rifletto, è in un lampo di eroismo che ho lasciato la S. D.

N. Mi sono sacrificato, in fondo, sono un martìre a modo mio... Ho perso un così buon posto, per la violenza e la schiettezza delle Belle Lettere Francesi... Mi si deve un compenso... Sento che verrà...

Non bisogna tuttavia credere che, servendo Yubelblat, io non imparassi certe cose... Parlo del campo scientifico, della medicina applicata, delle arti sanitarie e dell'igiene... Quello scimmiotto conosceva tutti i segreti del mestiere. Nessuno come lui per scoprire subito l'essenziale tra nuvole di parole, per vedere subito quel che si nascondeva tra le nebbioline di qualche rapporto. Non gli piacevano le chiacchierate, occorreva portargli delle cifre... rudemente, positive... della sostanza controllabile, non delle piccole supposizioni... o congetture arrischiate, eleganti sotterfugi... bei racconti con miraggi... no, questo non passava... cifre, anzitutto!... Le sorgenti!... le entrate del bilancio... le speseL. Fatti basati su "valute"... in dollari... in sterline, se possibile... non "correnti d'aria"... Che si trattasse di Chicago o della Cina, di Papworth o della Mauritania, non bisognava perdersi in descrizioni... Interrompeva subito il narratore... molto educatamente, bisogna dirlo... cavava di tasca il suo pezzo di matita.

- Un attimo, permettete?... Prendo delle note... Quanto?... Quanto mi avete detto?... Non mi ricordo mai bene delle cifre...

Le nebbioline, i giochi di frasi... erano per gli altri... 'lui, si riservava il denaro... L'Avvenire, le parole di speranza gli ispiravano solo diffidenza... Non apprezzava molto le dolci promesse dell'Avvenire... L'Avvenire era per gli altri, per lui non c'era che il presente... il ponderabile..."Le frasi, la fantasia, diamo tutto questo ai delegati, Ferdinando, agli uomini politici, agli artisti. Noi, capite, Ferdinando, se noi non siamo più che seri,... non arriveremo mai... Le frasi per le Commissioni... Per no~

Ferdinando, la Cassa!"... Questo principio... era veramente ragionevole, in pratica, l'ho capito subito... Imparai a leggere i bilanci... a non credere a nulla su parola... ad andare subito a guardare nel profondo dei conti... a rifare tutte le sottrazioni... A tirar fuori l'uomo sempre truffatore, anche il migliore, il più puro, la vittima, tirarlo fuori dalla sua nebbia, prima che se ne serva per avvilupparmi...

Ora, prendiamo un esempio, quando ci vengono a raccontare che l'U.R.S.S. è il paese della salute, delle meraviglie nosocomiali, delle emulazioni spinte, che dei progressi prodigiosi segnano tutti i passi della medicina... tagliate corto a questo chiacchierio, domandate solo quanto si spende in un ospedale medio di questa famosa U.R.S.S. per l'ordinario, domandate il numero dei letti... il salario del personale... nutrito... o non nutrito... il prezzo del nutrimento... Non lasciatevi sviare... il prezzo della biancheria, delle medicine, della lavanderia... del cloroformio, della luce, del funzionamento della casa... delle mille inezie correnti... Sarà meno faticoso e vi darà di colpo una visione più esatta che mille discorsi, mille articoli il cui scopo è precisamente di mascherarvi la verità... Rifate queste addizioni, considerate tutto in rubli, in carote, in margarina, in scarpe, antracite... Avrete delle belle sorprese!... Ecco qualcosa di serio, di solido... Il resto son solo chiacchiere, bolle di sapone... turlupinature e spruzzi d'acqua... ipotesi, poesia...

Il grande ospedale delle malattie veneree si trova situato a Leningrado nei sobborghi della città, non lontano dal porto... Si presenta, a prima vista, come un agglomerato di costruzioni in rovina, tutte di struttura incoerente, cortiletti, crepacci, capanne, caserme crollanti, intricate, muffite. Noi non abbiamo in Francia nulla di così triste, di così desolante, di così decaduto, in tutta la nostra Assistenza Pubblica... Forse l'antico Saint-Lazare, e ancora! avrebbe potuto sostenere il paragone...

Alcuni vecchi Asili di provincia... Ma notiamo a credito di Saint-Lazare ch'esso era ormai senza importanza e che serviva pi~ come prigione che come ospedale... mentre questo gigantesco deposito, detto delle "alattie venere", ha la pretesa di presentarsi come un ospedale di primo ordine, popolare e per l'insegnamento! Il "San Luigi" dell'Università di Leningrado...

Ora, il nostro "San Luigi" prenderebbe l'aspetto di un grande, maestoso maniero a fianco di questo terribile amalgama di tane di coniglio, di questo luogo più che funebre... di questa specie di deposito mortuario mal tenuto... Ho servito nella cavalleria per molti anni. Mai, ne sono sicuro, un veterinario di reggimento avrebbe permesso, nemmeno per una notte, che uno squadrone s'istallasse in una simile casermacciatugurio. Conosco molti ospedali, un po' dappertutto, in parecchie città e campagne... dei brutti, dei peggiori, degli eccellenti, dei molto primitivi... ma non ho mai trovato nulla di così tristemente spoglio di tutto quanto occorrerebbe per un funzionamento press'a poco normale, ragionevole. Sotto questo aspetto, un vero disastro... Un ospedale le cui rovine equivalgono certamente, per la messa in scena, ai simulacri del Potemkin... quanto all'illusionismo,... le parvenze, l'aria... E tutto questo, non dimentichiamolo, dopo venti anni di rumorose sfide; d'ingiuriose considerazioni per tutti i sistemi capitalisti, così retrogradi... d'inni all'inaudito progresso sociale... al rinnovamento! U.R.S.S. cooperatrice! realizzatrice della felicità! e della libertà; del potere "delle masse grazie alle masse"!... Il diluvio di piani ultra-mirabolanti, i più accecanti, sconvolgentisi gli uni con gli altri... Tutti i tuoni delle orchestre del vento giudeo-mongolo... Notiamo che questo grande ospedale delle malattie veneree di Leningrado sembra assai poco visitato dai pellegrini dell'"Intourist"... le guide lo trascurano... Si presta male, bisogna confessarlo, alle conclusioni entusiaste... Se per caso qualche turista speciale, Ministro di Fronte Popolare in *tournée* di caviale, qualche grande medico ebreo o massone, si avventura da questo lato, al dì fuori degli itinerari battuti, gli occhi della sua Fede gli faranno tosto scoprire, malgrado l'evidenza, alcuni aspetti assai rallegranti... assai incoraggianti... di questa gigantesca porcheria... Ad esempio, le virtù di questo piccolo personale addirittura ammirevole! (crepa di fame) lo stoicismo di questi malati talmente docili... comprensivi, sociabili, riconoscenti... (crepano di paura). Il nostro cavialofilo pellegrino comprenderà abbastanza presto, ripeterà subito, su tutti i toni, la buona lezione imparata dai veri amici dell'U.R.S.S. Ossia che Yussupoff, Rasputin, Denikin, Kutiepoff sono i soli veri responsabili di questa penuria di materie prime e di oggetti manufatti, quale si può ancora riscontrare ogni tanto, ma sempre più raramente... delle difficoltà degli approvvigionamenti russi, della costruzione russa, degli ospedali russi... Insomma, la sfacciáta insalata di turlupinature, propagandistica, la nebbia all'acqua d'avvenire...

Il collega con cui visitavo questo ospedale, per caso, non era ebreo, era anzi un Russo assai slavo, d'una cinquantina di anni, tipo baltico, rude, esplosivo e, devo dire, assai pittoresco... sotto tutti gli aspetti... Oh, comprendeva assai bene la situazione... Ogni dieci parole circa, tra le spiegazioni, tra i particolari di tecnica, s'interrompeva bruscamente e si metteva a gridare forte, assaí forte, con voce di baritono, piena di eco, perché i muri l'assorbissero bene... e nello stesso tempo rideva:

- Qui, collega! Tutto va Molto Bene! Tutti i malati vanno Molto Bene! Noi qui ci trovìamo Molto Bene!

Urlava scandendo sull'accento tonico... sulla parola "Bene!". Insisteva, possedeva una voce stentorea... Camminavamo lungo i corridoi, i passaggi, le grandi e le piccole sale... Ci arrestavamo un po' qui e un po' la'... per guardare una sifilide, una nevrite, dei mali qualunque... Certo, questi malati avevano delle lenzuola, dei teli di truppa, dei pagliericci, ma che sudiciume!... Dio mio, che rovine! che letamaio muffito!... che gamma di orrori!... che lurido ammucchiamento miserabile!... cachetici sornioni, spìe malaticcíe, asiatici rancidi, contorti da odi e da pauze... Tutte teste di incubo, le espressioni di questi malati.... le smorfie di tutti i visi, quel che amanava dalle anime... non soltanto marciume viscerale e visibile, per il quale, come medico, non risento alcuna ripulsione, anzi un vero interesse... Pure, tutto quel miscuglio di schifosità... È troppo... Quale stercame disperato, quale prodigiosa accozzaglia di burattini puzzolenti!... Che quadro! Che fognatura!... Che desolazione!... Non una pennellata di bianco sui muri, dall'epoca dello czar Alessandro!... Dei muri?... Un miscuglio di fango e di paglia!... Un'immensa insistenza nella degradazione, nel miserabile... Ho visto tantì naufragi... di esseri... di cose... innumerevoli... che cadevano nel fango... che non si dibattevano nemmeno più... che la miseria e il sudiciume trascinavano senza resistenza verso la fogna... Ma non ho mai visto un soffocamento più avvilente, più schiacciante di questa abbominevole miseria russa... Forse il bagno penale del Maroni offre simili opprimenti brutture?... Non credo... Ci vuole il temperamento, per questo... Sovente, ci si è domandati, dopo aver letto gli autori russi – parlo degli autori della grande epoca (non dei leccapiedi sovietici) per esempio Dostoievsky, Cekov, e persino Pusckin, – di dove venivano questi uomini con le loro angoscie, come potevano tenersi per tutta la lunghezza dell'opera su questo tono di ruminazione delirante, funebre... Questo epilettismo poliziesco, il terrore del bottone della porta, l'angoscia, la rabbia, il gemito della scarpa che prende acqua, che prenderà acqua eternamente, amplificato, cosmico...

Questo prodigio diventa comprensibile, il sortilegio si spiega senza difficoltà dopo qualche giorno di Russia... Si concepisce perfettamente lo strazio, lo stillamento, il gocciolamento doloroso di queste anime, simili a canili imputriditi nelle ossa di un cane famelico, battuto, prigioniero, condannato...

Banale questione d'ambiente, in fondo... nessun bosogno di forzare il tono, di fabbricare il "remol"... tutto è là... dinanzi agli occhi, sottomano... Attorno a tutta questa gente, malati o sani, a queste case, a queste cose, a questo caos di atrocità, si aggira certamente una fatalità mille volte ancora più schiacciante, più implacabile, più losca, più demoniaca, quale i Dostoievsky dell'epoca "ibera e felic" (un semplice paragone) non avrebbero mai potuto immaginare.

Raskolnikoff? ma per i Russi è un tipo corrente, comune!... Questo "dannato" deve loro apparire come un tipo ordinario, abbastanza volgare, spontaneo, frequente, quotidiano... Nascono così...

E torno alla mia visita al cafarnao cancereso... Il collega Tuttovabenevitch, rivestito anche lui d'una blusa molto sporca... né più né meno come tutti i membri del personale... non mi risparmiò nessun particolare, nessun angolo di questa immensa installazione, ne-qsun servizio specializzato. Ho visto tutto, credo, ben visto, ben sentito, dalle sale delle iniezioni sino alle segrete degli incurabili, dalle sale infantili piene di sciami di mosche sino al quàrtiere degli "ereditari". Quei piccoli là, le "sffilidi infantili", sembravano essere ben ammaestrati, mi aspettavano ben tranquilli e buoni, al mio passaggio, dovevano interpretare sempre lo stesso ruolo per i vari visitatori, sempre la stessa commediola... Mi aspettavano nel refettorio... seduti a tavola davanti alle loro scodelle, a gruppi, a dozzine, in cerchi, ben pelati, verdastri, idrocefali, balbettanti, in gran parte idioti, tra i 6 e i 14 anni, ingraziositi dalla buona impressione delle serviette, sporchissime, ma ben ricamate... Messa in scena...

Vedendoci entrare, si alzarono tutti d'un solo scatto e poi, tutti insieme, si misero a sbraitare qualcosa in russo... la sentenza... "utto va Molto Bene! Noi ci troviamo tutti Molto Bene Qui!". "Ecco quel che vi dicono, collega! Tutti...".

Tuttovabenevitch faceva proseliti in quel reparto... d'altronde, ne rideva, questo collega è uno dei rari Russi che ho visto ridere durante il mio soggiorno a Leningrado.

- Ecco le nostre donne! le nostre infermiere di servizio...

Si sarebbe potuto, con un po' d'attenzione... distinguerle, riconoscerle tra i malati, esse sembravano ancora più sfatte, avvilite, rattrappite, più crollanti di miseria di tutti i malati ospitalizzati!... Vacillavano tutte, letteralmente, tra le pareti del corridoio, esangui, scarne, curiose e sporche.

- Quanto guadagnano?

-    Ottanta rubli il mese... (un paio di scarpe costa 250 rubli, in Russia)... – E poi ha aggiunto, alzando volutamente la voce, col suo forte tono abituale: – Ma sono nutrite! Collega, nutrite!

E scoppiava dal ridere. "Tutto va Molto Bene!" vociferava. Ma la parte migliore di questa visita era riservata per la fine! Le cure ginecologiche!... La specialità di Tuttovabenevitch... Un bazar, una collezione, una retrospettiva di strumenti, di antichità slabbrate, storte, stridenti, maledette... Non una brocca, non un trepiedi, non una sonda, non il minimo bisturi, non la minima pinzetta, nulla di questa ripugnante chincaglieria che non datasse dall'epoca degli Czar... Neri ciarpami, ammassi di rottami e di sudiciumi, ferraglia corrosa dal sublimato, dal permanganato... al punto che nemmeno nei mercati di ferrivecchi nessuno ne vorrebbe... persino i rigattieri rifiuterebbero, senza appello... non vale il prezzo del trasporto su un carretto, tutti i vassoi scagliati, corrosi sino al rovescio, macerati... non parlo della biancheria...

Tuttovabenevitch, in questo reparto, si ritrovava!... Era il suo lavoro! Il momento della sua arte!... Rimboccando le maniche, si mette seinz'altro all'opera ed eccolo in funzione!... I sederi dappertutto si rassomigliano... Le malate aspettano il loro turno... una sfilata per salire sul cavalletto... Gli studentì, un po' abbrutiti, un po' butterati, un po' svogliati, come tutti gli studenti del mondo... si dan da fare anche loro... Si tratt'ava di frugare, di curiosare nelle sinuosità... insomma, il lavoro ordinario... le comuni miserie delle metriti...

Tuttovabenevitch si prodigava di buona volontà... sempre cordiale... un po' petulante... parlando ad alta voce... lavorando solidamente... Mi riempiva lo sguardo col suo spettacolo... era veramente abile, manipolava energicamente, con rude abilità, tutto quel carnarne in rovina, gli annessi, le purulenze... in gran serie... uno spruzzo di permanganato e plof!... Ficcati in un altro buco... sino a mezzo braccio... in piena febbre faceva rendere un po' le ghiandole... sempre chiacchierando... scuoteva appena le dita... e plof!... s'introduceva in un'altra malata... non perdeva un secondo... cosi... a mani nude... pelose... gocciolanti di pus giallo... senza guanti...

Non volevo assolutamente metterlo in soggezione... apparire indiscreto. ma, ad ogni modo, volevo sapere... Quando ebbe finito di pasticciare cosi in una dozzina di sessi, gli chiesi:

- Non mettete mai i guanti?
- oh, non ne vale la pena!... Qui, Tutto va Bene! Tutto va Perfettamente Bene!

E dàlli a ridere... sempre più allegro... in piena forma... Certo, non era colpa sua se il cauccìù manca in Russia...

Ma bisognava che me ne andassi... Ci siamo lasciati in perfetto accordo... Sono tornato dal direttore, un Ebreo, ma veramente ebreo... e anche il suo segretario... parlavano tedesco tutti e due... Hanno dispiegato dinanzi a me, per mia edificazione, tutta una serie di piani splendidi, di cifre... schizzi, proiezioni, diagrammi immensi, rapporti... Tutto questo riguardava l'Avvenire... un progetto di costruzione d'un magnifico ospedale... Non m'interessa l'avvenire, son tutte storie... è l'astrologia degli Ebrei... Io, quel che mi appassiona, è il presente...

- Di quali risorse disponete per il funzionamento del vostro ospedale?... Quanti malati avete?... Quanti medici?... personale?... clienti fissi... occasionali... quanto spazio?... combustibile?... letti?... - insomma le cose ponderabili... che bisogna conoscere prima di sapere... per non perdere tempo...

Non amo abbastanza gli ospedali per trascorrerci quattro ore per nulla e tornarmene poi come un fesso ignorante... Quando bisogna istruirsi... ci si istruisce... Quando bisogna divertirsi, ci si diverte... O tutto l'uno o tutto l'altro... Ho guardato quei registri, ho esaminato tutto bene ` scrupolosamente... Il direttore m'ha mostrato delle colonne (le cifre sono le stesse in russo). Riceveva in quell'immensa, sanitaria catapecchia, circa 5.000 malati, interni, e altrettanti esterni... Calcolo che col personale esistente, le 90 donne di servizio, le infermiere, la luce, i trasporti, il. costo della nutrizione, dei medicinali, ecc... occorra un bilancio minimo da 12 a 16 milioni di rubli per tirare innanzi alla men peggio... per permettere a un tale ospedale di funzionare in condizioni più o meno decenti... Ora, questo Istituto, non riceve che due milioni di rubli all'anno, ossia dieci volte meno del suo minimo vitale... Certo, mi piglio ben guardia di paragonare le cose di Russia alle condizioni scandinave, agli ospedali di Copenaghen. Mi riferisco semplicemente a qualche ospedale *standard*, molto mediocre, allo *standard* francese, per meglio intenderci. Uno *standard* per "bisognosi"...

Ma su questo piano noi rimaniamo ancora molto distanti dal conto...

Tutte le organizzazioni amministrative russe soffrono, sono ridotte, condannate, alla stessa grottesca penuria, alle stesse frottole in materia di uomini, di materie, di fondi... Tutte, salvo i teatri, la polizia, i militari, i commissari, la propaganda... Tutte ridotte alla stessa sudicia miseria, alla stessa contrazione di 1/10 del bilancio normale...

Ma non impazientàtevi, voi non perdete nulla ad atten~ dere!... Ben presto invidierete i Russi!... Saremo come loro! E poi ancora più in basso di loro!... Il che potrebbe sembrare inverosimile!... Più in basso dei Russi!... Noi avremo la loro malattia! la malattia russa! noi l'abbiamo già! Ci raccoglieranno per le strade!

> La Menzogna non è soltanto un mezzo che è permesso di utilizzare, ma è il mezzo più provato della lotta bolscevica.
>
> LENIN

Bisogna imparare – per non correre il rischio di rimanere più studipo, più opaco, più credulo di un vitello di una settimana – a scoprire la marca, la traccia, l'impresa, l'iniziativa degli Ebrei in tutti i cataclismi del mondo... in Europa, in America, in Asia... in qualsiasi luogo si preparano le ecatombil la distruzione sistematica, accanita, degli spiriti e dei.corpi ariani... Bisogna imparare a svelare nella pratica quotidiana, il colore, il tono, la vanagloria dell'imperialismo ebreo, della propaganda ebrea (o massonica), bisogna imparare a snidare, a determinare, in fondo a tutte le ombre, attraverso tutti i dedali parolai, attraverso le trarne di tutte le calamità, dietro le smorfie, bisogna scoprire l'universale menzogna, l'implacabile megalomania conquistatrice degli Ebrei... le sue ipocrisie, il suo razzismo, talora larvato, talora arrogante, talora delirante. La sua impostura, l'enorme armamento di questo apocalissi cosmico, permanente.

Bisogna fiutare il diavolo da lontano... in tutti gli angoli... attraverso il mondo... tra i sottili paragrafi di qualsiasi fatto quotidiano apparentemente innocente... il segno del pollice, furtivo... appoggiato... segnaletico... la parola favorevole... lusingatrice... la messa in valore, francamente pubblicitaria... il denigramento sedicente imparziale... Nulla è indifferente per il

Trionfo ebreo... l'addizione opportuna e anche fuori proposito di un decigrammo, di una mezza sfumatura... per il successo della minima "presentazione" ebrea... Le facezie di qualsiasi ebreo, del più insignificante pittore ebreo, pianista ebreo, banchiere ebreo, vedetta ebrea, ladro ebreo, autore ebreo, libro di ebreo, commedia ebrea, canzone ebrea... aggiungono sempre una pietruzza, un atomo vibrante, all'edificazione della nostra prigione, la nostra prigione di ariani... Per la perfezione della tirannia ebrea, nulla è perduto. Questa colonizzazione interna si realizza con le buone o con le cattive, tra gli interessi e i ritmi ebrei del momento... In Francia, questa manomessa si mette per lo meno un po' i guanti... oh, non per molto tempo... tra poco, le carte saranno rovesciate, quelli che non saranno di quell'idea verranno senz'altro serviti e l'Ebreo apparirà agli sguardi ammirati del gregge prosternato, solido, implacabile, con la sferza in mano...

> I quindici milioni di Ebrei faramo fessi i cinqueoento milioni di Ariani.
>
> CÉLINE

In Francia, il popolo minuto, quello che andrà in guerra' quello che riempirà le trincee, non conosce molto gli Ebrei, non li riconosce nella massa... Non sa nemmeno dove si trovano... le teste che hanno, che possono avere, i loro modi... Anzitutto, essi sono tutti camuffati, travestiti, camaleontici, gli Ebrei, cambiano di nome come di frontiera, si spacciano per bretoni, alverniati, corsi o si fari chiamare Turandot, Durandard, Cassoulet... qualunque nome, insomma... che li nasconda, che sia inganno...

Nella banda, sono ancora i Meyer, i jacob, i Levy ad essere meno pericolos~ meno traditori. Bisogna aguzzar un p& l'ingegno. Per il popolo, un ebreo "è un uomo come un altro...". I suoi caratteri fisici, morali, il suo infinito arsenale di astuzie, di cautele, di lusinghe, la sua avidità delirante... il suo prodigioso spirito di tradimento... il suo razzismo implacabile... il suo straordinario potere di menzogna, assolutamente spontaneo, d'una faccia tosta mostruosa... son cose che l'Ariano accetta in ogni occasione... le subisce, ne muore senza nemmeno domandarsi un solo istante quel che sta succedendo... Che gli capita?... Che musica è questa?... Crepa come ha vissuto, mai disingannato, cornuto sino alle midolla... Funziona interamente... e di tutta la sua carne... spirito e carcassa... per la prosperità, per la gloria del suo più intrattabile parassita, il più vorace, il più dissolvente: l'Ebreo. Egli non se ne accorge mai. Su venti soldi che noi spendiamo, quindici vanno ai finanziatori ebrei. Anche la spoglia dell'Ariano serve ancora e sempre alla gloria dell'Ebreo: per la propaganda. Esiste in natura solo qualche rara specie di uccelli che si mostrino poco istintivi. fessi, facili ad abbindolare come questi allocchi di Ariani... Alcune specie, le più stupide... covano le uova del cuculo... i pulcini "rivendicatori" del cuculo che, appena schiusi, si affrettano a buttar giù dal nido tutte le uova, tutia la nidiata dei loro genitori adottivi!... Questa specie di uccelli tanto stupidi da non riconoscere il cuculo nel loro nido sono simili ai Francesi che non riconoscono l'ebreo intento a riempirsi, saccheggiare, dissolvere i patrimoni... la stessa grottesca indifferenza, la stessa infetta placidità, la stessa ottusità di fesso fottuto.

L'occidentale rappresenta la vittima ideale, già bell'e cotta, assolutamente offerta agli Ebrei... al prismatismo ebreo!... alla dialettica confusa, profetizzante, dell'Ebreo... al suo chiacchierio social-oracolo-comunista!... Quali faccette luccicanti!... Ideologicamente, l'Ariano è il cornuto, il capro espiatorio di tutte le imprese ebree... L'Ariano si lancia in qualsiasi bagattella in salsa scientifico- progresso-socializzante-ebrea! È fatto fesso in anticipo!... Non si può più fermarlo!... È votato... sfrenato, esuberante pappagallo di tutte le fandonie semitiche!... È disposto a morire per esse!... L'Ariano, notiamo bene, preparato per atavismo... assolutamente mummificato da tutte le abitudini ultra-meschine del passato campagnolo... Egli recita la parte dello splendido cornuto, diffidente e chiacchierone, un "passivo orgoglioso" per eccellenza, un fesso straordinario.

L'Ariano non viaggia mai, è paesano, provinciale, brontolone per tradizione, costituzionale, inenarrabilmente. Non sa nulla, non legge nulla... parla sempre, si ubriaca delle proprie idee, delle proprie parole... È vano, si crede critico...

L'Ebreo mente più di quanto respiri... Siete un *youtre*, per caso?... Ma no, via!... Che immaginate?... Sono catalano!... Vedete come sono bruno?... Sono basco!... Albanese!... giocatore di bocce, venditore ambulante, pompiere, qualunque cosa. ma ebreo?... Mai!

Il popolò non crede agli Ebrei, è persuaso che gli Ebrei non esistano. Per lui, si tratta di una nuova storiella maligna, inventata dai reazionari, assetati di sangue.

Il giornale, la radio, il cine non gli dicono mai nulla degli Ebrei oppure, se accostano questo problema scabroso, lo fanno con mille complimentose precauzioni, con nuvole di commenti infinitamente rispettosi, devotamente ammirativi. "La supremissima intelligenza, la straordinaria divinazione politica. fenomenale, travolgente del generalissimo Blum!" è tutto quel che si sente per settimane e anni, appena si parla di ebrei.

Osare? Il Francese medio? confessare, fare capire diretta mente che non ama gli Ebrei? il razzismo puro? la gigantesc truppa ebrea? corrisponderebbe a farsi classificare immediata mente, lì per lì, tra i più infrequentabili, matricolati, cenciosi tardigeni, irrespirabilí dell'universo! Ottusi, immobili ad ogn progresso, ignobili rottami sudici di pregiudizi di razza... Re trogradi, mummie viziose, poveri rifiuti raggrinziti, sperduti nel. la melma dopo le grandi cloache Dreyfusi Insomma, cose dí non guardarsi, spaventosamente orribili, inascoltabili, impensa. bili...

Un Ebreo è composto di 85% di faccia tosta e di 15% di vuoto!... L'Ariano non ha faccia tosta... Non è bravo che ir guerra... timido nella vita... montone... Lo vogliono far vergognare? Si vergogna, immediatamente... Ha vergogna della sua stessa razza!... Gli si fa credere tutto quel che si vuole... ossia tutto quello che l'Ebreo vuole... Gli Ebrei, invece, non hanno nessuna vergogna della loro razza ebrea... né della circoncisione!... Tutt'altro!... Se avessero sentito vergogna di essere ebrei, da molto tempo, nel corso dei secoli, si sarebbero confusi nella massa... non esisterebbero più come Ebrei e razzisti Ebrei... Il loro giudaismo non è più la loro tara, è anzi il loro orgoglio, la loro faccia tosta suprema, la loro ìsteria... la loro religione, la loro ragione d'essere, la loro tirannìa, tutto l'arsenale di fantastici privilegi ebrei... Signorì -del mondo ebreo, essi intendono rimanere i signori del mondo ebreo e poi despoti, sempre più... Il "Mito della Razza" è per noi! la menzogna dannosa! la fregatura! Bisogna essere fesso come un Arìano per non aver capìto queste caratteristiche, pur così estremamente evidenti, del giudaismo che ci tiene, ci avvolge, ci -chiaeri- ci dissangua ín tutti i modi possibili, immaginabili... L'Ebreo possiede il *goym* sino alle radici sino alle midolla, sino alle vertebre, immancabilmente, senza sforzo, grazie alla vanità, alla minchioneria... Guadagna ad ogni colpo. L'Ariano così semplice, così zotico... L'Ebreo l'ha reso *snob*, sedicente critico, addestrato al denigrramento, alla diffidenza verso i suoi fratelli di razza, alla distruzione dei suoi fratelli di razza... L'Ariano non è più che lo scimmiotto dell'ebreo. Fa smorfie su ordinazione. Ai nostri giorni il *goym* più ottuso, recalcitra, sì rivolta, se intuisce che potrebbe forse conservare nell'animo qualche piccolo pregiudizio di razza... Si inquieta, si angoscia di non essere abbastanza al corrente, moderno, liberale, internazionale, democratico, *smoking*, politicamente affrancato, ossia - praticamente parlando - abbastanza bene orientato, in modo profondo, tenace, posseduto, taglieggiato, spezzettato, negrificato, rammollito dagli Ebrei... per gli Ebrei... Se si mostra un po' curioso, un po' sospettoso, lo richiamano presto all'ordine, gli fanno prontamente la lezione, gli fanno subito capire che egli (abile pappagallo ariano) deve andare a ripetere dappertutto: nulla di più elevato, di più perfetto, di più eminente al mondo di uno scienziato ebreo! di un ministro ebreo! di una *vedetta* ebrea! di una canzone ebrea! di un pittore ebreo! di un regista ebreo! di una sarta ebrea! di un finanziere ebreo! di un architetto ebreo! di un medico ebreo! ecc... Rullio di tamburi... La razza eletta! Che sorpassa, cancella, sopprime ogni possibile paragone! Che lascia dietro di sé, infinitamente indietro, le miserabili, pietose, trascurabili caste indigene! Questi chiacchieroni inacidìti, muffiti pretensiosi, teppaglia puerile... scoccianti persino a vedere... tanto son brutti, ignoranti, grotteschi, hi! hi! pettegoli, cannibali, instabili, pagliacci mocciosi e tristi, razza degenerata, rifiuti d'anima, casta sottomessa a cui non bisogna mai vantarsi d'aver appartenuto!... Vergogna delle Vergogne! Obbrobrio! Non aver qualche goccia di sangue ebreo. vuol dire essere fuori della grazia, oggi!

Quelli che esercitano ancora la loro professione qua e là, che conservano ancora una parvenza di vita, devono questa proroga d'estinizione unicamente alla grande mansuetudine dei poteri ebrei, proroga d'altronde revocabile ad ogni istante... Se sta tranquillo, ben sottomesso, se non esce dalla sua provincia, dal fondo delle sue campagne, questo "minorato", fragile "esemplare d'intellettuale bianco", lo si lascia forse. vivere: maestro di scuola, impiegatuccio, guardia campestre, pittorucolo, contabile... Ma se diventa pretensioso, se parla di voler andare in città, allora, apriti cielo! guai a lufl_ Tanto peggio per lui!... Sarà lo schiacciamentol... In un inondo ebreo, il "bianco" può solo essere lavoratore manuale o soldato, nulla di più!... L'intellettuale, l'artista, il "capo" deve sempre essere ebreo... La selezione è ben fatta, gli sbarramenti funzionano in modo ammirevole, spietato... Tutti i giornali di destra o di sìnistra sono così ebraizzati, così tributari degli Ebrei che, se dicessero una sola parola su quel che succede nel nostro paese coloniale, da un giorno all'altro, non rimarrebbe più loro manco una sillaba, manco un carattere per la messa in pagina.

Se esistono ancora qua e là, in fondo a qualche crepaccio, alcuni possibili antisemiti, miracolosamente testardi, questi spaventapasseri devono far ridere; far ridere grazie ai loro discorsi incoerenti, alle loro trovate di spirito, alle loro smorfie, ai loro gesti agitati e vani. Alle masse inginocchiate, occorre dimostrare più evidentemente con i loro scherzi puerili, con le loro pseudo-rivolte tutto il grottesco, la fatuità, la disgustosa cretineria di tali sporadici, burleschi tentativi. Divertire il popolo, farlo sbellicare dalle risa di fronte a simili pagliacciate!... Dopo l'affare Dreyfus, la causa è morta e sepolta, la Francia appartiene agli Ebrei, corpo, beni ed anima, agli Ebrei internazionali. La Francia è una colonia del potere internazionale ebreo. Ogni velleità di sollevamento indigeno, il minimo tentativo di resistere agli Ebrei, ogni spirito di rivolta è condannato in anticipo al fallimento vergognoso... La Francia materializzata, razionalizzata, perfettamente rimminchionita, perfettamente soggiogata dalla bassezza ebrea, alcoolizzata sino alle midolla, meschinamente venale, assolutamente sterilizzata di ogni lirismo, e per di più malthusiana, è destinata alla distruzione, al massacro entusiastico da parte degli Ebrei. Ogni rivolta non può che essere facilmente circoscritta, terminare con lo schiacciamento dei ribelli e provocare le peggiori rapresaglie... mettere in moto tutto un istema di sevizie e di schiavitù ancora più crudeli, più meticolose, più primitive... Null'altro...

I Francesi non hanno più anima, un cancro ha loro divorato l'anima, un cancro di minchioneria, un tumore maligno; ma essi sono ancor più ottusi e mummificati... Ogni tentativo anti-ebraíco ravviva istantaneamente il prurito ebreo, che non si addormenta mai... la grande propaganda ebrea del ''martìrio ebreo'' per la causa mai completamente, mai sufficientemente coronata, trionfante, per la causa d'Israele... Sino alla fine dei secoli l'Ebreo crocifiggerà per vendicare il suo prepuzio... Sta scritto... Ogni campagna anti-ebrea giustifica, come replica immediata, mille congressi di rivendicazioni ebree, ancor più scalmanati, gocciolanti di febbricitanti piagnistei ebraica; giustica il voto di mille altre petizioni; insomma urli, sarabande, discussioni, musiche di organi sull'aria delle eterne geremiadi ebree... degli eterni rumorosi anatemi ebrei... Nulla sarà abbastanza basso, infamante, per dipingere al mondo indignata la mostruosità di questi rarissimi sfrontati, di questi fenomeni, di questi animali di ariani che osano ribellarsi!... che non possono inghiottire, digerire, mandar giù la faccia tosta diabolica, le miriadi di porcherie cataclismiche ebree... Vampiri delle caverne! Servi di circo! Persecutori di martiri! Carnefici della miseria umana! Bestie deliranti, assetate di sangue democratico! Tutto il frastuono d'apocalissi discende di colpo sull'universo! Polverizza i microfoni! Si lancia attraverso tutti gli echi... tutte le onde! Assordisce, maciulla, vaporizza ogni obbiezione... Inutile! Non serve! Voi non sarete mai ascoltati!... Voi potete crepare! L'infernale baccano ebreo in nome delle persecuzioni subìte domina, annienta, cancella con un tale tono di violenza, di verità, di realtà... che ogni tentativo di raddrIzzamento diventa assolutamente ridicolo... Lo schifoso, infinito ricatto ebreo rintrona a tal punto sulla Terra intera, da secoli, che non ci si può più intendere... la grande confusione di tutti i valori, la cosmica truffa, deriva da questo, dall'universale tam-tam degli youtres ladri, perversi, distruttori e sterili... I sentimenti più nobili., più puri e più preziosi per le società umane... pietà, affezione amichevole, lealtà, stima, scrupolo di autenticità, verità, fiducia, sono stati nel corso dei secoli e cosi sovente, per opera degli Ebrei, ridicolizzati, logorati, barattati, sfruttati, violati, venduti, rivenduti in cento mila modi, che hanno perso ogni valore, ogni credito di scambio... Assolutamente sospetti ormai, questi autentici sentimenti non sono soltanto più agli occhi del mondo pietose o burlesche soperchierie, che nascondono certamente qualche immonda intenzione, qualche nuova canaglieria, qualche tiro criminale. Ma. a dispetto di tante esperienze, il colpo classico degli Ebrei "perseguitati", "martirizzati", attacca ancor sempre, immancabilmente, su quei fessi di Ariani. La lamerítevole storiella del perseguitato, la geremiade giudaica, lo "chaplinismo", lo fanno sempre piangere. Infallibile... I suoi, i suoi fratelli di razza, se vengono a lamentarsi di qualche disgrazia ariana... li manda subito fuori dalle scatole... Li detesta immediatamente a causa dei loro pianti, e li giudica molto severamente... Solo le sventure degli Ebrei lo commuovono!... Il racconto di questi "orrori" lo trova senza diffidenza. senza resistenza, senza scetticismo... Trangugia tutto. Le sventure giudaiche fanno parte della leggenda... la sola leggenda a cui l'Ariano crede ancora... – Supremo miracolo! Quando il derubatore, il saccheggiatore ebreo, grida al soccorso, il fesso Ariano scatta subito... È così che gli Ebrei possiedono tutta la ricchezza, tutto l'oro del mondo. L'aggressore urla: mi uccidono, aiuto! Un trucco vecchio come Mosè... Funziona sempre. È stato certamente un Ebreo preso con le mani nel sacco che ci ha valso il Diluvio, tutti i Diluvii... L'Ebreo fa annegare tutti, salta nell'Arca e salva la pelle.

È tempo, credo, o Ariani, di dire le vostre preghiere, di confessare che siete tutti condannati, vittime felici, consenzienti, perfettamente esauditi, riconoscenti...

"Mio caro *youtre*, mio caro tiranno!". Suvvia! In coro! Tutti insieme! "Io vi imploro! Apparite Mio atroce, caro crudele padrone! Degnatevi apparire, o mio adorato! o troppo discreto crocefissore! o troppo raro ai miei occhi! Vi adoro! Esaudite i miei voti! Mi fate languire! Mi vedete desolato! E tutto tremante di felicità all'idea che potrò finalmente soffrire di piùl... più profondamente che mai!... Io che già vi ho dato tutto! Tutto quel che ho posseduto! Tutta la mia terra! Tutti i miei figli! Mi rimangono però ancora alcune gocce di sangue nelle vene! Voglio che mi si scortichi vivo!... Per voi!... Tutto per voi! Fecondare la vostra terra, o mio Ebreo adorabile!... Degnatevi! Degnatevi! Ve ne scongiuro!... Se siete buono come dicono, come assicurano... sgozzatemi voi stesso, o mio Ebreo! Sgozzatemi a occhi aperti! O divina crudeltà! Venite tutti a vedere, venite tutti riuniti, allegri, o miei carnefici! Tutti! Oh, vedervi tutti raggianti per un'ultima violta! E poi morire per voi! Sotto il vostro coltello! Finalmente!...".

Ecco la buona preghiera del vitello, dei vitello più fesso di questo mondo! Di tutti gli ammazzatoi del mondo! di tutti i sacrificati del mondo! il vitello meglio addomesticato dei mondo! quello che muggisce, che galoppa dietro il suo carnefice per supplicarlo che lo sgozzi!

Siamo ragionevoli. Fissiamo un compromesso.

Ma, anzitutto, come bisogna chiamarli?... Nulla di più delicato... Mi domando se un numero d'oirdine in ogni professione non servirebbe meglio... Una matricola, per esempio, così, semplicemente... Il signor cineasta 350. Inutile d'aggiungere ebreo, tutti capirebbero... Il signor gran pittore 792... il signor musicista 1617?

— Oh, come trovate questa graziosa cantante folklorista?
— È la piccola 1873! La riconosco perfettamente! Che spirito! Che slancio!

Che piedil... Che brio...

— Di chi è questo commovente articolo?
— Del grande giornalista 7735... To', rileggiamolo più attentamente...

Così, più nessun equivoco, più nessuna maschera, più nessun uomo che si dissimula... Matricole!

— Di chi è questo padiglione così ben dorato?
— Dell'illustre architetto 1871!
— E questa splendida delegazione che va a rappresentare la Francia alle feste d'America?

Suvvia! Come al solito! I signori e signore più grandi missionari rappresentativi: 1411, 742,-635, 14 e 10357...

— Non c'è nemmeno un Durand fra di loro?
— No! No! No! Mai un Durand... a peggio andare, un Durand ebraizzato...
— E questo professore che va dicendo in giro che ha tanto genio?
— Non lo conoscete? È lo straordinario 42.186!

Da anni, ci rintronano le orecchie con queste famose 200 famiglie... Ancora una trovata fantastica!... Non esiste che una sola famiglia, assai più potente di tutte le altre... la grande famiglia internazionale ebrea e i loro cuginetti massoni...

Dal momento che Federico il Grande ha riempito le sue casse vendendo "nomi" agli Ebrei, non potremmo anche noi, a nostra volta, guadagnare un po' di denaro costringendo gli Ebrei a comprare le matricole?... Secondo l'importanza... se condo il gusto... la riuscita... la professione del cliente! In moneta internazionale, ben inteso! In *shillings*, in Sterline, 100 Sterline. secondo la ricchezza... per unità di matricole... I nuovi arrivati a "sei cifre" pagherebbero così assai più caro che gli antichi immigrati... Giustizia!

Il professorucolo, cenciaiuolo, operaio... ecc... uno *shilling* per unità. I banchieri, 100 Sterline per unità... Giustizia... Certe superpopolate professioni come medici, avvocati, diverrebbero fuori prezzo!... D'altronde le matricole sarebbero annuali, come per le biciclette... Bisogna decidersi... Fare qualcosa!

Il mio editore m'ha fatto avere, in questi giorni, per mia istruzione personale, un rapporto della Confederazione Generale del Lavoro sulla crisi del libro in Francia. Documento molto sostanziale, in cui si dibattono i *pro* e i *contro*... al punto che, alla fine del capitolo, ci si domanda quel che si potrà decidere dopo tanto "capracavolismo". Nulla! Il contrario ci avrebbe sorpreso... Pure, un breve passaggio, in fondo a tutto questo miscuglio di lagnanze anodine, risveglia di colpo il lettore... Allegria!... Vi sono cifre che, finalmente, dicorro qualcosa. Cito:

"Media annuale spesa in alcuni paesi, per abitante. per l'acquisto di libri (sola base di paragone possibile):

Stati Uniti: 25 franchi a testa; Germania: 20 franchi a testa; Inghilterra: 10 franchi a testa; Belgio: 3,50 a testa; Francia: 0,50 a testa".

Ecco quel che ci fa piacere! E che viene, con la massima semplicità, a rivelarci tutta la crudità del problema... Nell'insieme e in particolare... Nessun dubbio possibile: cifre... Accettiamo il fatto per quel che vale... Più divertente che tragico... Ma rispondiamo nettamente, come menzogne ingiuriose e ripugnanti, le spiegazioni che ci vengono proposte accademicamente, addormentatrici, ossia che il cinema, la radio, gli sports, i periodici... ecc. ecc... sono responsabili della crisi... impediscono ai Francesi di leggere, di pagarsi dei buoni autori... Sfacciate fesserie... Gli Stati Uniti, la Germania, l'Inghilterra possiedono dieci volte più di noi questi generi di distrazioni! Eppure, guardate come continuano a leggere...

Duhamel l'addormentatore, scosso da tutto il rumore che si fa attorno al libro in Riviste e Congressi, viene a sua volta a cincischiare, a saputellare un po', a vaselinare qualche aggettivo pertinace, ad avverbializzare l'agonizzante. Non si lascia sfuggire l'occasione per fornirci ancora un magnifico libro. Duhamel si china sul malato, per duecento pagine ben curate, abbandonandosi a sfoghi di tenerezza... e virtuosismi stilistici..."Ah! Ah! – si domanda. – È un disastro! Che crisi, signori miei!... Alla fine ci si stanca... di non essere più chiesti... Dove dunque finisce il denaro dei clienti?... Dove si disperdono le monetine dei nostri clienti, dei nostri cari clienti così misurati così fini, cosi francesi, così sottili, così ricchi di sfumature?... ecc. ecc...". Ma, Duhamel, caro illustre, non procuratevi un mai di capo! La risposta è semplice, chiara, elementare: il loro denaro finisce nell'alcool! Via, rimettiamoci gli occhiali, ammiriamo un altro passaggio del grazioso rapporto "L'alcoolismo in Francia"... molto eloquente, sostanziale anche lui..."La Francia è. il paese più forte consumatore d'alcool del mondo intero... 21 litri e 300 di alcool puro, per abitante... al l'anno... (contando anche i distillatori proprietari, questa cifra si eleva a 26 litri a testa circa)... Gli altri popoli d'Europa hanno tutti una consumazione molto inferiore... Di un quarto, della metà, di tre quarti... L'Italia 14 litri e 84, la Spagna 14 litri e 80, il Belgio 9 litri e 27, la. Svizzera 8 litri e 87, l'Austria 5 litri e 64, l'Inghilterra e l'Ungheria 4 litri e 89, la Cecoslovacchia 4 litri e 52, la Germania 3 litri e 85, l'Olanda 3 litri e 5, la Svezia 2 litri e 99, la Danimarca 2 litri, l'Islanda 2 litri e 77, la Norvegia 1 litro e 81. Se il consumo di bevande distillate è diminuito dopo la guerra di circa 1/4 (3 litri d'alcool per abitante invece di 4), questa diminuzione è stata largamente compensata da un aumento della consumazione del vino che era prima del 1900, di 35 milioni d'ettolitri annui circa, e che è diventata di 50 milioni di ettolitri annui circa...".

"È dunque sbagliato sostenere che l'alcoolismo diminuisca in Francia; anzi, aumenta, ma è ora prodotto più sovente di prima dalle bevande fermentate... L'abitudine di bere ha guadagnato anche gli ambienti femminili. E certe abitudini alcooliche sono diventate particolarmente tiranniche, per esempio quella dell'aperitivo". (*P. Rieman*)

Voi vedete dunque che in Francia sappiamo ancora stare allegri... In fatto di stomaco, è dunque assolutamente ufficiale, tangibile, palpabile, che il Francese non teme nessuno... Si dimostra col cronometro a litro, a botte, come si vuole, ch'egli è il campione universale dell'alcool!... Fulmineo, imbattibile... Lettore miserando, può darsi, ma insorpassabile bevitore... Non è nemmeno il caso di rivaleggiare... Nemmeno l'Inglese, che si cita come il tipo dell'inveterato ubriacone, non resiste alla prova. Che *bluff!* Che pretesa! È provato: nessun nordico, nessun negro, nessun selvaggio e nessun civilizzato, può cimentarsi nemmeno da lontano col Francese, per la rapidità, la capacità di assorbimento vinicolo! Solo la Francia potrebbe battere i propri massimi in merito! Sono d'altronde press'a poco i soli massimi ch'essa possa ancora battere. Ma in questa prova è, "uori concors" "rírna class". Negli altri sport, di muscoli, di respiro, il Francese si riserva, si risparmia... Non si' mostra mai molto ardente, molto in forma... Lui così brillante nella vita, negli stadi non brilla più... Che il Francese odii la lettura? Lo si può ben comprendere, giustificare e persino citare come una nota di originalità... Ch'egli preferisca le chiacchiere ai testi, la retorica labiale all'arte di decifrare i paragrafi... E perché no?... Dove sta il male? Ma ch'egli si mostri, senza mai venir meno in nessuna occasione e da circa 50 anni, così piattamente, così infallibilmente ultimo, infantile, in qualsiasi sport, cosii oggetto di risate in tutti gli stadi dell'universo, questo, pur essendo un'originalità se si vuole, è nello stesso tempo tenacemente umiliante. Questa enorme, infinita quantità d'insuccessi sportivi turba un po la sicurezza, la naturale vanagloria del popolo francese. Dinanzi a tutte queste disfatte regolari, imponenti, immancabili, i suoi capi sospirano un po'. Le masse diffidano... meditano... Ma perché meditare?... La risposta sta là, clamorosa, sola - se posso dire - da tutte le parti: alcoolismo!

Questo preambolo non è vano, ci mette in presenza di un altro piccolo re di Francia, monarca a sua Volta, secondario, vassallo, fedele vízir del gran re ebreo... vecchio eroe, questo, dell'abbrutimento delle masse, grazie ai banchi di mescita, le chiacchiere e l'alcool artificiale... Il Re Bettola possiede, anche lui, tutti i diritti, per un accordo assolutamente intanginbile, afi'immunità completa, al silenzio totale, a tutti gli íncoraggiamenti, per l'esercizió del suo formidabile traffico d'avvelenatore e d'assassino... Nulla può turbarlo: la stampa, la radio, i Prefetti, lo Stato intero gli sono interamente sottomessi, ai suoi ordini, solleciti, sfrenati per meglio servirlo... I tre leoni ruggenti della pubblicità contemporanea, al di sopra di tutti gli altri pifferi, sono Cinema l'abbrutente e Vinico l'avvelenatore. Sfiorare gli incredibili privilegi dell'alcoolismo, ecco il solo delitto rapidamente punito in Francia... La Francia è interamente venduta, fegato, nervi, cervello, rognoni, ai grandi interessi vinicoli. il vino, veleno nazionale!... La bettola sporca, addormenta, assassina, imputridisce la razza francese come l'oppio ha rovinato, liquidato completamente la razza cinese... l'*haschisch* i Persiani, la coca gli Aztechi...

L'Ebreo, quando gli si domanda di fare un po' vedere le sue carte, si dichiara istantaneamente vecchio alverniate laborioso provenzale, corso... Il pierato, pure, possiede solo virtù, referenze unanimi, supremamente favorevoli, promulgate a miliardi annuali... Il vino è soltanto inottensivo, anti-rachitico, igienico, digestivo, antisettico, fortìficante, carburante dell'intelligenza (il popolo più spiritoso del mondo) e, per di più, panacea di "lunga vita"... Ma la mortalità francese rimane, malgrado questo, una delle più elevate del mondo...

Francia 115,7 (per 100), Inghìlterra 11,7, Germania 11,8, Belgio 12, Spagna 15,6, Irlanda 14,4, Grecia 15,5, Svezia 11,2, Svizzera 12,1, Norvegia 10,2, Australia 9,5, Nuova Zelanda 8,2.

Sotto questo aspetto, come sotto quasi tutti gli aspetti, malgrado le tonnellate di immonde adulazionì che ogni mattina la stampa demagogica ci riversa a piene colonne, la Francia rimane uno dei paesi più arretrati del mondo... Cifre alla mano...

Rendiamo però giustizia al vino. Nulla saprebbe sostituirlo per spingere le masse al delitto e alla guerra, per abbrutirle al grado voluto. L'anestetico morale più completo, più economico che si conosca, è il vino! e di prima forza! "Uno squillo di tromba! e i francesi voleranno tutti alle frontiere!", pretende Gutman. Ha ragione, Gutman, vede esatto. "Dopo aver bevuto!", aggiungiamo. Lo squillo di tromba non basta! Il cuore da leone è il "vino a volontà"... La trombetta squillante è la musica, l'anima del vino...

Senza partito preso, trovo che le elezioni della sinistra si fanno ancor di più al *bistrot* che le elezioni della destra. Mai i *bistrots* hanno conosciuto un'affluenza paragonabile a quella che vale loro la legge delle 40 ore settimanali... Il popolo? Mai tanto riposo, mai tante sbevazzate... Mài gli affari dei caffettieri sono andati così bene, mai i grandi aperitivi hanno conosciuto tanta prospeirità. Guardate un po' il materiale dei caffè... Che lusso! Una perpetua Festa Nazionale... Mai la pubblicità dei vini e alcoolici è stata così sfrontata, così insolente... L'arroganza dei grandi nettari ha raggiunto il colmo... Che rischiano? Nulla!... 1 350.000 *bistrots* di Francia han sostituito tutto nella vita delle masse... la chiesa, i canti le danze popolari, le leggende... Il popolino, la folla dei più poveri, è condotta, trascinata al banco come il vitello all'abbeveratoio... macchinalmente... il primo arresto prima del macello... Il popolo non sente più bisogno che di nuovi *bistrots*..."più riposo e più *bistrots!*".

Le biblioteche?... Domandate un po', se le si frequenta di' più da quando è stata applicata la legge delle 40 ore... È stata persin tolta l'idea al popolo, ch'egli potrebbe forse ricrearsi un po', distrarsi in altro modo che bevendo... cronicamente...

Il centro spirituale, il focolare di spirito, d'attrazione, la potenza, la catalisi del villaggio non è più la chiesa, né il castello, né il municipio... È l'osteria... Che guadagno spirituale... e nelle città, il caffè più il cinema... l'abbrutimento è completo... I 350.000 *bistrots* di Francia, guarda-ciurme complimentosi e dolciastri del piccolo popolo operaio, sono 350.000 volte più temibili, inamovibili, meticolosi che tutti gli altri tiranni evidenti, precedenti, padroni, castellani, gendarmi... Impossibile il paragone... Essi dissanguano e vuotano il popolo alla base...

Che hanno fatto, che hanno tentato di fare i nostri immensi umanitari? I nostri grandi fratelli dolorosi? Questi "infiniti partecipanti" a tutte le sofferenze del popolo, per liberare questo popolo dal suo più intimo, più implacabile, più insaziabile carnefice, l'alcool?... Assolutamente nulla... Anzi!

Che hanno fatto i nostri frementi dissipatori di tenebre per respingere un po' questo alcool che ci fa morire?... Ah, sarebbero ben presto dispersi dal più rumoroso temporale che sia mai solfiato nei porcili di Lucifero, se osassero dire una sola parola! Che hanno tentato i nostri grandi rivoltati, i nostri mirifici persecutori delle iniquità, per rendere un po' sana la strada?... Per scuotere, sia pure soltanto un po', l'a più schifosa, la più vile, la più bassa di tutte le dittature, quella dei 350.000 *bistrots*?... tutti rilucenti, pieni di specchi... intenti a spillar denaro, a rovinar la salute, sotto la piena protezione dei poteri pubblici?... Tutta la distesa del nostro territorio è solo più una formidabile impresa di abbrutimento, una gigantesca cloaca di alcool e di vinaccia... Nessuno è al corrente?... Nessuno se ne accorge?... Il Francese è consegnato, mani e piedi legati, ai grandi industriali dell'alcoolismo, ebrei o no... La crociata della moralità pubblica, dell'igiene generale e di simili fandonie, va a far chiudere due o tre bordelli in provincia... ma impunemente, a due passi di lì, vi si rifila la follia, fi delitto, l'incretinimento a pieni bicchieri, sulla lunghezza di 350.000 banchi di mescita, e tutti son contenti, nessuno protesta... Che porcheria d'ignobili ipocriti!

D'altronde, tutti i nostri youtres del grande socialismo (quelli che bevono assai poco) si mostrano in pratica, nella cucina polifica, solidali a fondo con l'alcoolismo, strisciano naturalmente verso i bistrots per farsi accettare, votare, portare in trionfo... Precauzioni, omaggi e riconoscenza... La loro seconda circoncisione... Il Mezzogiorno chiacchierone, sbafatore e vanitoso, è un eccellente terreno per i nostri ebrei. Molto accogliente. "*Le bong vaing de nos pères!*"[1]. I nostri padri che, sempliciotti, bevevano solo, in verità, innocenti birre, familiari e innocui vinelli. Mai, i nostri vecchi, hanno sospettato dall'esistenza stessa dei nostri terribili stomaci, dei nostri veleni farciti, di questi vetrioli d'etichetta, dei nostri Elixir da Manicomio, di cui ora i banchi e gli scaffali del popolo sovrano sono pieni, abbondano e rigurgitano, sotto lo sguardo soddisfatto dei suoi grandi apostoli. La Bastiglia?... Uno scherzetto!... Ma guardate tutt'attorno della piazza attuale, dove un giorno sorgeva la Bastiglia!... Tutta la sfilata di *bistrots*... Ognuno di essi vale centomila Bastiglie!...

Il popolo sovrano?... Ma dal '93, il sovrano è l'alambicco! Un sovrano ch'è rimasto! E che rimarrà sempre!... Non una misura, non un editto, non un decreto, da quel famoso giorno, che non sia stato meditato, promulgato, concepito, alla gloria per la gloria, per l'impunità, l'insolenza, la perfetta prosperità del *bistrot!*... Noi abbiamo visto il colmo!... Noi abbiamo visto un ministro, e dell'Istruzione Pubblica, spingere, con formali circolari, alla consumazione del vino in tutte le scuole francesi!... Per paura che non ci si pensi abbastanza!... Sollecitare i maestri, con vive esortazioni, a fare nelle loro classi grandi elogi dell'alcool,... la fabbricazione di più numerosi epilettici, insomma, per ordine sovrano.

O governo del popolo per il popolo, grazie all'alcool! O Idra dell'ignoranza!

---

[1] «Il buon vino dei nostri padri" (pronuncia del Mezzogiorno della Francia

In un paese in cui, notiamolo bene, il 50% dei coscritti sono eliminati, riformati ogni anno per diverse ragioni rachitiche dal Consiglio di Revisione sempre più preoccupato di mantenere gli effettivi e di trattenere sotto le armi il maggior numero di giovani possibile... il 505% (della popolazione francese, grazie al vino, è dunque caduta al rango di un rifiuto fisìologico. Questa imbìbizione, questo massacro alcoolico della razza intera non è d'altronde una delle minori cause dello sfacelo generale,... di questa grande anemia, sterilità, banahtà, noia, di questa mancanza di ogni ispirazione, di questo effeminamento, smidollamento, di questo chiacchierio a vuoto, meschinamente vendicativo, miscuglio di tare fastidiose e notevoli, di cui da circa cento anni sembra gravata tutta la produzione intellettuale francese... Gli intellettuali, dopo il popolo, hanno perso press'a poco ogni significato, ogni potenza, ogni iniziativa, ogni vera musica... Velleitari rinchiusi in una carne profondamente, fatalmente alcoolizzata, diluita nella vinaccia... Il dramma abituale della degenerazione mentale e fisica delle razze alcooliche e condannate. I grandi Ebrei del fronte popolare, perfettamente al correnie, non si sbagliano... Stabiliscono i loro quartieri generali nei grandi dipartimenti vinicoli... Sanno che una reîizione in Francia non può tenere, non può durare se non nell'enorme imbibizione, nel colossale abbrutimento vinaiolo di tutti gli individui, bambini compresi... ereditario... Il Francese è attualmente il solo essere vivente sotto la calotta dei cieli, animale o uomo, che non beve mai acqua pura... È talmente invertito nei suoi gusti che l'acqua ora gli sembra un tossico... La allontana come un veleno. In qua] modo i Cinesi furono in definitiva assolutamente abbattuti, conquistati, annientati, disciolti, schiacciati? Con l'oppio... E i Pelli-Rosse? essi che sconfiggevano così splendidamente gli Yankees ovunque li incontrassero, da chi furono finalmente ridotti in schiavitù. Dal *brandy!*... E i negri?... Tutti i colonizzabili in generale? Dal tafià!... dal veleno più. popolare all'epoca della. conquista... Nulla di più semplice...

I Francesi subiranno la loro sorte, saranno messi un giorno in salsa vitiaccia... Lo sono già. Non è possibile sbagliarsi... ri conquistatore deve essere sicuro dei suoi schiavi in ogni luogo... che siano sempre nelle sue mani, solidamente sottomess~... deve essere sicuro di poterli lanciare, nel giorno voluto... perfettamente inebetiti... docili sino alle ossa... avviliti di servitudine... nel più fragoroso, ruggente forno a carname... senza che essi recalcitrino, senza che un solo pelo di questo gregge si rizzi per esitazione, senza che il più furtivo sospiro di lamento s'innalzi da questa orda... Il bestiame, d'altronde, sale ammirevolmente bene tutti i calvari che gli vengono presentati, sale al forno crematorio, da solo, semplicemente sospinto dalle esortazioni e dalle urla del loggione. Questo miracolo è diventato banale, ha luogo ogni giorno... ma tutto si svolge meglio, più spontaneamente, più vertiginosamente, quando gli organizzatori possono ancora preparare meglio il grande sacrificio grazie a qualche filtro, a qualche magia chimica, a qualche solido, costante, economico veleno dei nervi... che per noi, Francesi, corrisponde all'alcool... Allora, tutto fila da solo! Questo camaio diventa un Paradiso... si guadagna in tutto e su tutto, in superficie e in profondità... Da un lato, l'ammazzatoio... lo si agghinda, lo si prepara... dall'altro lato, si distilla a tutto andare... le banche sono felici, si lavora, in fretta, si filtra, a grande velocità... L'istinto fa il resto... Sempre là, presente, rannicchiato, l'istinto, immancabile, incancellabile, l'istinto della Morte... in fondo agli uomini, in fondo alle razze che stanno per scomparire, l'istinto di cui non si parla mai, che non parla mai, il più tenace, il più solido, impeccabile, l'istinto muto... Lui, che non è mai ubriaco, attende, attende... Quanti manifesti! Quante promesse! Quante euforie!... La demagogia vinicola tuoneggia, esplode... È la fiera! Il gran carnevale del verbo mentire... Ascoltate questi inservienti della tortura quante menzogne dicono davanti alle loro vittime...

- Che vuole? Che esige il popolo francese?
- Del lavoro! E del pane!...

Ma no! Ma no!... E voi lo sapete benissimo! Meglio di qualsiasi altro!... In una famiglia operaia francese si compera molto più vino che pane o latte... L'alcool e il tabacco costano al popolo molto più caro del nutrimento. Confessatelo dunque!

Wendel! Wendel! Mercante di cannoni! O ipocrisie! O esagerate imposture! Io conosco cento distillatori, cento volte più criminali di Wendel!... che uccidono ogni anno cento volte di più di tutti i Wendel della terra... E i loro affari sono motto più solidi, molto meno minacciati di quelli di Wendel!... Ma essi – e voi lo sapete – tengono in mano tutta la lista dei vostri elettori e voi chiudete le vostre puzzolenti boccacce di torvi istrioni, perché avete una fifa maledetta dei distillatori vostri padroni... Guardate un po' le loro ''azioni''...! I loro aumenti di capitale!... Li avete forse sfiorati di un solo accenno di rigore?... No, non siete così imbecilli!... Essi sono i beníamini del regime, di tutti i regimi e di quello che voi preparate. Questi pretoriani del veleno possono sempre aspettare, come gli Ebrei, sotto l'olino, con le loro ''permanenze al *bistrot*'', in grande serenità, la fine delle vostre pagliacciate, delle vostre mascherate, delle vostre sconvolgenti fesserie... Essi sanno che cosa vale la misura di ogni rivoluzione... Essi le hanno pesate tutte in botti e barili... sanno che senza di essi, ogni autorità in Francia cadrebbe, senza ricorso, senza appello... Sanno che non si potrà mai fare a meno di loro... Son loro che fanno scivolare i vostri elettori alle urne, sono loro che fanno bollire il sangue dei vostri soldati. Senza bistrots, voi non siete nulla; con i *bistrots* voi siete tutto... Domani, fatta la rivoluzione, la "comunista", si vedranno più *bistrots* che mai su tutto il territorio...

"La Francia libera, titubante, schifosa e felice!".

Per quanto vani, limitati e frivoli voi possiate essere... vi sono lezioni della Storia che si ricordano... voi ricorderete certamente che lo Czar ha pagato duramente i suoi ultimi ukases, i suoi decreti contro la *vodka*. Sono stati ì suoi propri editti a far vacillare lo Czar, a farlo precipitare dal trono e finalmente a farlo macellare in una cantina di Siberia... più di quanto non abbiano fatto tutte le chiacchiere dell'ebreo Ulianov-Lenin. Stalin, lui, non è così stupido... Lascerà sempre, malgrado tutto, qualche rublo ai suoi *moujiks* perché possano in qualunque modo, ubriacarsi, malgrado tutte le loro miserie. Chi non e sempre più o meno sbronzo, ossia, come dicono i francesi "tra due vini", non sarà mai, né qui né laggiù, che un pallido cittadino, fesso puntiglioso, cattivo compagno e soldato dubliio. Sarà un uomo equivocio, tutto saturo di diffidenza, un anarchico pieno d'acqua, che bisognerà forare.

> Con il riscatto, che versate agli Ebrei, ai vostri padroni, banchieri internazionali, domani grandi Commissari del Popolo, avreste di che vivere, lavorare, due giorni su tre.
>
> CÉLINE

Ancora una spudorata menzogna, un credo per teste avvinazzate, una sporta d'infamia, l'"Internazionale proletaria"! In tutto il mondo, non esiste che una sola, vera internazionale, è la razzista tirannia ebrea, bancaria, politica, assoluta... Quella sì è internazionale! Lo si può dire! Senza interruzione, senza debolezze, totale, da Hollywood, da Wall-Street, da Washington (Roosevelt non è che lo strumento dei grandi ebrei Morgenthau, Loeb, Schiff, Hayes, Barusch e consorti) a Mosca, a Vancouver... Un'internazionale integrale, intricata, intrigante, inflessibile, sinuosa, dorata, affarista, sospettosa, criminale, angosciata, insaziabile, sempre in agguato, mai soddisfatta, mai stanca, mai sonnolente... L'"Internazionale" degli Ariani degli operai, è soltanto una canzone, nulla di più... Bisognerebbe che il popolo si strappasse, violentemente, furiosamente, la trave dagli occhi, per rendersi conto che la sua "Internazionale", il suo sbraitato ritornello, si riduce ad un'altra fandonia, a un altro disco ben contorto, ben gonfiato, all'enorme, fantastica mistificazione dei caporioni... Ancora una truffa di *youtres*!... L'"Internazionale dei proletari" è vera come è vero l'asino che vola... L'Internazionale operaia è prestigitazione, impostura social-gigantesca del grande avo dei "Marx Brothers", il primo di questo nome... l'Irsuto, per fregare i lessi Ariani. Ah, è ottimamente riuscita! Agli Ebrei, gli ori e le bistecche, ai fessi Ariani prigione e canzoni!... ciascuno la sua specialità... il suo destino...

Un clamore: l'Intemazionalei Un canto per ubriachi, un lamento per prigionieri. Ma no! Non esiste fraternità operaia attraverso il mondo come non esistono Ebrei in prima linea... Esiste il contrario! È talmente evidente da un lato all'altro del pianeta... I popoli anelantí a distendersi, a raggiungersi al disopra delle frontiere maledette... Poveri sventurati, impediti di serrarsi Cuore contro cuore dai cattivi capitalisti... Spaventosa fandonìa! Svergognata impostura!... Nulla più assolutamente contrario alla realtà! Nei congressi, certo, senza dubbio! Nelle chiacchierate e nelle verbose retoriche dei *meetings* operai, certo si fraternizza? Tra "delegati" bene in vena, in gamba, disinvolti, certo si urlano simili fesserie, sino ad estinzione della voce! Che si rischia? Si beve! si ribeve si promette! Ah! ah!... il bel ritornello!... I pescicani, qui... i feroci mangioni, là... ma in pratica? Signori e Signore?... Una volta tornati a casa gli stessi, esattamente gli stessi venduti come accorrono alla Polizia per esigere, supplicare che si rinforzino le restrizioni, che si controlli l'immigrazione, che si dia ancora un giro di vite... Allora, Signori e Signore, Più nessuna frase, più nessun sospiro!... Più nessun tremolo! Ma realtà! Direttive molto egoíste, molto canagliesche, molto formali... La croce addosso ai poveri diavoli! A quelli che vorrebbero dividere tra i popoli le ricchezze del suolo, organizzare la giustizia, la ripartizione!... Tutti questi cani magri, erranti, affamati... al largo! al largo, per Dio! E poi in prigione! Ecco il linguaggio concreto dei delegati fraternizzanti, dei più opulenti "rade-unionist", una volta'ehe son tornati a casa...

Le patrie non esistono più! Ma i buoni *standards* d'esistenza, non sono mai, tanto esistiti... Altrettanti paesi, altrettanti *standards* d'esistenza e ferocemente difesi da quelli che ne approfittano... e febbrilmente invidiati da tutti quelli che crepano di fame... È la guerra profonda, permanente... sorda... inconfessabile... tra tutti i proletariati... una guerra non meno feroce dell'altra... tra gli *standards* più bassi e gli *standards* più alti... Gli *standards* hanno frontiere e reticolati ve lassicuro, ancor più che le Patrie... Andate dunque a provare, cari proletari, tornitori parrucchiere modísta, dattilografa, imbianchino, a guadagnarvi la vita agli Stati Uniti... in Inghilterra in Svezia, in Olanda... così, semplicemente... a godervi un po' di alto *standards* d'esistenza (ossia a sgobbare un po' meno pur guadagnando un po' di più)... vedrete come vi faranno correre? e subito, senza discussioni!... eliminato a grandi bastonate come uno sfacciato purulento rognoso! Oh, sarebbe bello da; vedersi!... oh, è ben morta, è triste constatarlo, la fraternità operaia! se pure è esistita! Appena si esce dalle formule, che ci si presenta con faccia infarinata, ingenuo credente, per gustare i frutti della promessa, reccellente cosa fraterna, tanto vantata, tanto urlata, la grande partecipazione di cui si parla tanto in tutti i congressi, a tutti gli echi del mondo, vedrete come le cose cambiano... Non vale la pena d'insistere! Questa adorabile fraternità è pura retorica, non esìstel... Vi si fa vedere, appena passata la frontiera, una prigione implacabile, un bastone imbottito dì ferro che vi farà tosto rientrare nella nicchia da cui siete uscito... pazzo unpertinente!... Niente pietà!... niente geremìadi!... nella pratica degli schiavi, ad ognuno la propria galera... La zattera su cui si è nutriti meglio non accoglie i fuggiaschi delle altre ciurme!... quelli che vengono a nuotare attorno alle buone zattere, sono respinti!... a grandi colpi di coltello in piena faccia! Vadano dunque in fondo, affoghino pure, questi schifosi!... Ah, è ben organizzata la difesa delle frontiere demociatichel Nessuna pietà! Nessun errore! Nessun profittatore! Ogni popolo per sé! Ci si difenderà col coltello, con le bombe, se è necessario! Sulla porta di ogni paese sta scritto, in nero su rosa... la bella accoglienza che vi attende, o proletari di tutto il mondo! "QUI, È COMPLETO"... Ecco!... Non immaginatevi per spiegarvi questo fenomeno, che siano in modo speciale i "pezzi grossi", le "duecento famiglie" che respingono i poveri diavoli di altri paesi... Essi, anzi, avrebbefo tutto da guadagnare... la mano d'opera costerebbe meno cara... i clienti più numerosi... Sono purtroppo, in ogni paese, i proletari ferocemente trincerati dietro i padroni, sindacati, organizzati, a difendere la loro zattera... il loro standard, la loro radio, il loro frigidario, la loro automobile, il loro abito da sera, il lusso insomma (quasi sempre a credito) con tutti i mezzi della forza e della cattiva fede... combattendo rimmigrazione con una polizia intrattabile. Bisogna demolire tante fandonie affettuose che si raccontano a tutto spiano, nei meetings. Qualunque tradunionista inglese, americano, danese ecc... è infinitamente più carogna verso i lavoratori "magri" degli altri paesi, di tutti i padroni possibili e immaginabili, riuniti insieme. La puzzolente ipocrisia di questo immenso adescamento sentimentale-massonico, di questo infernale cicaleccìo sulla fraternità di classe, costituisce la più schifosa commedia dell'ultimo secolo... Tutte queste frontiere contratte di fronte a noi, provano assolutamente il contrario in fatto di soldi, la sola cosa che conta, operaiamente parlando. Mai i proletari "favoriti" non sono stati così fortemente attaccati ai loro relativi privilegi parficolari... Quelli che detengono nelle loro frontiere abbondanti ricchezze del suolo, non hanno alcuna voglia di dividere. "a natura non ha frontiera!". Bellissimo! Essa intanto ha meravigliosamente dotato certi territori di tutte le ricchezze del inondo mentre ad altri lascia, come sola fortuna apprezzabile, pietre e colera. Le frontiere sono venute da sole, in modo naturale... Gli uomini -si danno un daffare terribile, ci tengono a queste ricchezze del suolo più che all'onore... Le difendono, si suol dire, come la pupilla dei loro occhi... contro ogni ingerenza; contro ogni genere di suddivisione con i proletari dei paesi poveri, con i figli della sfortuna, che non sono nati sul petrolio... Tutto il resto sob solo chiacchiere, pagliacciate, marxisterie. Mai si è visto la ricca "Trade-Union" inglese presentare ai suoi Comuni qualche simpatica proposizione d'accoglienza in favore dei disoccupati specialisti belgi francesi, giapponesi, spagnoli, italiani valacchi, i "fratelli di classe" nella necessità. Mai!... Né si sono visti i sindacati americani domandare che si allarghino un po' le "aliquote" d'immigrazione... Mai! Anzi!... Per i proletari ricchi, gli altri non hanno che da sbrogliarsela oppure crepare nel loro fango... né più né meno... È meritato... Sono nemici, nemici della stessa "classe" sulla terribile questione del companatico... Ognuno per sé!... Galeotti senza dubbio! Tutti! Ma non bisogna confondere certe galere con certe altre!... Quelle che tirano faticosamente innanzi a forza di remi altre che filano velocemente grazie alla nafta, quelle a vela, quelle a vapore... C'è differenza, dappertutto! Sfumature essenziali... Nessun transfuga!... Nessun strattagemma!... Quelli che devono restare, resteranno... Non si tratta di un "Esercito della Salvezza"!... Solide bastonate, solide coltellate per quello che non capisce... Solo gli Ebrei possono in ogni ora, in ogni istante, penetrare, filtrare, installarsi in tutti gli Stati del mondo... ovunque godono esattamente degli stessi privilegi che avevano i cittadini romani di altri tempi attraverso tutto l'Impero... Gli Ebrei sono in casa loro dappertutto... Gli Ebrei, "civis devorans" non si arrestano mai, continuano a ' salire verso la cuccagna, sempre e ancora, su nuove distese... arrivano in forti bande, camuffati, sinuosi, intriganti, avidi... banchieri, musicisti, pellegrini, cugini, cineasti, ministri. Potenze equivoche... sono subito adottati, adattati, accarezzati, lisciati, amati... Sono i signori del mondo... Nulla di più normale... Se la spassano, appena arrivati... Ma noi, semplici poveri diavoli sgobboni, lavoratori logorati, raccomandati soltanto dalle nostre mani e dalle nostre piccole astuzie... che ci andiamo a fare, noi, nell'avventura?... così lontani dai nostri campanili?... L'Ariano conta così poco alle barriere dell'immigrazione!... D'un solo colpo, gli si faranno perdere tutte le sue illusioni, le sue "umanità" proletarie... Alla prima dogana, sarà scosso brutalmente, espulso, cacciato via, annientato. Non avrà ancora gettato un'o sguardo sulla terra promessa che già sarà assalito, respinto, impacchettato, ricacciato in fondo al suo corpo... Imparerà, quel fesso, a ripetere ritornelli e cose che non può capire... Mai le frontiere, i porti, sono stati per gli Ariani così ferocemente interdetti, sbarrati da regolamenti assolutamente esclusivi, da prescrizioni draconiane, da lazzaretti e da gendarmi... Ammende, interrogatori, visite di bagagli, quarantene schifose... tutta una serie di umiliazioni poliziesche e profilattiche, tutti gli armamenti della buona guerra contro i cenciosi che arrivano... bisogna respingerli, togli loro per sempre l'idea di ritornare... di ripetere lo scherzetto... guarirli dall'avventura... vadano ad imputridire altrove!... È la legge dei paesi forti... Le "aliquote" spietate proteggono bene tutti gli Stati dove la vita è un po' meno dura, contro l'invasione dei mendicanti... il "roletario possident" contro l'invasione degli affamati che vengono a lamentarsi alle frontiere... a girare attorno al piatto di minestra...

Solo la Francia riceve tutto... ossia tutto quello che i conquistatori ebrei trascinano al loro seguito...

Evidentemente, il bravo *youtre*, lo straccione, provvisto d'una sola camicia, che esce giusto giusto dal suo *souk*... dal fondo del suo ghetto rumeno... trova una seria differenza, uno strano cambiamento, quando vede la Place Pigalle... Tutti quei negozi, quei torreriti di lampadine. quelle piramidi di oggetti... ne ha gli occhi storditi... tutte quelle graziose ragazzine dalle labbra provocanti... oh, gli piacciono enormemente... Si trova, da un istante all'altro, estasiato, entusiasmato, istupidito... lui che da quattordici secoli non ha cessato di trasalire tra un colera e l'altro, tra un tifo e trentasei massacri, di lasciare il sangue della disfatta attraverso le steppe e i *pogroms*... trova questo paese ampiamente aperto, graziosamente, follemente delizioso... Non bisogna stupirsi ch'egli deliri... che si prenda rapidamente per un pascià... Ma bisognerebbe che da parte nostra non si sragionasse... che si dichiarasse: to' è vero!... La realtà è assai diversa!...

La Francia non è un paese ricco, oh no!... È un pae! povero, assai, un paese di piccole risorse, di piccola economia, un paese naturalmente avaro, e stretto di maniche. Un suolo che non può dare né petrolio, né rame né cotone, che permette in tutto e per tutto solo una mediocre agricoltura, non è un suolo ricco!... È un paese dal suolo povero per poveri... Un paese dove si deve faticare, sgobbare, semplicemente per vivere. Soprattutto a causa dell'enorme decima che noi paghiamo ai nostri parassiti ebrei, nazionali e internazionali (i 3/4 dei nostri redditi, press'a poco). Se i nativi non filano più che dritto, rischiano di saltare i pasti. È la legge dei suoli poveri. È così che si presentano: né più né meno..."L'essenziale della nostra esistenza, le nostre materie prime (salvo il vino, ahimè!), bisogna che noi ce le procuriamo fuori. Queste condizioni economiche ci rendono perfettamente tributari all'estero... La "terra benedetta da Dio" esiste come esistono i pesci nell'aria... Le regioni benedette da Dio sono l'America, l'Inghilterra e Colonie, gli Scandinavi a causa della loro situazione, l'Olanda e alcuni altri, i cui proletariati "ipso facto" non hanno più alcuna voglia di condividere le loro risorse natali con i poveri diavoli di qui... Anzi, e come ci sfruttano! E senza pietà! E come si tengono dietro i loro Ebrei... come un sol uomo... Come schiavi privilegiati, sulla buona galera... Non bisogna mai confondere...

Ogni buon proletario inglese si sente perfettamente felice, solidale a fondo con i Lords su questo punto: che 300 milíoni di Indù a pezzi e altri poveracci del genere gli fanno molto piacere... mezzi-animali, mezzi-umani, sparsi in tutte le colonie *coolies*, antropofagi, disperati... egli, buon proletario inglese: è perfettamente d'accordo sul fatto che tutti quei miserabili di laggiù crepino di fame, si rovinino, si ammazzino, si logorino per lui... Essi frugano le miniere, lavorano nelle risaie, rastrellano le pampas, per procurargli i suoi comodi... Su questo punto, è spietato!... Egoista!... "Britannico, anzitutto!". Non li trova per nulla suoi "fratelli di pena" Non ha alcuna voglia di condividere né con me, né con loro... né con voi... solo con i suoi "britannici" e i suoi Ebrei... Trova che la conquista dei deboli rappresenta parecchi vantaggi... È l'ipocrisia puritana, voi non la conoscete ancora,... essa è ripresa dai sindacati... poi, in più "alto loco"... Se volete divertirvi, tentate dunque l'esperienza... presentatevi un po' agli uffici di collocamento, agli "Alien offices" (dal latino *alienus* = pazzo) di qualsiasi porto della costa... a Dover, a Folkestone... o altrove... Andate un po' a informarvi se potete sbarcare... per cercare a Londra un po' di lavoro... Se non avete mai ballato il *valzer* in vita vostra, lo imparerete subito, in un istante... Sarete soffiato via, volatilizzato nell'atmosfera, talmente avrete provocato la loro violenta indignazione... La stessa cosa per l'America, la Svezia, l'Olanda, i porti argentini, Cuba, il Canada,... Honduras... dappertutto dove c'è di che cavarsela, in tutti i buchi dove c'è qualcosa di mangiabile... Non vi si aspetta...

Se volete petrolio, cotone, rame, o proletari di casa mia, miei amici bisogna anzitutto ungere un po' e seriamente i compagni i proletari di fronte... dall'altro lato della frontiera... le chiacchiere umanitarie in quel momento non servono più!... Bisogna anzitutto pagare la decima al vostro fratello di classe, più favorito di voi dalla nascita, dal suolo, dalla fortuna... È nato laggiù, su un pozzo di petrolio, ciò ha una certa importanza... Eccome! E tanto meglio per lui! Non ti regalerà mai un pezzettino della torta che sta mangiando... Aspetta la tua decima... allegramente! Tu potresti crepare ' di necessità... in quel momento, egli diventa insensibile... I suoi "comodi" non hanno orecchie... la divisione dei beni della terra non va più in là dei bei discorsi... In pratica, i fratelli di classe, appena terminati i *meetings*, appena rientrati dietro le loro dogane, diventano perfettamente patrioti... e per impedirti di scocciarli, divengono solidali, affinché tu crepi fuori della porta... Anche se hanno della merce in più, da non più sapere dove metterla, preferiscono distruggerla piuttosto di regalartela... Ciò farebbe abbassare i loro prezzi, il loro *standard* di vita, la loro decima sul tuo capo, la loro stanza da bagno... Tutto ma non questo!... Divengono spaventosamente patrioti appena la loro stanza da bagno è minacciata... Giù le mani!... Indietro!... Fuori di qui! Calamità pubbliche! Morti di fame, pidocchiosi, straccioni!... Ecco come vi ricevono!... Ora, ne siete informati!... Immensamente disposti a condividere! Umanitari a perdita di vista, raddrizzatori di torti! Sì, finche non costa nulla, non la più piccola inezia di comodità, di letto, della supereterodina... oppure... oh, allora si arrabbiano diventando idrofobi!... Non c'è di che prendersela, di che gridare allo scandalo, è umano, è naturale! Soltanto, bisogna ricordarsi che siamo un paese "ributari", per le materie essenziali, per le materie indispensabili alla vita di tutti i giorni... e che se ci si mette a funzionare a casaccio, a credito, fidandosi della Provvidenza degli uccelli, allora, cari miei!... Che imprevisto risveglio, quando ci si lascia trascinare dall'assurdo, quando si oltrepassano i mezzi, quando ci si mette a consumare le riserve!... La fatalità vi aspetta... e con lei non si schérza... Le cose possono complicarsi... peggio di quanto si sia mai visto!... Trovarsi un bel mattino con le catene ai piedi, talmente pesanti che si diventa gli schiavi di tutti gli altri, questa volta sul serio... di tutti gli Inglesi della terra, dei Brasiliani, dei *cow-boys*, di tutti... e, sempre di più, degli Ebrei... diventa un bagno infernale... si cade automaticamente nel rango dei coloniali, cafri, bantùzuzù. Tutta la miseria dei sotto-schiavi che lasciano le loro ossa un po' dappertutto, nei deserti, sulle pianure, sui ghiacciai... per permettere ai signori di lassù, borghesi e operai, di non patire troppo i tempi duri... alla stagione sportiva di cominciare alla data stabilita... ai loro magnifici cani di non soffrire troppo la crisi... ai gattini di avere il loro scodellino di latte... agli sportivi di non buscarsi troppa *grippe* né troppo catarro durante la stagione di *foot-ball*... alla pioggia di essere accompagnata da stoffe di prim'ordine, da *whiski* a duecento franchi il litro, da tutte le comodità.

Stavo parlandovi di certi affari professionali a proposito della crisi del libro... poi, mi sono interrotto... riprenderò un po'... Questo vi svagherà...Il "libro" non è una cosa seria... e un soggetto accessorio... un divertimento, spero... Tutti parlano di "letteratura"... Quindi, a mia volta, posso permettermi di esprimere il mio parere...

Mi ricordo, a questo proposito, d'una serie di articoli che mi son sembrati molto divertenti... articoli delle "Nouvelles Litteraires"... (quando voglio irritarmi, le compero)...

Yves Gandon, sedicente critico, annato d'una forte spazzola per lucidare; passava in rivista, e con quanta cura! per l'ammirazione dei lettori, alcuni sceltissimi testi di qualebe grande contemporaneo... L'astuzia del commentatore, la sua ammirevole prodezza, consisteva a sottolineare tutta la grazia, i fini artifici, le pertinenti sottigliezze, tutti i sortilegi di questi Maestri, le loro indicibili magie, grazie all'analisi intuitiva, molto proustiana, di alcuni testi ripieni in modo particolare di genio. Bisogna, impresa, devozione d'un'estrema audacia! d'una rischiosa delicatezza! Tremante, il commentatore si arrischiava ancora più lontano... ma sudando d'angoscia! sino al Santo dei Santi! sino al Tesoro stesso! sino allo Stile! al riflesso di Dio! sino ai fremiti della Forma in questi Messia della Bellezza! E dopo quali religiosi avvicinamenti!... quale lusso di preamboli!... quali delicati deliqui!... Ah, se mi trattassero a questo modo, come diverrei impossimbile!

Guardiamolo lavorare, Gandon... ora esita... tutto in estasi... per poco non sviene... le parole stanno per mancargli... Ansimante, ci domanda se possiamo ancora seguirlo... sopportare tanti splendori... Ne siamo degni?... Egli stesso che credeva di conoscere tutto... ne è turbato... si faceva un'idea confusa della distesa immensa, della profondità di questi stili!... presuntuoso! Non conoscere nulla!... conoscere appena le primizie!... In questo castello dalle mille ed una meraviglia... Gandon è titubante... esitante... trema... tragedia!... tragedia!... oh, squisite cascate d'indicibili ornamenti!... o passaggi sublimi, sempre più sublimi!... in fontane vertiginose... o testi magici che si rivelano gocciolanti d'infiniti apporti estetici!... di Messaggi travolgenti... d'inapprezzabili gemme stilistiche!

È troppo! Tanta perfezione parolaia!... per un solo adulatore!... è la dannazìone!... noi soffochiamo per lui!...

O delizie letterarie assassine!... O inchiostrati, omicidi diletti frasiformi!... O parossismi atroci!

Ma il Gandon non appartiene alla razza degli officianti approssimativi... che lanciano testi sfumati... No, è un giansenista... il tepore lo spingerebbe al delitto... vuole la vostra salvezza solo grazie all'estasi... e non una estasi di dormiente... un'estasi palpitante!... trasfigurante!... Ah! ci esorta. raccogliete questa sfumatura... ammirate questo impagabile giro di frase... questo zéfiro... questa onda iridata... l'avete vista?...

Non vorrei certamente ritornare sullo sforzo di Candon, sulle sue apprensioni, per fare il maligno, l'ateo bilioso, il vandalo, il denigratore per sistema e per sadismo... Non è il mio genere, la mia intenzione... Ma, dal momento che nelle Lettere non v'è nulla di grave e che si può dire quel che si pensa... Ebbene... io non ci trovo proprio nulla in quello che Candon ammira tanto!... Dovrei averne vergogna... Ma ho bel spalancare gli occhi, proprio non ci vedo nulla... oppure la mia vista dev'essere opaca... Devo essere vagamente infermo... Ai miei sensi ottusi, quegli autori là si rassomigliano tutti... ferocemente, tanto sono insignificanti... Un po' più o un po' meno di boria, di pagliaccismo, di parolismo, di velleità... E tutto quel che ho potuto scoprire...

Sì, ho visto che cercano piccoli e grandi effetti, che fanno mille sforzi per far "levare" un po' la loro pasta su queste scipitaggini... ma la pasta non li "leva" mai... Si ha bel pretendere il contrario, è così... è fallito... non val nulla...

E più si sforzano, e più suonano falsi, artificiosi, in tutti i loro organi e tamburi... Non sono più abbastanza viventi per generare altro che storie vuote, insipide, che non stanno in piedi... Sono gravidanze nervose, pretensiose, autoritarie, suscettibili, deliranti d'orgoglio... Ma le ossa midollari sono vuote... Fanno molto rumore, queste ossa... ma non danno più midollo... nessuno ci ha colpa, eppure quegli autori se la pigliano con tutti... Essi parlano di creazione come le donne frigide parlano continuamente di cose sessuali all'infinito, cincisianti, idiote, viperine, moralizzanti. Non hanno mai vibrato, i grandi artisti dei nostri grandi stili... Sono pessimi scrittori quelli che passano il loro tempo a giudicare, analizzare, modificare gli affari del sesso e delle arti... Sono le peggiori scorie del libro... quelle che ci fan venire la barba... una barba interminabile, con le loro risorse stilistiche... Uno stile, questi autori?... Ma no! non hanno mai avuto stile! non ne avranno mai!... il problema li sorpassa. Uno stile è una emozione, anzitutto e soprattutto!... Essi, invece, non hanno mai avuto emozioni... dunque, nessuna musica...

Non è colpa loro... non ci han colpa, questi grandi scrittori... Sono votati, sin dall'infanzia, sin dalla culla per così dire, all'impostura, alle pretese, agli arzigogoli, alle imitazioni... Sin dai banchi di scuola, hanno cominciato a mentire, a pretendere d'aver personalmente vissuto ciò che leggevano... a considerare l'emozione "letta", le emozioni di seconda mano, come emozioni personali!... Tutti gli scrittori borghesi sono originariamente degli impostori!... ladri di esperienze e di emozioni altrui!... Sono partiti verso la vita sulla carrozza dell'impostura!... Continuano... Hanno cominciato la vita con l'impostura... con gli studi classici... con questo 'seminario massonico, incubatrice di tutti i privilegi, di tutte le soperchierie, di tutti i simboli... Si sono sentiti superiori, nobili, "chiamati" speciali, sin dal sesto anno della loro età... Tutto un mondo emotivo. tutta una vita, tutta la vita, separa le scuole comunali dagli studi classici... gli uni andranno sempre di pari passo con l'esperienza, gli altri saranno sempre istrioni... Non entreranno nell'esperienza che più tardi, per la grande porta, da signori, da impostori... Hanno fatto la strada in auto,... i ragazzi delle comunali, invece, sui loro piedi... gli uni hanno "letto" la strada, gli altri, invece, l'hanno ben conosciuta, sottomessa ai loro passi... Un uomo è terminato, emotivamente parlando, verso il dodicesimo anno di età. In seguito, non farà che ripetersi... sino alla morte... La sua musica è fissata una volta per sempre... nella sua carne, come su una pellicola di *film*... quel che conta è la prima impressione... Infanzia di piccoli borghesi, di parassiti e di minchioni, sensibilità di parassiti, di privilegiati sulla difensiva, di gaudenti, di piccoli preziosi, manierati, artificiosi, emotivamente scossi da lussazioni viziose sino alla morte... Non han mai visto nulla... umanamente parlando... Hanno imparato l'esperienza sulle traduzioni greche, la vita sulle versioni latine... tutti questi prodottucoli borghesi sono falliti sin dall'inizio, emotivamente pervertiti, secchi, aridi, marinati...

Non faranno che "pensare" la vita... non la "proveranno" mai... nemmeno in guerra... nella loro pellaccia di "preziosi", di spavaldi sornioni... Incrostati selerotici, untuosi, imborghesiti, superiorizzati rincoglioniti sin dalle loro prime composizioni, conservano per tutta la vita un manico di scopa nel sedere, la pompa latina sulla lingua... Entrano nell'insegnamento secondario, come le piccole cinesi nei minuscoli baldacchini: ne usciranno emotivamente mostruosi, amputati, sadici, frigidi, frivoli e scaltriti... Comprenderanno soltanto più le torture... l'arte di farsi "suggerìre", gli uni dagli altri, le sintassi, gli avverbi... Non avranno mai visto nulla... non vedranno mai nulla... A parte le torture formaliste e gli scrupoli retorici, resteranno sempre ottusi, impermeabili alle onde vive. I genitori i maestri li hanno votati, sin dalla scuola, ai simulacri di emozione, a tutte le sciarade dello spirito, alle imposture sentimentali, ai giochi di parole, alle estasi equivoche... Rimarranno sempre rimbacuccati, sostenuti, solennemente pedanteggianti, convinti, esaltati di superiorità, cicalanti le loro latino-fesserie, gonfi di vuoto bizantinismo, di buffo "classicismo", di falsa umanità, d fantasioso orpellismo, di affettato cincischiamento di formule, abbrutenti tamburini di assiomi... classicismo brandito attraverso le età per l'incretinimento dei giovani, brandito dalla peggiore cricca vanitosa, verbosa, sorruona, politicaia, teorica, tarlata, approfittatrice, inestinguibile, insinuante, incompetente, eunucoidale, disastrogena, la peggiore cricca dell'Universo: il Corpo Stupido-insegnante...

Le versioni latine, il culto dei, Greci, le fandonie pretensiose avranno sempre ragione, nello spirito dello studente, contro l'esperienza diretta, le emozioni dirette, di cui abbonda la vita semplice e vissuta attraverso i rischi personali... È moralmente invertito, lo studente, sin dall'inizio dei suoi studi classici e questo è più grave dei primi onanismi e di altre inversioni... La vita è un immenso bazar in cui i borghesi penetrano, circolano, si servono... ed escono senza pagare... Solo i poveri pagano... il campanello del registratore-cassa... è la loro emozione... I borghesi, i ragazzi piccolo- borghesi, non hanno mai avuto bisogno-di passare alla cassa... non hanno mai conosciuto l'emozione... l'emozione diretta, l'angoscia diretta, la poesia diretta inflitta sin dall'età più giovane dalle condizioni di povero... Hanno soltanto provato emozioni liceali, emozioni libresche o familiari e poi, più tardi, emozioni "distinte"... ossia "artistiche"... Tutto quello che elaborano in seguito, nelle loro "opere" è soltanto un rabberciamento di cose prese a prestito, di cose viste attraverso un parabrezza... un paraurti... o semplicemente rubate nei fondi delle biblioteche... tradotte, aggiustate, trafficate dal greco... rimasticature classiche... Mai, assolutamente mai, un accenno di umanità diretta... Fonografi... Sono evirati di ogni emozione diretta, votati al chiacchierio infinito sin dalle prime ore dell'infanzia... Tutto questo è biologico, implacabile... nulla da dire... Il loro destino di piccoli borghesi ariani, quasi sempre generati, covati dalle famiglie, dalla scuola, dall'educazione, consiste anzitutto a insensibilizzarli dal lato umano. Si tratta anzitutto di farne degli astuti degli impostori, dei cagnolini, dei privilegiati, dei frigidi sociali, degli artisti della "simulazione".

La lingua francese finemente francese "disadorna" s'adatta benissimo a questo gioco. Anzi, per questi piccoli evirati emotivi, essa si trasforma in una specie di corsetto che è loro indispensabile... li sostiene, li assicura, fornisce loro gli eccitanti necessari e tutte le sciarade dell'impostura... di quella "serietà" di cui essi hanno imperiosamente bisogno, e senza la quale rischiano di sprofondare nel nulla... Il bello stile "pertinente"!... Una trovata meravigliosa per equipaggiare questi frigidi, questi rapaci, questi impostori!... Esso li dota d'una lingua esatta, del veicolo provvidenziale, accomodato, meticoloso... ecco il rifugio impeccabile del loro vuoto... il camuffamento ermetico per tutti gli insignificanti..."Lo stile!"... rigida montatura d'impostura senza la quale essi si troverebbero letteralmente sul lastrico, istantaneamente dispersi dalla vita brutale... dato che non hanno, di proprio, nessuna sostanza, nessuna qualità specifica... nessun peso, nessuna gravità... Ma col loro fiero corsetto tutto bardato di formule, di referenze, di cose prese a prestito, essi possono ancora, e in che modol, impersonificare i loro ruoli, i ruoli più monumentali della farsa sociale... così mirificamente fruttuosa per gli eunuchi... Ed è sempre il falso, l'imitato, l'artificiogo, la robaccia ignobile e vuota che si impqne alle folle... sempre la menzogna! mai l'autentico!... A cominciare da quel momento, la partita è vinta! Il "francese" degli studi classici, il "francese" decantato, francese filtrato, ripulito, francese strofinato (modernizzato naturalista), il francese minchione, il francese alla *montaigne*, alla racine, francese ebraizzato per lauree, francese d'Anatole France il giudaizzato, il francese accademia Goncourt, il francese schifoso per l'eleganza, manierato, orientale, untuoso, vischioso come lo sterco, è diventato l'epitaffio stesso della razza francese. Il cinese per mandarini. Non occorrono emozioni dirette per il cinese-mandarino come non ne occorrono per esprimersi nel francese-studi-classici... Basta pretendere. È il francese ideale per uomini meccanici, per Robots. L'Uomo vero, idealmente spoglio, quello per cui tutti gli artisti letterari di oggi sembrano scrivere, è un Robot. Si può fabbricare, notiamolo bene, lucido, con linee semplici, laccato, aerodinamico, razionalizzato quanto si vuole, perfettamente elegantissimo, al gusto del giorno. Il Robot dovrebbe occupare tutto il centro del Palazzo della Scoperta... È lui lo scopo realizzato di tant sforzi civilizzatori, razionali... ammirevolmente naturalisti e obbiettivi... (tuttavia, un Robot colpito d'alcoolismo... Solo aspetto umano del Robot dei nostri giorni)... Dal Rinascimento in poi, si tende a lavorare sempre più appassionatamente all'avvento del Regno delle Scienze e del Robot sociale. Il più spoglio... il più obbiettivo dei linguaggi è il perfetto giornalistico, obbiettivo linguaggio Robot... Ci siamo arrivati... Non occorre più avere un'anima per esprimersi umanamente... Quanti volumi! Quante scorie! Quanta pubblicità! Qualunque sciocchezza robotica trionfa!... Ci siamo arrivati...

Tutti questi scrittori che mi sono vantati, che mi si prega d'ammirare... non avranno mai, è evidente, la minima sfumatura di emozione diretta. Essi operano come "misuratori" manierati sino al momento in cui lavoreranno unicamente come minatori, senza più preoccuparsi del resto... Forse all'ultimo momento, al momento di morire, risentiranno una piccola emozione autentica, un leggero fremito di dubbio... Ma non è sicuro... Il loro famoso stile spoglio, neo-classico, questa corazza luccicante, intarsiata, costruita strettamente su misura, spietata, impeccabile, che li riveste contro ogni effrazione da parte della vita, una volta terminati gli studi, impedisce loro - sotto pena d'essere immediatamente disciolto riassorbiti dalle onde vive - di lasciar penetrare queste onde vive nell'interno della loro carcassa"... Il minimo contatto emotivo diretto col torrente umano ed eccoli morti!... Stavolta, senza tante chiacchiere... Essi si muovono nel fondo della corrente, come nel fondo di un fiume troppo pesante, sotto un enorme peso di accarezzanti tradimenti, sordamente, avvolti in scafandri, meravigliati e impasticciati da centomila precauzfoni! Non comunicano con l'esterno, se non per mezzo di microfoni. Pontificano in stile "pubblico", impeccabile, verso e contro tutto, saltimbanchi, indovini comuti... Crescono con la loro corazza... Crepano con la loro corazza, nella loro corazza, stretti, bendati, insaccati, abbottonati, rinserrati, lucidati, brillanti Robots, scafandri striscianti sotto l'immane peso di quell'equipaggiamento provvisto di diecimila tubi e fili; quasi immobili, quasi ciechi, a tastoni, essi strisciano verso il grazioso scopo luminoso delle loro esistenze, in fondo a tutte quelle tenebre... la Pensione... Dagli interstizi delle loro armature di Robots d'eccezione, escono soltanto fragili bollicine d'aria che con infiniti, ghi glu risalgono verso la superficie. Non li si felicita mai di essere finalmente riusciti un giorno a spezzare il loro straordinario involucro metallico; anzi, del fatto opposto, di essere cioè riusciti a infagottarsi sempre più pesante niente, ad ingusciarsi sempre meglio, a sovraccaricarsi d'altri schiaccianti apporti "culturali"... e di conservare ancora, malgrado questo, nel fondo delle loro tenebre, una possibilità di gracili gesticolamenti... artifizi scherzosi astuzie affettate, reticenze equivoche, dette "finezze di stile".

Una volta risaliti nei loro "soffici gabinetti da lavoro", all'altezza della camomilla, l'angoscia - li prende, li attanaglia a lungo, assai a lungo, strangolati, livided, ossessionati dal ricordo di quei glauchi infiniti, di quegli abissi. Ne descrivono con sperdute reticenze tutti i mostri che hanno intravisti... gli altri mostri... Si rialzano sempre molto male... sfiancati, doloranti, sotto le carezze della lampada, da queste boyscoutterie tragiche, da queste discese alle origini. Devono in seguito "operare" assai laboriosamente, tra contrazioni e spasimi, per riuscire a dissipare questi terrori, a cullarli, a deporli sulla carta, a farli aderire, inolli, tepidi e neri, sulla carta bianca... Quanto amooore e ancor sempre amooore per permettere a questa loro fetida ventata interiore, lungamente accarezzata, di alleggerire un po' le loro trippe... Tutta rattenta affezione, così vigilante, di una famiglia commossa, perché la loro colica si attenui, il loro mal di denti si calmi... L'amore, il più grande Amore, questa risonanza di vuoto, la grande eco d'anima vuota... Perché vengono dunque a infettarci coi loro romanzzi, questi castrati? con i loro simulacri emotivi? Dato che sono una volta per sempre, opachi, ciechi, mutilati, sordi? Perché non si limitano unicamente alla descrizione, ossia al rabberciamento di quanto hanno letto nei libri?... Perché non fanno strettamente carriera nel *Baedecker* divertente, nel goncourtismo descrittivo, nel rovistamento ad ogni costo, nel neo-zolaismo, ancora più scien tifi co-giudeolatra, dreyfusardo, liberatore? La loro fatalità insensibile robotica li vota tutti, una volta per sempre, alle rigide valutazioni, alle descrizioni, alla misurazione dei sentimenti, alle smorfie, ai movimenti d'insieme, agli opuscoli sul turismo, alle classificazioni, alle spiegazioni per fotografie, al sottotitoli pubblicitari, alle riote mafginali sugii avvenimenti... Fuori di questo, sono secchi... Non possono rischiarsi nella minima riproduzione emotiva senza commettere sbagli atroci. La rabbia vi piglia quando li vedete diguazzare, impantanarsi, appena si avventurano nelle espressioni dei sentimenti più naturali, più elementari... Una disgustosa catastrofe!... Indecenti, grossolani, fiatulenti, essi si seppelliscono istantaneamente sotto una valanga di fesserie e di oscenità. Alla minima incitazione sentimentale, essi si gonfiano, esplodono in mille escrementi infinitamente fetidi... Non esiste più che un rifugio per tutti questi Robots saturi di obbiettivismo: il surrealimo. Là, non c'è più nulla da temere! Nessuna emotività è necessaria! Chiunque può rifugiarsi e proclamarsi genio... Qualunque evirato, qualunque fesso, qualunque ebreo in delirio d'impostura, si porta da solo alle stelle. Basta una piccola intesa, assai facile a concludersi, col critico, ossia tra Ebrei...

Magnifico trucco ebreo!... Idem per la critica ebrea!... D'un sol colpo, si sale al disopra di ogni giudizio! Di tutti i testi umani... E più l'autore sarà castrato, impotente, sterile. pretenzioso, impostore, scocciatore, faccia tosta, e più avrà genio e fantastico successo... (pubblicità ebrea: su ordinazione, ben inteso). Molto semplice! Miracolo!... Il Rinascimento aveva magnificamente preparato, col suo fanatismo ebraizzàto, col suo culto prescientifico, questa puzzolente evoluzione verso tutte le bassezze. Questa promozione catastrofica di tutti i castrati del mondo verso il regno delle Arti... Il Naturalismo, manifesto culturale degli "inservienti di laboratori massonici", ancor più armato di positivismo che il Rinascimento, ha elevato questa stessa gigantesca sciocchezza, questo stesso calamitoso pregiudizio all'ultima potenza. Questo baccano non ha trovato sorde le orecchie degli Ebrei...

Gli Ebrei, sterili, vani, saccheggiatori, mostruosamente megalomani, terminano ora, in piena forma, sotto lo stesso stendardo, la loro conquista del mondo, lo schiacciamento, l'avvilimento, l'annullamento di tutte le nostre arti essenziali. istintive, musica, pittura, poesia, teatro... - "Sostituire l'emozione ariana col tam-tam negro...".

Il surrealismo, prolungamento del naturalismo, arte per Robots astiosi, strumento di díspotismo, di truffa, d'impostura giudaica... Il surrealismo, prolugamento dei naturalismo imbecille, ferula di eunuchi ebrei, è il catasto del nostro fallimento, emotivo... la misurazione della nostra fossa comune... della fossa dei cretini, idolatri. Ariani, cosmici chiacchieroni e cornuti... Alla porta del surrealismo, frementi d'impazienza, d'obbiettivismo, di arte disadorna, tutti i nostri scrittori non si arrestano più nella frenesia di spogliarsi della loro ultima sostanza. Se si affannano ancora un po', se si lanciano ancora nei virtuosismi fantastici, se tendono all'idealismo, alla poesia, eccoli allora così fatalmente disadorni che, dopo tante analisi, si trovano in atto di surrealizzare... con accumulazione di vuote frenesie, di sirmilacri para-simboliei, di frenetiche, fraudolente sureccitazioni... Sonaglil Tutti sonagli! Vilissimi sonagli! per bestie arrabbiate!

Tutte queste storie, questi stili, queste pose, queste grazie provengono dalla testa e dalla scuola... Mai dalla vita... Sono altrettanti alibi, pretesti d'arrivismo, consolidamenti di carriera, petulanti pretesti accademici ornamenti per funerali... Letteratura contemporanea, catafalco in rovina, cadavere senza domani, senza colore, senza orrore, più ripugnante, mille volte più antipatico della verde, franca, ronzante, colante carogna... letteratura, insomma, assai più morta della morte stessa...

> Quando i Francesi fonderanno una lega antisernita, il Presidente, il Segretario e il Tesoriere saranno ebrei.
>
> CÉLINE

Dato che tutti i nostri grandi autori, quelli che danno il "la", che formano la legge del bon ton, escono dalla scuola delle lingue morte, dato che hanno imparato sin dall'infanzia a ingrassarsi con la buona alimentazione mista, perfettamente sterilizzante, radici greche, pergamene, manierismo, spiluccamenti di Dizionarii, essi non sono più da temersi, svirilizzati come sono di fronte alla vita. Nulla d'imprevisto, di sconcertante, potrà mai più sprizzare da questi eunuchi. Finiti, definitivamente liquidati. Saranno unicamente fanciulli pretensiosi, votati alle cose defunte, rigorosamente amorosi, appassionati di sostanze mummificate. Prenderanno tutta la loro esperienza nei trattati accademici, le ceneri psicologiche, da salotto, le "preparazioni" medicamentose. Sin dall'allattamento sono votati all'esistenza per sentito dire, alle emozioni supposte, alle fini imboscate per inganni letterarii, alle incubatrici in cenacoli, biblioteche, Borse, Istituti o Deputazioni, Ministeri, dove tutte le carni delicate, infinitamente preservate, troveranno per tutta l'esistenza le comodità e la sicurezza del nido familiare. Essi si preservano così, una volta per sempre, da tutti gli urti della vita di fuori, della vera vita, da tutte le catastrofi che possono vaporizzare in un solo istante tutti i grandi fanciullini d'Arte e d'Amministrazione, appena si arrischiano un po' all'aria aperta... al gran vento del mondo. Bisogna arrendersi all'evidenza:

la maggior parte dei nostri autori non sono mai stati svezzati, rimangono attaccati per tutta la vita a problemi per lattanti, da cui si staccano solo poco per volta, con infiniti scrupoli, con interminabili reticenze dette "opere di maturità...". Finiscono tutti nel rimbecillimento e nella morte senza aver prodotto altro, durante tutta la carriera, che bollicine iridate e frammenti di lessico, masticati e rimasticati mille volte, risucchiati, trasformati in pallottoline, in sorprese, in rebus. Raggiungono il massimo dei loro sogni se, pure vagendo, riescono ad acciuffare il bicorno e lo spadino di accademico... e soprattutto se, colmo dei colmi, riesce a far incidere la bella, vuota epigrafe da eunuco: "In questo mondo, tutto è già stato detto...". Un tale ammasso di nullità, militante, implacabile, una tale gigantesca pagliacciata di tutte le paure infantili, travestite, pompose, fa il gioco, realizza i piani e le astuzie degli Ebrei. Dal momento che questi balbuzienti, che questi pontificanti in fascia sono incapaci di risvegliare il gusto delle masse per l'emozione autentica, ebbene dàlli sotto con le "traduzioni"!... Perché aver scrupoli?... Standardizziamo! Il mondo intero! sotto. il segno del libro tradotto! del libro piatto, insipido, obiettivo, descrittivo, pomposamente robot, chiacchierone, vanaglorioso e nullo. Il libro per spettatorie di cinema ebreo, per amatore di teatro ebreo, di pittura ebrea, di musica giudeo-asiatica internazionale. Il libro spegnitoio di spirito, d'emozione autentica... il libro per l'oblio, per l'abbrutimento del *goyim* che gli fa dimenticare chi è, la sua verità, la sua razza, le sue emozioni naturali... che gli insegna ancora meglio il disprezzo, la vergogna della sua razza, del suo fondo emotivo... il libro per il tradimento, per la distruzione spirituale dell'indigeno, per il, perfezionamento dell'opera così ben cominciata col film, la radio, i giornali e l'alcoolismo.

Dal momento che tutti i nostri autori si.accaniscono a scrivere in modo sempre più "disadorno", banalmente, tepidamente, insignificante, insensibile, esattamente come nelle "traduzioni"; dal momento che, allevati nelle lingue morte, vanno naturalmente verso il linguaggio morto. le storie morte, lo svolgimento delle bende delle mummie; dal momento che hanno perso ogni colore, ogni sapore, ogni scatto o tono personale, di razza o lirico, non occorre più aver soggezione! Il pubblico prende tutto quel che gli si dà. Perché non sommergere definitivamente, in un supremo sforzo, il mercato francese sotto un torrente di letteratura straniera, perfettamente insipida?... La critica ebrea (o per lo meno ebraizzata, in tutte le rubriche, destra o sinistra) prepara, organizza le importazioni... La critica ebrea, pure così balorda, cosìl prosaica, così ottusa per quanto non rientra nelle sue diatribe abituali, diventa irriconoscibile a forza di anglomania, di entusiasmo per le più grandi fesserie dell'anglo-giudeo-sassonia. Essa si mette a vaticinare, fremente di riconoscenza, essa così naftalinizzata, così pantofolaia... essa trasalisce improvvisamente iperbolica sotto il soffio delle correnti internazionali... Non la si riconosce più! Magia!... Che succede? Gli aggettivi le mancano per vantare ancora meglio le "tenerezze ammirevolmente reticenti" degli autori nordici... le loro palpitazioni cosi meravigliosamente ellittiche, i loro tesori di profondità super-virtuali... I nostri più gallonati pontefici, naturalisti, teatrolibristi della prima ora, si lanciano a balbettare intenerimenti d'ogni sorta alle rappresentazioni di "Miss Baba"... Ne ritornano tutti vibranti di squisiti fervori... non fioriscono più che in epiteti zuccherati sulla campagna inglese in primavera... Questo per la poesia... Ma se si tratta di psico-drammi, oh allora, non giurano più che sulle audacie dell'ultra- travolgente, geniale Lawrence... il coraggio inaudito dei suoi messaggi sessuali... (un povero organo maschile di guarda-caccia per 650 pagine)... delle sue premonizioni rinnovatrici del mondo... delle sue torture d'ispirazione... delle sue sofferenze trans- midollari... dei suoi rovesciamenti matrimoniali... Insomma, tutta la salsa ebrea, il baccano pubblicitario, intimidatorio, hollywoodiano, che fa tanto più effetto sui fessi in quanto questa merce è insipida, vuota, sfacciata, catastrofica.

Dal momento che gli Ebrei decidono, promulgano e fanno ammettere, una volta per sempre, che in ogni opera d'arte si può ormai sopprimere l'emozione, la melodia, il ritmo vivente (sole note di valore autentico), la confusione regna e trionfa; la pubblicità, l'impostura sostituiscono tutto, s'istallano, prolificano istantaneamente. Esse attendono soltanto questo mornento ebreo per invadare, cancellare, rimpiazzare tutto. Noi siamo arrivati a questo punto! E allora, avanti con le descrizioni piatte, con i falsi sessi, con gli sfintesi molli, con i falsi seni, con tutte le porcherie dell'impostura! Esse divengono subito lecite, ufficiali, preponderanti, dogmatiche, dispotiche, intrattabili... La dittatura delle larve è la più soffocante, la più sospettosa di tutte. Dal rriomento che esse governano, tutto puo essere violato, insudiciato, camuffato, trafficato, distrutto, prostituito... Qualunque insostenibile fesseria può diventare da un istante all'altro l'oggetto di un culto, scatenare tifoni d'entusiasmo... è solo più una banale questione di pubblicità, di stampa, di radio, ossia, in definitiva, una questione di politica e di denaro, ossia di ebraismo.

> Ci si crede fatti fessi di un centimetro, invece lo si è già di parecchi metri.
>
> CÉLINE

Il povero mercato librario francese, già tanto rinsecchito, perseguitato, in pericolo, si trova ora schiacciato dai romanzi, dai romanzi d'appendice dei signori e signore Lehmann, Woolf, Vicky Baum... Ludwig... Colien... Davis... tutti ebrei e tutte ebree... tendenziosi, nulli, plagiari, camuffatori, sornioni, viziosi, sprezzanti, voraci, piagnucolosi o umoristi, l'uno più dell'altro. Tutti annunciati, lanciati. Consacrati, gonfiati a gran forza di giurie, di cenacoli internazionali ebrei... (premi ebrei internazionali di Letteratura)... introdotti in Francia da agenzie ebree... adottati entusiasticamente dai giornali ebraizzati (lo sono tutti)... Grandi *cocktails* ebrei. Campi-Elisi... cocaine... amori... pervertimenti ebrei... Se gli autori tradotti non sono tutti ebrei, sono per lo meno ebraizzati. Sposi di ebree, pro-giudei, devotamente, insaziabilmente... Tutti gli i agenti letterari, gli impresari della letteratura e di ogni espressione artistica, sono ebrei. 1 direttori, le vedette, i produttori e tra poco tutti i sedicenti creatori del teatro, del film, della radio, della canzone, della danza, della pittura saranno ebrei. Il pubblico – ossia l'orda degli ariani pacchiani e alcoolizzati (provincia, città, campagne) – si satolla indistintamente della produzione dei signori Sacha Guitry, Bernstein, Maurois, Coeteati... i nostri gagà ingoiano i Dos Passos, i Sinclair Lewis, i Mauriac, i Lawrerice, le Colette... stessa salsa, stesso ungimento, stesso insignificante cicalio, stesso abbrutente ronzio... Tradotti o non tradotti, essi rimangono assolutamente identici a se stessi... stesso gonfiamento, stessa minchioneria,... stesso stambureggìamento, stessi trucchi, stessa inutilità, stessa insensibìlità, stessa svalorizzazione, stesso fallimento. Per il trionfo di queste sciocchezze, la critica ebrea, evidentemente, carica a fondo (essa esiste solo per questo), insiste, incensa, pontifica, acclama, proclama... Nello stesso tempo perseguita e scaraventa agli inferni, ai peggiori supplizi, i rari mascalzoni, gli ultimi dubbiosi, i supremi avanzi di iconoclasti, che si permettono, qua e là, di gettare un po' d'acqua fredda su questi bolloìí... di non trovare assolutamente, radicalmente, trasfiguratamente divino tutto quanto è ebreo.

Non bisogna credere ch'io mi smarrisca, ch'io sragioni così per puro piacere, ho fatto un piccolo giro, ma torno subito al mio soggetto... In questo nauseante gocciolio, in questa sdolcinata fraseomania, tutta composta di filamenti ammuffiti, di cespugli, di ricciolini retorici, gli Ebrei non rimangono inattivi... Essi prosperano a meraviglia. Tutte le decadenze, tutte le epoche in putrefazione abbondano di Ebrei, di critici e di omosessuali. Gli Ebrei attualmente sono nei migliori posti, nelle finanze, nella politica e nelle arti. Vermicolari, persuasivi, vischiosi, invadenti più che mai, corrono dietro ai Proust, ai Picasso, ai Sacha Guitry, ai Cézanne... si rovesciano in crescentì maree, sommergono tutto... All'arrivo degli Ebrei corrisponde la suprema Riforma, la suprema fregatura degli Ariani... La messa-in-ghetto degli Ariani non potrà tardare... sotto la ferula negra. Essa coincide con l'avvento della grande Arte Ebrea, dell'arte robot – surrealista – per indigeni robotizzati. La "tecnica" di questa conquista del mondo da parte della setta ebraica, della consacrazione dell'imperialismo ebreo, la apoteosi dell'Ebreo, spirituale e materiale, non ha nulla di occulto, di segreto. Tutti possono ammirarla... Essa si svolge sotto le nostre finestre... Basta sporgersi un po'...

Una buona standardizzazione letteraria internazionale, ben avvilente, ben abbrutente, arriverebbe in questo momento proprio a tempo per completare l'opera d'insensibilizzazione, di livellamento artistico che gli Ebrei hanno già compiuto in pittura, musica e cinema. A questo modo, il cielo della robotizzazione internazionale sarebbe perfetto. Il serpente ebreo avrebbe finalmente, secondo gli oracoli, faito il giro della terra, dopo aver lacerato, sporcato, pervertito, incarognito ogni cosa al suo passaggio, beninteso in salsa demagogica, pacifista, progressista, affrancatrice, massonica, sovietica. L'Ebreo in questo mondo teme soltanto l'emozione autentica, spontanea, ritmata su elementi naturali. Ogni lavoro non sofisticato, non contraffatto sino alle midolla, sino alle corde supreme, provoca nell'Ebreo le più feroci reazioni di difesa. Fiuta immediatamente il rischio, il castigo della sua cosmica, fenomenale, cataclismica impostura. L'Ebreo ha paura dell'autentico come il serpente ha paura della mangusta. Il serpente sa che la mangusta non scherza, ch'essa può strangolarlo. L'autentica sola bilancia per pesare l'Ebreo a peso di porcheria e di soperchieria.

Saccheggiare, rubare, pervertire, abbruttire, tutto quello che trova, pudore, musica, ritmo, valore, ecco il dono dell'Ebreo, la sua antica ragione di essere. Egitto, Rorna, Monarchie, Russia, e domani noi, tutto ci passa. L'Ebreo macera le piccole letterature come i grandi Imperi, a forza di veleni, plagi, incanti, truffe. L'Ebreo non ha molte capacità, ma quella di orientamento per quanto egli può afferrare, per rientrare nel suo paniere, nel suo sacco dei malefizi.

Il resto, tutto quello che non può assorbire, pervertire, inghiottire, sporcare, standardizzare, deve scomparire. È il sistema più semplice. Egli lo decreta. Le banche lo eseguiscono. Per il mondo robot che ci preparano, basteranno pochi prodotti, riproduzioni all'infinito, simulacri inoffensivi, romanzi, professori, generali, vedette, il tutto *standard*, con molto tamtam, con molta impostura e con molto snobismo... L'Ebreo tiene in mano tutte le leve di comando, aziona tutte le macchine per standardizzare, possiede tutti i fili, tutte le correnti... e domani tutti i Robots.

> Che volete ch'io speri tra tutti questi cuori imbastarditi, se non di vedere il mio libro gettato nelle spazzature?
>
> D'AUBIGNÉ.

Lo *standard* in ogni cosa è la panacea dell'Ebreo. Più nessuna rivolta da temere da parte degli individui prerobotici che siamo... i nostri mobili. romanzi, film, vetture, linguaggio, l'immensa maggioranza delle popolazioni moderne, tutto è già stato standardizzato. La civiltà moderna è la standardizzazione totale, anime e corpi, sotto gli Ebrei. Gli idoli *standard*, nati dalla pubblicità ebrea, non possono mai essere pericolosi per il potere ebreo. Infatti non si sono mai visti idoli così fragili, così friabili, cosi facilmente e definitivamente dimenticabili, in un istante di sfavore. L'educazione delle folle è guidata dall'Ebreo.

Idoli politici, scientifici, artistici ecc. costruiti pezzo per pezzo dagli Ebrei. Tutte queste vedette: scenaristi, musicisti, tutta questa robetta moderna, tutti questi saccheggiatori e scopiazzatori, angoscia dalla preoccupazione di bluffare, di piacere e di mentire, prostituiti sino alle fibre, sono creati, distrútti, cancellati secondo i capricci dell'oro e della pubblicità del momento. Questi pretesi immensi creatori sono soltanto fantocci imbecilli, virtuosi ventriloqui, ebrei o no, che i loro padroni, i potentati dell'alto giudaismo, i saggi, lasciano sfilare, piroettare attraverso il mondo per abbagliare, anestetizzare i loro avviliti coloniali. Sino al momento in cui stanchi delle loro smorfie, tagliano i fili di questi burattini, lasciandoli cadere nel nulla. Questo non produce nemmeno un vuoto, dato che non c'era nulla. Gli autori di falso, di robaccia, di artificioso. di strombazzamenti moderni, tutta l'arte moderna sotto camuffamenti surrealisti, in salsa dramma, umoristica o farsa, non saranno mai pericolosi per i loro tiranni ebrei. Privi di ogni emozione diretta, questi *clowns* non possono risvegliare nulla nelle masse. Saranno soltanto impiegati, servitori, leccapiedi, schiavi del dispotismo ebreo. Per uno di questi pagliacci che muore, cento altri si precipitano per recitare al suo posto, più vili, più servili, più ignobili ancora... 1 grandi lupanari dell'arte moderna, gli immensi bordelli hollywoodiani, tutte le galere dell'arte robot, non mancheranno mai di saltimbanchi depravati... L'arruolamento è infinito... Il lettore medio, l'amatore corrotto, lo *snob* artificioso, il pubblico insomma, l'abbietta orda divoratrice di cinematografo, gli abbrutiti-radio, i fanatici vedettisti, questo internazionale, prodigioso, abbaiante brulicame di chiacchieroni cornuti ed alcoolizzati costituisce, attraverso città e continenti, la base calpestabile, l'*humus* magnifico. il terreno meraviglioso, sul quale tutti gli sterchi pubblicitari ebrei potranno risplendere, sedurre, affascinare. Il pubblico moderno, abilmente disgustato dalla scienza, dall'obiettivismo e dagli Ebrei, di ogni autentica emozione, invertito sino alle midolla, domanda solo di satollarsene...

> Il negoziante cristiano fa da solo il sito commercio; ogni casa è in certo qual modo isolata; mentre gli Ebrei sono ceme particelle di argento vivo: alla minima pendenza, si riuniscono in blocco.
>
> (*Richiesta dei sei Corpi di Mercanti a Luigi XV*).

Non è inutile di ritornare su questo argomento. Dicevamo che ogni articolo da standardizzare – vedetta, scrittore, musicista, uomo politico, reggipetto, cosmetico, purgante – deve essere essenzialmente ed anzitutto tipicamente mediocre. Condizione assoluta. Per imporsi al gusto, all'ammirazione delle folle più abbrutite, degli spettatori, degli elettori più sdolcinati, dei più stupidi accetta-frottole, dei più scemi, frenetici declamatori del Progresso, l'articolo da lanciare dev'essere ancor più fesso, più spregevole di tutti questi individui messi insieme. Questa specie di cretini scientificolatri, materialistici, prolifici, pullula dopo il Rinascimento... Si farebbero uccidere per il Palazzo della Scoperta... Quanto alle produzioni letterarie "standardizzabili" desiderate da questi neo-bruti, i "capolavori" anglo-sassoni moderni ne rappresentano assai bene l'abbacchiante livello. Che esiste di più abusivo, in fatto di predicante fesseria, a parte alcuni films, di un romanzo pretensiosamente letterario, tipo Lawrence, Hardy, Chesterton, Lewis e compagnia?... Ve lo domando!... Di più artificioso, di più inutile, di più stupidamente belante?... di più cretinescamente vizioso?... di più caotico per importanza dei romanzi dei Dos Passos, dei Faulkner, dei Cohen e soci?... Scipitezze montate in aspetto "forza", esagerazioni gratuite montate in aspetto "delirio", rifrittura dei nostri più vieti, dei nostri più dimenticati naturalisti, assieme travestite e riservite in salsa "gangster"...

Li conosco un po' tutti, questi eminenti personaggi dell'arte ebraica anglo- sassone, "dannati" di Bloomsbury, neomurgeriani del "Villaggio", cricca di piccoli servitori di Ebrei, impostori estetiformi... la- più scalcinata accozzaglia di mistificatori,, di. fantocci cocaino-letteraxii, riuniti per sbavare, per contorcersi, sotto la calotta delle ebree psichiatrici di romanzi. Tutti questi delicati intirizziti alla Wilde, tutti questi piccoli dervisci camuffati alla Frankenstein persistono nella loro buffonata, salsa "lirismo", o salsa "potenza" soltanto grazie all'arroganza, all'enormità della pubblicità ebraica e alla cretineria congenita degli *snobs* ariani.

> L'Ebreo non vive del suo lavoro, nia dello sfruttaìneìito del lavoro altrui.
>
> ROCHEFORT

Mi sembra alquanto difficile sorprendere questi piccoli truffatori in flagrante delitto... fuorché quando cercano di "trasporre", di "lincizzare"... Copiare, plagiare, come vi si buttano!... Le nostre biblioteche stridono, gemono a forza di essere saccheggiate per dritto e per rovescio... Ma "trasporre" direttamente la vita è un altro paio -di maniche!... I buoni sogni sorgono solo dalla verità, dall'autentico... quelli che nascono dalla menzogna non hanno mai né grazia né forza... Chi se ne preoccupa?... Il mondo non ha più melodia... È ancora il *folklore*, gli ultimi mormorii dei nostri *folklore*, a cullarci un po'... Dopo, sarà finito... La notte... e il tam-tarn dei negri. I buoni sogni vengono e nascono dalla carne, mai dalla testa. Dalla testa escono solo menzogne. La vita vista dalla testa non vale di più della vita vista da un pesce rosso.

La sola difesa del bianco contro il robotismo, e senza dubbio contro la guerra, contro la regressione all'epoca delle caverne e peggio ancora, è Writorno al ritmo emotivo suo proprio. I circoncisi Ebrei stanno evirando l'Ariano del suo ritmo emotivo naturale. Il negro ebreo sta facendo cadere l'Ariano nel comunismo e nell'arte robot, nella mentalità obbiettivista di perfetti schiavi per Ebrei. (L'Ebreo è un negro, la razza semita non esiste, è un'invenzione massonica, l'ebreo è solo il prodotto di un incrocio di negri e di barbari asiatici). Gli Ebrei sono i nemici nati dall'emotività ariana, non la possono soffrire. Gli Ebrei non sono emotivi... sono figli del Sole, del deserto, dei datteri e del tam-tam... Non possono fare a meno di odiarci a fondo... con tutta la loro anima di negri... Le nostre emozioni istintive, essi le detestano... Emigrati, fissati sul nostro suolo, saccheggiatori, impostori, spaesati, essi scimmiottano le nostre reazioni, gesticolano, ragionano, si perdono in mille sforzi cerebrali prima di cominciare a vagamente comprendere quello che un Ariano, non troppo abbrutito, non troppo alcoolizzato, capisce a volo, in venti secondi... emotivamente, silenziosamente, direttamente, impeccabilmente.' Lo Ebreo non assimila mai: imita, insudicia e detesta. Non può abbandonarsi che a un mimetismo grossolano, senza prolungamenti possibili. Gli Ebrei, i cui nervi africani sono sempre più o meno di zinco, possiedono una sensibilità assai volgare, per nulla elevata nella serie umana; come tutto quanto prúiene dai paesi caldi, egli è precoce, tirato su alla svelta. Non è fatto per elevarsi molto, spiritualmente, per andare molto lofitano... L'estrema rarità dei poeti ebrei, d'altronde tutti risucchiatori di lirismo ariano, ce lo prova... L'Ebreo, nato astuto, non è sensibile. Salva le apparenze unicamente a forza di continue buffonate, simulacri, smorfie, imitazioni, parodie, pose, trovate filmistiene, bluff, arroganza. Nella sua carne stessa, per provare le emozioni, non dispone senon di un sistema nervoso di negro, un sistema dei più rudimentali, ossia un equilibrio di primitivo. L'ebreo negro meticizzato, degenerato, sforzandosi nell'arte europea, mutila, massacra e non aggiunge nulla. Sarà costretto, un giorno o l'altro, a tornare all'arte negra, non dimentichiamolo mai. L'inferiorità biologica del negro o del semi-negro sotto i nostri climi è evidente. Sistema nervoso spacciato, espiazione della precocit', egli non può andare molto lontano...

• • •

L'adolescenza negra e assai breve... Un negro è "formato" a quattro anni. L'Ebreo è ansioso di raffinamento; è un'ossessione per lui attorniarsi d'oro e di oggetti preziosi, "fare il raffinato". Ora, non è mai intimamente raffinato, somaticamente raffinato. È impossibile. Ho vissuto a lungo con i negri, li conosco. Smorfie. Occorre al negro come all'ebreo molta indoratura, molto tamburo tam-tam, pubblicità, perché si risvegli... Non capisce se non la grancassa o la stridente tromba araba... Passa attraverso le sfumature, salta, galoppa, cade, fa i suoi bisogni sulle violette appena lo si lascia libero nei giardini, come un cane male allevato... E dire che noi siamo diventati gli schiavi sottomessi di questa razza di bruti spaesati! Malgrado tante contorsioni e buffonate, l'Ebreo rimane più tam-tam che violino... disastrosamente impenetrabile a tutte le onde dell'intuizione, agli entusiasmi impersonali... uno sciocco avido, follemente preténsioso e vano. E poi. colmo della sfacciataggine, si fa critico.

Ai miei funerali voglio la fanfara di Tel-Aviv e i "Cadetti" della via Triangolo.

CÉLINE

Dio solo sa come l'Ebreo cerca di pulirsi, di raffinarsi "arianamente" per poter meglio ingannarci, impaniarci. Malgrado questo gigantesco lavorìo, rimane dopo tanti secoli l'insorpassabile *gaffeur* dei cinque continenti. -

È difficilissimo scoprire tra i più abbrutiti, alcoolizzati, sottomessi, rinunciatari Ariani, un individuo che possa essere paragonato, in fatto di *gaffes*, al più raffinato degli Ebrei. In tutte le circostanze più delicate, voi riconoscerete l'Ebreo dal fatto che si precipita letteralmente per poter commettere una *gaffe*. Si tradirà immediatamente, impantanandosi sui due piedi, e che piedi! (di afro-asiatico, figli della sabbia). È normale che ci odi, sia per il nostro senso emotivo spontaneo, per la nostra sensibilità ariana, per il nostro lirismo ariano, per la nostra umanità diretta, sia per tutte le altre ragioni messe insieme... Questa nostra superiorità biologica lo offende intimamente, lo umilia, l'irrita al massimo, lo infuria più di tutte le resistenze ponderabili ch'egli può intuire... Ansioso di poter commettere delle *gaffes*, egli raddoppia subito la sua tirannia. Ma dopo la grande "standardizzazione", l'Ebreo sarà tranquillo, le *gaffes* non conteranno più... Chi se ne accorgerà?... Non certo i Robots! Evviva la Libertà ebrea *gaffeuse*!

> Perché non avrei il diritto, nel mio paese, di urlare che non mi piacciono gli Ebrei? I massoni hanno forse scrupoli quando conducono una guerra a morte contro i preti?
>
> CÉLINE

Parlandovi di queste cose di traduzione, di edizione, mi sono riscaldato tiri po'... Oh, non credetemi geloso! Sarebbe conoscere male la mia perfetta indipendenza. Io me ne strafotto degli Ebrei. Essi possono rendermi la pariglia come vogliono, a destra o a sinistra, al centro o di traverso. Personalmente mi scocciano poco, quasi nulla. Si tratta invece di un conflitto puramente ideologico.

Certo, io osservo che grazie all'intromissione degli Ebrei, editori, agenti, pubblicisti, ecc., sotto l'influenza dei films ebrei aggressivi, corrompenti, putrefacenti, della politica ebrea in somma, delle consegne ebree, occulte o ufficiali, la piccola produzione francese, già così magra e poco raggiante, sta definitivamente morendo... Gli Ebrei devono schiacciare tutto, è inteso! Ma la vita non è così lunga né così allegra che questi fatti v'impediscano di dormire. E poi, se vogliamo essere giusti, gli Ebrei furono sempre aiutati nella loro opera di distruzione, di asservimento spirituale, dal manierismo "stile nobile, rinascimento", e in seguito pusillanime, borghese, ufficiale, insomma da tutta la consorteria accademica, puristica, disperatamente ottusa, che fa soccombere le nostre arti dette francesi.

Quel che più ci esaspera negli Ebrei, quando si esamina la situazione, è la loro arroganza, il loro spirito di rivendicazione, la loro eterna martirologia perseguitante, il loro tam-tam. In Africa, presso gli stessi negri, o loro cugini, nel Carnerun, ho vissuto per anni, solo, in uno dei loro villaggi, in piena foresta, sotto la stessa capanna, bevendo alla stessa bottiglia di zucca. In Africa, erano brava gente. Qui, mi seccano, mi fanno schifo. Al Camerun, diventano insopportabili solo nei momenti di luna piena, con il loro tam-tam... Ma le altre notti, vi lasciavano dormire tranquillamente, in tutta sicurezza. Parlo di quel paese "pahoin", il più negro dei paesi negri. Ma qui, ora, in Francia, con o senza luna, sempre tam-tam!... Negri per negri, preferisco ancora gli antropofagi... e poi, non qui... a casa loro... In fondo, mi procurano una sola seccatura, una seccatura estetica, non mi piace il tam-tam... Quanto a sbarcare il lunario, Dio mio! mi sarebbe straordinariamente facile cavarmela... Potrei permettermi il lusso, non solo d'ignorare tutte queste turpitudini, ma di profittare, eccome, grassamente, magnificamente, di questa invasione... Mille modi, mille precedenti! Mi sarebbe facile, tra l'altro, se si considerano le mi attrattive, i miei vantaggi fisici. la mia solida situazione pecunaria, di sposare senza tante storie una ebreuccia ben a posto... con buona parentela... (ne vengono sempre a girellarmi attorno, a tastare un po' il terreno...); farmi, grazie a questo fatto naturalizzare "un pochíno ebreo"... Prodezza che rende molto in medicina, nelle Arti, nella nobiltà ` nella politica... Passaporto per tutti i trionfi, per tutte le immunità... Tutte 'ste cose, siamo d'accordo, sanno un po' di chiacchiere... storielle!... Cicaliamo!...

Abbiamo notato che gli Ebrei sembrano aver scelto l'inglese.come lingua di standardizzazione universale (e dire che, per poco, avrebbero optato per il tedesco!)... Non è forse divertente, a questo proposito, osservare come i giovani ebrei delle migliori famiglie (Ebrei francesi compresi) vadano quasi sempre a Oxford per terminare gli studi? *Finishing touch!* La suprema vernice! Se volessi, se le circostanze mi obbligassero, potrei forse scrivere i' miei libri in inglese. È una corda per difendermi, una cordicella del mio arco. Non dovrei lagnarmene... Ma nessuno mi ha regalato l'arco!... Avrei tanto desiderato che nella vita mi si facesse qualche regalo!... Tutto sta qui... Per il momento, preferisco ancora scrivere in francese... Trovo l'inglese troppo molle, troppo delicato, troppo sciocchino... Ma se occorresse... D'altronde, gli Ebrei anglo-americani mi traducono regolarmente... altra ragione... e mi leggonol... Non siamo molto numerosi, tra gli autori francesi, quelli di "classe internazionale". Ecco il più triste. Cinque o sei, credo... tutt'al più... È poco... troppo poco!... L'invasione a sens unico mi scoccia!...

Gli editori giudeo-anglo-sassoni, molto al corrente della fabbricazione letteraria, li riconoscono subito i romanzi *standard!*... Ne fanno fabbricare altri esattamente simili, ogni anno, a migliaia, in casa propria... Non hanno che da fare delle "repliche", adornarle con altri posticci... Personalmente, mi sarà possibile difendermi ancora per qualche tempo, grazie al mio genere incantatorio, al mio lirismo violento, vociferante, da anatema,... in questo genere molto speciale, ebraico sotto un certo aspetto, io riesco meglio degli Ebrei, do' loro delle lezioni... Questo mi salva. Presso gli Ebrei degli Stati Uniti, io passo per uno spirito forte. Purché la duri!

> Noi ordiniamo che ogni Ebreo maledica tre volte al giorno tutto il Popolo cristiano e preghi Dio di sterminarlo con i suoi re e i suoi principi.
>
> IL TALMUD

Per caso, l'altro giorno, mi è capitato sottomano un giornale che non conoscevo: "L'Universo Israelita" del 15 novembre 1937... Abbiamo torto a non leggere regolarmente "Lo Universo Israelita". Un solo numero di questo giornale ci insegna assai più, in fatto di cose essenziali alla marcia del mondo, di tutta la nostra stampa traditrice, per schiavi, - durante un mese intero.

Così noi leggiamo: "L'arte di Habimah. All'Esposizione 1937". Voi vedete com'è istruttivo...

"L'arte, in generale, può essere divisa in due categorie: arte nazionale e arte internazionale...

"Alla prima, appartengono principalmente gli artisti della parola: poeti, oratori, attori...

"Alla seconda, i pittori, gli scultori, i musicisti, i cantanti. Il campo degli artisti della parola è limitato: si estende su questo o quel paese, talvolta si prolunga anche sul paese vicino. In altri termini, gli artisti della parola sono organicamente legati alla loro terra, e solo il loro popolo li conosce, li comprende, li apprezza nel loro giusto valore.

"Meglio situata si trova l'arte internazionale: i suoi rappresentanti sono amati dal mondo intero, dappertutto si trovano in casa propria, per essi tutti i popoli hanno occhi ed orecchi. Gli esempi non mancano. Picasso e Chagall, Rodin ed Epstein, Duncan e Fokine, Menuchin, Heifetz, Chaliapin...

"Talvolta, alcuni grandi artisti della parola rompono le barriere della loro lingua e del loro paese e divengono internazionali, come la Duse e Sarah Bernhardt. Ma questo succede raramente; occorre possedere un valore straordinario, prodigioso, una situazione particolare, una rara enegia, una lingua universalmente conosciuta.

"Vachtaorgoff, questo geniale regista russo-armeno - e in certo senso anche ebreo – si è creato un metodo nuovo. Non ha voluto attendere che il grande, il grandissimo artista fosse nato: lo ha forgiato egli stesso, gli ha comunicato un'anima vivente. Vi è riuscito soprattutto perché ha saputo unire tutti i valori della parola in un magnifico insieme, tutti i temperamenti artistici in un solo ritmo, con le qualità degli uni supplisce alle deficienze degli altri. Per di più, egli ha incorporato in ogni lavoro teatrale tutte le arti possibili: musica e pittura, cori, danze e canti. Non l'ha fatto in modo meccanico, ma organico, come la religione nelle sue estasi di preghiera e di fede.

"La lingua della Bibbia, per quanto bella ci appaia sulle labbra degli artisti di "Habimah", vi ha un ruolo minimo.

"Non invano numerosi teatri si sono messi a imitare "Habimah". Hanno intravisto la colomba dell'Arca di Noè, l'annunciatrice di un'espressione internazionale per gli artisti della parola, questi emissari spirituali che creano legami tra i popoli meglio di qualsiasi rappresentante diplomatico. Per queste ragioni noi dobbiamo tutti salutare "Habimah" e ì suoi artisti, in occasione della loro nuova venuta a Parigi, e contribuire al loro successo morale e materiale. Nessuno meglio di

"Habimah" saprebbe parlare per noi al cuore dei popoli stranieri che non ci conoscono o che non vogliono conoscerci".

***

Ci comunicano:

Praga:

"L'Agenzia telegrafica ebrea ci fa sapere che il Sig. Léon Blum, vice- presidente del Consiglio, che rappresentava il governo della Repubblica Francese ai funerali del Presidente Masaryk, ha approfittato del suo soggiorno a Praga per visitare la vecchia e celebre sinagoga Altneuschul. Il Sig. Lèon Blum, che era accompagnato dalla moglie e della figlia, è stato ricevuto alla sinagoga dal presidente della comunità ebrea di Praga che gli ha dato il benvenuto in francese e in ebraico".

Palestina:

"Il Consiglio Municipale di Tel-Aviv ha deciso di dare ad una via della città il nome del Presidente Masaryk".

(Il Presidente Masaryk, malgrado tutte le sfacciataggini giornalistiche, detestava la Francia. Gran principe della massoneria in Europa Centrale, egli doveva il suo potere all'ebraismo massonico e filo-comunista. Credeva soltanto nella cultura giudeo-inglese. Ha preparato con tutte le sue forze, d'accordo con Benes, l'avvento del giudeo-bolscevismo in Europa. La Cecoslovacchia non è che una cittadella avanzata del Kremlino in Europa).

Vienna:

"Su domanda del governo ungherese, le autorità di Vienna hanno arrestato il Dott. Buxbaum, di Gerusalemme, delegato al recente congresso dell'Agudath Israel, a Marienbad.

"l governo ungherese domanda l'estradizione del Dott. Buxbaum che, nel 1919, avrebbe fatto parte del governo di Bela Kun. Era stato condannato a morte dal tribunale militare, dopo la fine del regime comunista, ma gli riusèì di fuggire e di rifugiarsi in Palestina.

"Il console britannico a Vienna ha protestato contro l'a, resto del Dott.

Buxbaum, cittadino palestiniano".

PICCOLE CRONACA

Palestína:

"Il K. K. L. rimane il grande acquirente fondiario del Focolare nazionale ebraico, poiché nel 1937 ha comperato 20 mila *dunams* di terra, sui 25.000 acquistati dagli Ebrei.

"Malgrado gli ostacoli, il K. K. L. conta di poter comperare quest'anno, per un mezzo milione di sterline. Le offerte non mancano, dato che lo sciopero è stato disastroso per l'economia araba. Cosicché gli Arabi sono disposti a vendere tutto quello che possono.

"Sedici anni fa, il Keren Kayemeth possedeva soltanto 20.000 *dunams* di terra. Oggi, noi ne abbiamo oltre 400:000. Abbiamo realizzato la riforma fondiaria che consiste nel nazionalizzare il suolo e ci siamo riusciti magnificamente".

L'Esercito:

"Apprendiamo col più vivo piacere la nomina del Medico Generale Worms, professore aggregato, attualmente direttore dei Servizi Sanitari del 1 Corpo d'Armata, a direttore della Scuola Sanitaria Militare di Lione; e gli porgiamo le nostre più sincere felicitazioni".

***

Ogni numero dell'"Universo Israelita" contiene altrettante informazioni preziose. Inutile leggere i nostri giornaletti indigeni, addormentatori, divagatori, sorníonamente frivoli (per ordine). L'"Universo Israelita" li sorpassa, li riassume, li donúna dall'alto, da lontano. Esso ci dà le vere notizie del Mondo e della Francia.

Sempre nell'"Universo Israelita" del 19 novembre 1937:

"L'avv. Cernoff ha fatto, domenica 7 novembre, in presenza dei membri di "Chema Israel", un'importante conferenza su "Il giudaismo fonte di giustizia e di morale"... I nostri lettori conoscono l'avv. Cernoff, uno dei luminari del foro parigino e del diritto penale finanziario, storico, sociologo scrittore... ed eccellente ebreo (testuale!). L'avv. Cernoff si è sempre occupato con comprensione e simpatia dei problemi ebrei... "ecc. ecc..."

Che ci rivela dunque l'avv. Cernoff in questa "importante" conferenza?...

"Che è assurdo e criminale volere identificare il giudaismo col bolscevismo, una dottrina di calma e di evoluzione con una dottrina di violenza e di rivoluzione...".

Si può essere più sfacciati?

Che ci racconta ancora l'avv. Cernoff?

"La rivoluzione bolscevica del 17, alla quale hanno preso parte, tra gli altri, alcuni ebrei debraizzati...". Magnifico! Sublime! Acciuffate qui l'Ebreo in flagrante delitto di discolpa, di obliqua propaganda comunista..."Alcuni!"...

"Debraizzati"... Delizioso! Adorabile! Supremo!... Da crepar dal ridere! Ma il primo consiglio dei Commissari del Popolo nel 1917 venne intIeramente costituito da Ebrei... E da quella data nulla ha cambiato!... Avv. Cernoff lo sa benissimo!...

"Debraizzati?"... Ma il Comintern è il giudaismo stesso!... Il Concistoro più esecutivo!... più ardente, più intransigente, più sanguinoso che sia mai esistito nel Pianeta!

Poiché trattiamo della Rivoluzione del 17, si presenta una eccellente occasione di parlare un po' del famoso Felice

Warburg... il gran banchiere ebreo di New York, capito?... il genero di Jacob Schiff, capo della famiglia Warburg, della cricca Loeb, Barush, Hanauer ecc... Warburg che sovvenzionò Trotzky (15 miliardi poi 200 miliardi), Parvus, Lenin e tutti gli altri per rivoluzionare la Russia nel 1917. Era forse anche lui "debraizzato"?... Faceva forse parte di quegli "alcuni" ebrei...?

Non pare... È morto proprio recentemente a New York, il 20 ottobre scorso, questo potentissimo Felice Warburg, vero istigatore, creatore del Comunismo in Russia... (tranquillizzatevi, la famiglia Warburg non è ancora estinta)... Che cosa apprendiamo a proposito di questa morte?... Che tutte le sinagoghe del mondo intero risuonano, ronzano di preghiere per il riposo della sua anima... Solenni servizi funebri succedono a solenni servizi funebri... A Parigi, il 31 ottobre, Léon Brainson, presidente delrO.R.T. (la grande opera ebraica)... Rothschild, Bodenheimer, Bader, Weill ecc... si sprofondano in lamentazioni... ralto giudaismo è in lacrime... il basso giudaismo pure... Tutta la tribù attorno ai rabbini per piangere la perdita del grande Patriarca ebreo, americano-sovietico-miliardario... Elogi funebri grandiloquenti... Elogi funebri degni di un grande monarca... Luigi XV non è stato che un piccolo re in confronto di Felice Warburg di New York... Suvvia, tendete il pugno!... Il segno di croce ebreo!... Come nelle sinagoghe!... Per l'anima di Felice Warburg... per la sua felicità completa.

Non vorrei, per quanto il mio parere può valere, creare dispiaceri attorno a me... Si trova sempre qualche eroe tra tanti velleitari, invertiti, in salsa Proust, Gide, Bordeaux... Il loro merito è immenso, tanto più in un paese dove il lettore si rivela sempre più raro... Ecco dunque una falange veramente stoica, che diminuisce ogni giorno di più, che finisce col soccombere nelle basse bisogne del giornalismo e della radio... Legata dagli *youtres* alla galera delle litanie ebree per masse avvinazzate...

D'altra parte, lo dico subito, sarebbe sbagliato credere che io mi atteggi a modello ch'io desideri essere copiato... Certo, ho la mia piccola musica personale, e con i tempi che corrono non sono numerosi quelli che possono dire altrettanto... Diventano sempre più rari a causa della meccanica, della fatica cerebrale, della frenetica castrazione obbiettivista... Questo non impedisce di essere gelosi... La gloria è per gli altri, non per me Sarei inetto su questo punto... lo grido per principio. Ecco tutto. Non mi piacciono l'importanza, le faccie false. Tutti questi individui che s'istallano in casa nostra, mi urtano, mi scocciano. Se ho il diritto. So in modo preciso che l'arte Gidiana, dopo l'arte Wildiana, dopo l'arte Proustiana, fanno parte dell'implacabile continuità del programma ebreo. Condurre tutti i *goym* all'inversione. Contaminare accuratamente la loro *élite*, la loro borghesia, con l'apologia delle inversioni, degli snobismi, delle vanità, smidollarli, ridicolizzarli in tal modo che alla minima scossa del proletariato – che gli Ebrei avranno peAttamente, meticolosamente eccitato a tempo, infarcito di odio e di invidia – questa pretesa élite precipiti in fondo alla cloaca... Una buona caccia al sangue e i conti saranno regolati!...

Torniamo a quel che umilmente mi riguarda. Io non sforzo nessuno a comperare i miei libri. Tutta la critica è in allarmi, di fazione alla porta di ogni libreria per impedire cfie mi si comperi. L'eventuale lettori si trova accuratamente avvertito dalla critica ben ebraizzata (di destra come di sinistra, lo ripeto), eternamente virulenta per buttar giù la mia mercanzia. Anche i libra in generale, mi sono ostili... Hanno i loro gusti, gusti di Francesi meschini... essi deplorano... Fessi!... Ah, se io avessi voluto urlare con gli "mancipatori". come m'è stato tante volte proposto!... Otto giorni prima dell'uscita del mio libro "Morte a credito", non un solo giornale di sinistra si è astenuto dal venirmi a offrire, per mezzo di un inviato speciale, articoli in favore... colonne intere... e a che prezzi!... Otto giorni dopo, che disastro!... Immondi buffoni!... Come son fessi e vili. Per me è indifferente che non mi si comperi più. Conosco duecento altri modi e meno faticosi per guadagnarmi il mio piatto di zuppa!... Tutti quei rospicciattoli mangeranno rifiuti quando io saprò ancora offrirmi selvaggina... Ah, se avessi urlato come loro, come mi avrebbero trovato interessante! Un leone! Un profeta! -Insorpassabile!... Ah, come mi avrebbero definito: Una delle Voci del Mondo!. Ah, se potessero correre alla stessa velocità di quella con cui io li mando a farsi benedire, come guadagnerebbero il *Grand Prix!*... Ma che importanza hanno tutte queste chiacchiere?... Io sto. divagando...

Tra i miei colleghi, ve ne sono alcuni ammirabili. Non li cito tutti, non voglio storie... Ecco, per esempio, Simenon, quello dei "Pitard", se ne dovrebbe parlare tutti i giorni!... Marcel Aymé scrive novelle meglio di Maupassant. I "Conquistatori" di Malraux, a parer mio, sono un capolavoro! Evidentemente, ora, la stampa ebrea li gonfia a pieni polmoni. Sono gli inconvenienti del mestiere, Elia Faure, benché mezzo *youtre*, mezzo massone, m'appassiona, fuorché quando parla d'amore; allora sragiona a tutto andare, si mette a soppesare intere tonnellate di *gaffes*, come quasi tutti gli ebraizzati, quando si lanciano nel sentimento. Mi piace assai Lenôtre. Mi piace Dabit delle "Villa Oasis" pur cosil poco nota... Paul Morand (quando non cerca di fare del romanzo, dell'emozione) mi pare sia un rigoroso modello di scrittore. E

Mac Orlan! Aveva tutto previsto, tutto messo in musica, trent'anni prima. Se potessi, farei la raccolta di tutti i suoi "Disegni animati"... Tanto per dirvi che non sono per nulla delicato... Mi piacciono tutti i generi, nessuno mi sembra inferiore, a condizione che la materia sia organica e organizzata, che il sangue circoli, dappertutto, attorno e dentro, che il cuore respiri coi polmoni, che si regga insomma, che il libro si muova, con un punto di catalisi ben vivo, il più vivo possibile, al centro, ben nascosto, nel fondo delle carni, che non ci si inganni, che palpiti~ che non ci si venga a vantare un povero cadavere tra fruscii di chiacchiere... Tutti i truffator~ i velleitari tipo "genio", gli inorganici, mi dan voglia di vomitare. Darei tutto il Proust di questo e dell'altro mondo per un "Brigadiere, voi avete ragione", per due canzoni di Aristide Bruant... Ah, se ci si mette a delirare. bisogna avere davvero la febbre... non bisogna far finta... Preferisco ancora Claude Farrère a dodici o tredici falsi monetari... Per mio conto personale, devo molto a Barbusse, a Daudet di "Sogno risvegliato". Tra i pittori, Vlamink mi sembra quello che più si avvicina al mio ideale... con Gen Paul e Mahé... Non bisogna immaginarsi che tutti costoro siano poeti o lo siano stati... Sarebbe un errore fatale! Può darsi, che mi detestino... o che, in vita, m'avrebbero detestato... Gran parte di essi, non li ho mai visti. Non ci tengo per nulla a vederli, né a piacer loro... Solo i parrucchieri della vita, i prostituti, ci tengono a piacere... Più si è odiati, io trovo, e più si è tranquilli... Questo semplifica molte cose, non val più la pena di essere ben educati, io non ci tengo per nulla a essere amato... Non ho bisogno di "enerezz"... È come l'onestà, la probità, la virtù... Quali sono i muri del mondo che sentono parlare più sovente di queste cose?... Sono; muri di un gabinetto di Giudice istruttore... Quali sono le arene dove si vocifera di più in nome di tutte le Libertà? della Francia ai Francesi? di abolizione delle ingiustizie e dei privilegi?... Quelle del comunismo, piene zeppe di Ebrei deliranti di razzismo e di voracità... Torniamo ai nostri cari niontoni... Divago come una vecchia portinaia... In materia di "letteratura", io non poso dunque a modello, oli no! Mi hanno enormemente copiato, certo, senza dir nulla... senza divulgare... era fatale... Qua e là, un po' dappertutto e in parecchi altri paesi... Quelli che mi copiano forzatamente mi detestano, mi sputano addosso appena possono, e più di tutti gli altri messi insieme... Sono padre di numerosi figli, magrolini, che fanno i prodi anselmí in nome mio, i piccoli ispirati, i piccoli febbricitanti profeti, à destra, al centro e soprattutto a sinistra. Non voglio disturbarli, sono discreto per natura, i padri sanno che bisogna ritirarsi in ombra, che ai figli piace di fare un po' i gradassi... Non voglio disturbare, arrivare tra di loro come un rompiscatole... Sento persino per essi, lo confesso, un po' di tenerezza ben comprensibile... Vorrei poter loro passare un po' di glicero-fosfati perché si rinforzino le ossa... perché abbiano un'armatura più solida... In generale, sono molti, puzzano ancora di scuola, di chiacchierii, mancano di fegato. Mi fanno pena al guardarli... Per poco li rinnegherei... È scocciante, insomma, che non abbiano piuttosto continuato a scrivere in ben educato stile goncourtiano... Ben educati come un carnefice... Se si è avuto il tempo per studiare cosi bene l'aggettivo "ben educato", quando esso sale alla penna, vuol dire che si è già secchi come una bastonata. Credetemi, ne ho fatto sovente l'esperienza. La nostra bella letteratura neo-classica, goncourtiana e proustofila non è che un immenso *parterre* di scemenze disseccate, una duna infinita di ossicini agitati. Per riuscire nella franca grossolanità, non basta, sarebbe troppo facile, invocare lo sterco ogni volta che non sí sa più che dire. Certi romantici e classici, quando cominciavano a impappinarsi, a perdersi su un terreno traditore, invocavano il Padre Eterno alla riscossa. Lo imponevano. E zitti! Accettatelo! Veneratelo! Per ben riuscire nel "volgare", è indispensabile che tutto l'istinto vi ritenga, che tutto vi allontani... sembra paradossale... dagli avvoltolamenti osceni... dai vili abbandoni del comune... dalla materia morta... da ogni immondizia... Che tutto, invece, vi richiami dispoticamente verso la vita, verso il fluido, verso la danza...

La grossolanità non è sopportabile se non nel linguaggio parlato, vivo,... e nulla è più difficile del dirigere, dominare, trasporre la lingua parlata, il linguaggio emotivo, il solo sincero, il linguaggio comune, in lingua scritta, di fissarlo senza ucciderlo... Provate... Ecco la terribile "tecnica" che rompe le gambe a quasi tutti gli scrittori, mille volte più difficile dello stile detto "artistico" o "disadorno" "standard" manierato, ricalcato, quale s'impara a scuola sulla grammatica. Rictus, che si cita volentieri, non ci riusciva sempre, oh no! Era costretto a ricorrere alle elisioni, alle abbreviazioni, agli apostrofi... Trucchi!... Il campione del genere è Villon, senza dubbio. Montaigne, pieno di pre ' tese a questo riguardo, scrive esattamente all'opposto, in ebreo, con molti arabeschi, quasi come un predecessore di Anatole France o di Proust...

Appena ci si sente un po' "comuni", nella fibra e nell'intimità, la miglior cosa da fare è di votarsi alle belle maniere, di fare carriera nello "stile disadorno" con elegante concisione, con delicata sobrietà, finemente tremolante, uso Colette. Tutti gli "stili perfetti" allora vi appartengono!...

Più nulla da temere nei vostri slanci!... Voi non sarete mai preso in fallo... Il mondo così pantanoso, così sporcaccione, così basso di sedere, per il medesimo usa soltanto dei foglietti sterilizzati... Che distinzione!... La sola, in verità. Per questa unica ragione, voi osserverete che le dame si affannano, tremano, trasaliscono alla minima grossolanità... Esse, pur sempre così vicine alla scopa, sempre così persone di servizio per natura, appena scrivono, si lanciano nello stile più prezioso, più raffinato, più orchidea... Esse pigliano a prestito soltanto da Musset, Marivaux, Noailles o Racine... le loro seduzioni, i loro travestiiiienti... Supponiamo che si lascino andare... oh, allora! Eterni dei! Sarebbe veramente la fine del mondo!... Pure, scrivere di sterco, di deretano, di questo o di quell'attributo sessuale, non ha in sé nulla di osceno né di volgare. La volgarità comincia, Signori e Signore, col sentimento. Tutta la volgarità, tutta l'oscenità! col sentimento! Gli scrittori e le scrittrici di oggi, ebraizzati, addomesticati sin dal Rinascimento, virtuosizzano, frenetizzano nel "delicato", nel "sensibile", nell' "umano", come dicono... Per questo, nulla sembra loro più convincente, più decisivo, del racconto delle prove d'amore... dell'Amore... per l'Amore... a causa dell'Amore... tutti i *bidets* lirici, insomma...

"Che cos'è che entra duro ed esce molle?". Ecco un bell'indovinello... Quelli che sanno, rispondono: il biscotto! I films sono la stessa cosa... Cominciano duri e finiscono molli... in sugo "sentimento". Le folle se ne rimpinzano, 'è la loro felicità, la loro ebbrezza. Non ne hanno mai a basta! Non costa mai troppo! La letteratura, d'altronde, li prepara ad apprezzare tutta questa porcheria. La letteratura si inette al livello dei più avvilenti soggetti di cinematografo. Essa vegeta solo più a questa condizione, non sa come ebraizzarsi di più, come piacere di più, come infangarsi di più, come aumentare ancora la dose di sentimentaleria... Lo spirito "bancario", insomma!... Lo spirito del buffone Tabarin (1630, è già ebreo)... Nel prossimo atto, si ammirerà la pulce sapiente! Signori e Signore, il popolo vi manderà al diavolo, uno di questi giorni!... E allora tutti in prigione! e Robots, per Dio!... e sempre avanti col surrealismo!... Il trucco dell'arte moderna è ancor più sìmplice!... Ve lo spiegherò a gratis... Fotografate un oggetto, un oggetto qualsiasi, sedia, parapioggia, telescopio, autobus, e poi ritagliatelo in "puzzle"... Sparpagliate i pezzetti su un immenso foglio di carta, verde, crema, arancio. Poesia!... Avete capito?... Quando il robot vuole della poesia, lo si rimpinza... Per il momento, siamo soltanto al primo stadio della decrepitezza naturalista, manierata, cosmeticizzata, napoletanizzata, persuasiva, adulatrice, vociante. Attendete qualche mese!... Avrete l'arte robot!... Si corrompe lo schiavo ariano, lo si prepara in mille modi... Se un Ebreuccio arriva, detentore di un nuovo modo di minare, di rincretinire ancora di più l'Ariano, ancor più intimamente... il suo avvenire è assicurato... E quale avvenire!... Quale sfolgorante contratto!... A Hollywood bastano tre settimane di intensa pubblicità mondiale per trasformare il più mingherlino, sofistico, rancido, ulceromatoso di piffero ebreo in sorprendentissima Fenice... per rincarnarlo Michelangelo + Rembrandt + Pico della Mirandola!... L'Ebreo è all'origine di tutto il cinematografo... ai posti di comando, Hollywood, Mosca, Billancourt... Meyers su Meyers... Korda, Haes, Zukor, Chaplin, Paramount... Fairbanks... Ulmann... Cantor... ecc. ecc... È in mezzo alle sale-circuito, nelle redazioni... nelle critiche... alla cassa... dappertutto... Quel che viene dagli Ebrei torna agli Ebrei... Automatico.... Inesorabilmente... Al loro passaggio, hanno fatto man bassa su tutto, portano via tutta la sussistenza spirituale di quei fessi Ariani abbrutiti. Come. hanno bene insegnato alle folle, gli *youtres* della pellicola, l'oscenità sentimentale! tutte le "arezze e le confessioni"!... Il modo di deporre lunghi baci!...

Il teatro precipiterà una sera, tra poco, tutto intero, nel cinema... nella fossa comune, nella gigantesca fognatura! nell'Attrazione Universale! nell'arte mondiale ebrea. Voi osservate come la corrente delle vedette (tutti grandi geni, evidentemente, teatrali e cineasti) diventa sempre più intensa, sempre più animata, in questi ultimi tempi, tra Hollywood, Mosca e le capitali europee... Questi "artisti" viaggiano soltanto in servizio comandato... Partecipano tutti alla grande colonizzazione mondiale voluta dal cinematografo. ebreo... Ognuno apporta a Hollywood il suo piccolo tradimento personale, le sue piccole informazioni intime, le sue piccole vigliaccherie, infinitamente ansioso di piacere sempre più ai Ben Mayer, ai Ben Zukor... frementi di poter loro apportare ancora una particella emotiva, rubata alle arti autoctone, alle arti ariane, per facilitare ancora di più il passaggio della putrida, filmata mercanzia ebrea... Piccoli segreti di penetrazione... Tutto questo puntualmente retribuito... un traffico abbietto... Ebrei di tutte le smorfie, unitevi!... il vostro colpo è fatto!

Altro traffico parallelo, per le apprendiste vedette, tra l'Europa e Hollywood. Traffico delle più belle, delle più desiderabili giovani Ariane, assai docili, ben selezionate dai Khedivé negroidi ebrei di Hollywood... Registi (?), scrittori (?)... macchinisti... banchieri assortiti... Tutti i vizi dell'universo ebreo... Non si tratta più della tratta delle bianche verso Buenos-Aires... si tratta del viaggio verso la California, dell'alto lusso... Quanto c'è di meglio nel gregge, assolutameunte di prima scelta... Tu non hai ancora sedici anni...

Vuoi far carriera?... Vuoi essere adulata?... Dimmi?... Vuoi essere la Regina dell'universo ebreo?... Aspetta... Credi che basti esser bella?... Credi ai giornali di cinematografo?._ Oh, non è ancora finito!... Vuoi essere promossa regina, piccola canaglia?... Favorita mondiale? Benissimo! Allora devi piegarti al signor Levy-Levy, detto Samuele l'Abissino, detto Kalkenstein, detto Ben Cinema... Oh, basta con le parole! Ed ora, il turno di un'altra! Va pazzo soprattutto di "iond", il signor Kalkenstein, Ben Cinema... come tutti i negri... Possiede, care aspiranti, tutte le vostre fotografie allineate sul suo tavolo direttoriale... Il Parco dei Cervi? Abdul-Hamid? Rio de janeiro? Robetta da primitivi! Hollywood fa ben meglio!... una selezione assai più fine... più astuta, più razionale... Prefazione della grande Riserva delle più belle bianche per gli Ebrei, esclusivamente. La. selezione francese dei germogli di bellezza si trova in particolar modo adocchiata dagli sciacalli ebrei di California. Una magnifica riputazione di mondane precede le Francesi dappertutto... Il nababbo giudeo-canacco di Hollywood, uscito tardi dal suo ghetto... vuole... è naturale, è il re... rendersene conto...

Ho conosciuto uno di questi pascià... era splendido nel suo genere... d'altronde, è morto, diremo così, sul lavoro... Dal momento del suo arrivo in Francia non la smetteva più sino al momento della partenza... Collaudava personalmente tutte le aspiranti vedette... Soltanto Ariane e piccole borghesi... l'Ambizione!... E quell'Abissino era orribile al massimo! brutto, vecchio, sporco, pesante e fesso, una vera sozzura, sotto tutti gli aspetti... un vero rifiuto di ghetto. Mai incontrava resistenza!... Se le pappava tutte!... con la speranza, col miraggio ebreo, con le buone paroline!... Ah, don Giovanni! che abile parlatore!... Teneva un taccuino per notare le sue conquiste... talvoltá 25 in un mese... Era sadico come trentasei gatti persiani... Ogni tanto, l'avventura finiva male, succedevano storie, il padre o i fratelli intervenivano... Ma i pascià sono protetti... Quello là aveva persino, addetto specialmente al suo servizio, un vero commissario di polizia, incaricato di vigilare sulla sua persona per cavarlo d'impaccio... quando le cose si complicavano... La polizia interveniva. Si risvegliava persino, di notte, il Prefetto nella sua Prefettura, perché desse ordini... di ricondurgli le pecorelle quando esse scappavano... assolutamente come sotto Luigi XV... Servono a qualcosa, le nostre imposte... Ma non vorrei montarvi la testa, non vorrei che a vostra volta vi credeste pascià... C'è un'enorme differenza!... Il "Buon Piacere" sussiste, certo... ma non sono più gli stessi che ne approfittano... Non biogna confondere... Voi, fessacchiotto di Ariano, riceverete una sonora lezione se vi pigliasse il gusto di darvi, a vostra volta, delle arie di satiro! nemmeno per la quarta parte! nemmeno per un decimo! ve ne farebbero subito passare la voglia!... Non avreste nemmeno il vantaggio d'essere inviato alla Bastiglia! Andreste dritto, dritto alle prigioni segrete... Oh, scandalo! Sozzura indigena! brutto macaco! cagnaccio infetto!... alla cuccia!... Queste cose si capiscono solo come ragazzate, passatempi di conquistatori, distrazioni di Khedivé. Bagattelle! L'opera seria non ne risente. Al contrario!... Il programma talmudico non patirà ritardi! L'erotica fa parte del programma. Capitolo intimo.

Quanto ai principi generali, essi sono intangibili. Osservate che tutti i films francesi, inglesi, americani, ossia ebrei, sono infinitamente tendenziosi, dai più benigni ai più amorosi... dai più storici ai più idealisti... Esistono e si propagano solo per la più grande gloria d'Israele... sotto diverse maschere: democrazia, eguaglianza delle razze, l'odio dei "regiudizi nazionali", l'abolizione dei privilegi, la marcia del progresso ecc... la valanga delle chiacchiere, democratiche, insomma... il loro preciso scopo è di abbrutire sempre più l'ariano... di condurlo al più presto a rinnegare le sue tradizioni, i suoi disgraziati tabù, le sue "superstizioni", le sue religioni,... a fargli rinnegare il suo passato, la sua razza, il suo ritmo: a vantaggio dell'ideale ebraico. Di far nascere in lui, grazie al film, il gusto ben presto irresistibile per tutte le cose ebree che si comperano, per la materia, per il lusso, e persino per le verghe e le catene, che, colmo!, l'Ariano stesso paga, strada facendo, con un esorbitante "supplemento". Persino per l'apparato che lo rende schiavo e l'abbrutisce.

Voi noterete che nei films, PEbreo, in quanto "personaggio ebreo" non appare mai ai nostri occhi se non come "perseguitato", commovente personaggio schiacciato dalla malignità delle cose, dalla sfortuna... e soprattutto dalla brutalità degli Ariani... (vedi Chaplin)... "Piagnucolare nutrisce!" E bene!... L'umorismo ebreo è sempre unilaterale, sempre diretto contro le istituzioni ariane. Non ci fanno mai vedere l'Ebreo avido, vorace, larvale, avvoltoio, arrogante, quale sa trasformarsi, fregolinizzarsi continuamente, nella vita di ogni giorno, secondo i bisogni della conquista. Pure, che campo prodigioso per lo spirito degli umoristi! analizzatori, satirici, virulenti raddrizzatori di tutti i torti, fanatici giustizieri, fini bersagliatori dell'iniquità! Quale manna! Quale ultra-sorprendente mater-iale di imprevisti! d'incredibili trovate sceniche! tutta questa gigantesca calata di topi *youtres* sull'universo, insaziabili, voraci, deliranti, arrabbiati, muniti di un *vírus* che annienta il mondo!... sotto i nostri occhi... quale ciclone universale!... Dal grottesco nel cataclisma alle più strazianti scene di orrore!... Dalla Russia subcarpatica ai deserti americani!... Il mondo in tortura!

Strano! Al momento di avvicinarsi a questi paraggi infernali, di occuparsi del proprio problema, del proprio destino, l'Ebreo, il *Djibouk* delle arti, Pebraizzato esita, sfugge, scompare... Più nessuno!... Al momento di affrontare la più reale, la sola questione umana del momento, di pungere un po' questo bubbone: la Congiura ebrea, la sua infiltrazione, l'accaparramento delle leve di comando, la trama insomma della demiurgica, apostolica ebraica... più nulla! Più nessun ebreo!... Queste folgori di *humour*, questi spietati scalpelli, questi drammaturgi super-vibranti, s'inteneriscono... questi extra-lucidi si impappinano... questi travolgenti super- analizzatori si mettono a scherzare, tutta la cricca super-artista *youtre* ondeggia, schiva, bara, va, ritorna, piroetta, s'arrangia in definitiva per correggere, ritoccare, confondere, abolire, lacerare ancora una volta la buona vecchia carogna borghese (sempre nazionale), la vecchia carne dissoluta, fetida, stanca di marcire... E per una volta ancora ci servono i "privilegi della nascita"... i "pregiudizii nobiliari", le "gelosie criminali", gli "amori" contrariati... i superamori della cinquantina... gli scrupoli disastrosi, le viete tradizion~ le perversioni dell'ereditarietà, l'imbecillagine degli industriali ariani... le menopause del Genio... ecc. ecc... insomma tutto il teatro di Bernstein... internazionale... i vecchi ciarparni fuori uso, la fiera dei fantasmi abusivi, slavati, rifritture di vecchie ricette drammatiche... Tutto assolutamente vuoto, grossolanamente inattuale, artificioso, truffa urlante... Sempre contro le "200 famiglie" di ricchi ariani...

Ma chi viene a raccontarci le porcherie autenticamente ebree delle 500.000 famiglie sfrenatamente ebree, accampate sul suolo francese?... Lo spaventoso progredire della orda ebrea mondiale?... Nessuno... Il nostro strangolamento pregressivo?...

Eppure, ecco il vero dramma! Nessun altro dramma esiste in confronto a questo!...

Non ho esitato, per conto mio, a scagliarmi con tutte le inie forze contro la borghesia. Questo lo faccio meglio di un Ebreo, as-sai meglio, in piena conoscenza di causa... Ma ad ognuno il proprio turno di ricevere sferzate d'ortiche!... Ora, vorrei che appunto fossero gli Ebrei a pigliarne a sazietà! Le meritano! Eccorne!... Che attendono per lanciare i loro strali i supervibranti violoncellisti dell'humor e della tragedia?... Spietati, meticolosi, sfrenati, sotto tutti i cieli, per svelarne gli errori e le piaghe, fanatizzati dalla minima pustola sociale, eroi capacì di riversare scrofole torrenziali... ora che governano... come mai li vedo taciturni, pieni di spirito?... Che sorpresa! Che delusione! Nell'*humour* come alla guerra, quelli che comandano devono sapersi esporre in prima linea. È elementare! Giustizia immanente! Il magnifico Luigi XIV (e tutta la sua corte era piena di canaglie!) ne sentiva di quelle ben pepate e di tutti i colori, sul proprio conto! E si gloriava di ascoltarle. I nostri Ebrei invece sono più meschini. intolleranti. suscettibili, cattivi giocatori... Aspetto sempre qualche commedia sostanziale, un'opera veramente dell'epoca, dei nostri Bernstein, Verneuil, Achard, Passeur, Deval, jouvet, Sacha Guitry e soci... che ci mostri gli Ebrei nel loro grande lavoro di asservimento, di conquista, di penetrazione. Come devono essere ben informati! È il momento di essere obbiettivi! sfolgoranti! realisfi!... con o senza perifrasi!... ciascuno secondo il proprio temperamento! il proprio umore! le proprie predilezioni! Mostrarci senza tanti complimenti l'Ebreo intento a portarci via il nostro denaro... a farsi bello grazie alla nostra fesseria. Scommetto, questo non lo si vedrà mai!... E nemmeno in film! e nemmeno nelle canzonette!... Al tragico? Al rocambolesco? Decisamente, il famoso *humour* ebreo... l'obbiettivismo spinto... l'analisi spintissimá... l'arabesco ideologico... la profezia modernizzata... tutte queste meraviglie, tutte queste verità servono unicamente per l'Ariano: analisi dell'Ariano... polverizzazione dell'Ariano... Mai per l'Ebreo... Tutti i films ebrei sono infarciti di oltraggi per l'Ariano, di adulazioni per l'Ebreo... È la regola... Esaminate da vicino, cari cornuti... come tutti questi Marx, questi Chaplin, questi cantor... ecc... ci pigliano ben bene in giro... Se ci fanno vedere un Ebreo in teatro, in un film, in un *music-hall* (tutti i *music-halls sono ebrei*), in quanto ebreo, ebreo confesso, allora scommettete a colpo sicuro! Ve lo serviranno sotto una forma infinitamente idealizzata! commovente! simpatico, spiritoso, votato corpo ed anima per il riscatto delle nostre innumerevoli depravazioni, dei nostri sanguinolenti eccessi, delle nostre fantasie di pitecantropi incurabili, di inveterati massacratori... Egli si offre... e noi, bruti, lo laceriamo!...

> Nei films (tutti ebrei), quanto è grottesco, delitto, imbecillità è per noi; i ruoli simpatici, la Gloria, la Finezza, lo Spirito, la Bontà, la Bellezza, l'Umanità, sono per gli Ebrei.
>
> CÉLINE

Ogni piccelo Ebreo nascendo trova nella culla tutte le possibilità di una bella carriera di *metteur en scène*, di grande attore, di grande rabbino, di grande canaglia, di grande banchiere... Se qualche audace non-ebreo si avventura nel cinema. dovrà dare prove di servilità assoluta. Se riesce a farsi tollerare, ammettere tra gli Ebrei, bisogna che continuamente aggiunga buone dosi di genio, di ebraizzamento... senza arresto e senza fine... ch'egli si faccia abbindolare e così profondamente... ch'egli si pieghi... offra tutto se stesso, per poterli amare tutti nello stesso tempo... Bisogna che i suoi films gocciolino letteralmente d'ideologia messianica e di *humour* super-tendenzioso... Se non riesce a dare cento e centomila prove di strisciamento bavoso, vischioso, irrefutabile, non andrà a Hollywood! Non potrà mai salire le cime della carriera... Non conoscerà mai Ben-Cameraman, il Supremissimo in persona... la "erusalemme vivent" dei nostri giorni... di cui noi, Arianì, adoriamo tutti i messaggi, grazie ai miracoli della luce... ai Messaggi in cui ci ordina di restare in ginocchio... di pregare... di attendere... buoni e docili... Attendere di essere tutti infornati... inculati ognuno al proprio turno... ve ne sarà per tutti... è l'Ostia di Hollywood. Gerusalemme Ben Yiyi!... In questa attesa. si versa tutto il denaro per la questua... si rimasticano le nostre "speranzielle" per tutto quello che ci occorrerebbe avere nei nostri portafogli così vuoti... così tristi... Ma, consoliamoci, pensa a noi ` Ben Yivi... è laggiù per la nostra felicità... È già Dio!

In altri tempi, i nobili mantenevano un teatro nei loro castelli. Recitavano commedie in famiglia: pubblico, attori, autori, tutti appartenevano alla famiglia.

Oggi, i teatri parigini sono ancora teatri di famiglia, funzionano secondo gli stessi principi, tutto vi è ebreo: pubblico, attori, autori, critici... Appartengono tutti (*music-halls* corripresi) alla grande famiglia ebrea... le commedie anche... oppure sono talmente aggiustate, contraffatte, ebraìzzate... tendenzìose... "silenziose"... che diventano per forza ebree. Eccoci dunque tornati al teatro di famiglia, per una certa "categoria sociale", per i grandi profittatori del momento, per ì nostri padroni ebrei... Il successo del lavoro teatrale che si recita dipende interamente dagli ebrei, esso è alimentato, sostenuto, propagato dalla consorteria ebrea: gioiellieri, alta moda, banche, gagà, pellicciai, lenoni... ecc... Se per caso penetrate in uno di questi teatri (d'avanguardia o di retroguardia), vi troverete una strana atmosfera equivoca... straniera... Ma no. sarete voi lo strano... lo straniero... Voi non sarete mai veramente interessato dagli spettacoli... Non vi toccano.-. Non parlago la vostra lingua... Vi troverete a disagio... Un certo snobismo, una certa arroganza vi daranno sui nervi... un certo tono mellifluo vi allarmerà, una certa insistenza tendenziosa... oscenità sentimentale... un certo orribile cattivo gusto... un certo ritmo... vi irriteranno... Questa gente parla in uno strano modo specioso, reticente... a tratti predicante... poi impappínantesi,... questi attori si comportano in modo altrettanto -strano... bottegaio... han sempre l'aria di vendere... non si sa che...

dell'amore?... del sentimento?... di vantare qualche articolo?... Per Dio! Ma voi siete in un *suk!*... In un "Teatro di famiglia" ebreo. Voi siete un intruso... E i "Teatri per Mass"? (ancora più ebrei di tutti gli altri teatri) malgrado tutti i loro anatemi, le loro declamazioni, le loro angoscie, non sfuggono alla grande regola del giorno: "Teatri per famiglie ebree", creati, concepiti, sovvenzionati per la virulenta, forsennata difesa degli interessi mondiali ebrei, delle privilegiate famiglie ebree, della grande famiglia ebrea (contro di noi).

Strettamente "familiari ed ebrei" questi teatri detti popolari, comunisti... e di qui la ragione dei terribili fiaschi, ineluttabili, molto facilmente prevedibili, in Russia come in Francia: Teatri del Boulevard, Teatri di Cultura... stessa salsa... stessa preoccupazione... stessa missione!

Questi teatri di famiglia possono veramente interessare solo le famiglie ebree, i nostri potentati negroidi, ossia i loro parassiti, le loro sgualdrine e i loro clienti, framassoni e altri traditori... In tutto simili agli spettacoli speciali che Grimaud de la Reynière montava nel suo castello di Passy. Essi interessavano soltanto lui, la sua famiglia, la sua cricca, le sue sgualdrine, i suoi fittavoli e gli altri grandi parassiti, infinitamente gaudenti, satrapi stravaganti che pensavano tutti pressa poco allo stesso modo sulle questioni essenziali e sui modi di divertirsi.

Quando Lord Sarnuel, visconte ebreo inglese, capo del partito liberale, ci dichiara a bruciapelo: "La Francia è la prima potenza interessata nel Mediterraneo", noi comprendiamo perfettamente quel che vuole dire Sua Grazia:

"Tutta la Francesaglia ai posti di combattimento! Tutta la carne da cannone sul ponte!". In fondo, si tratta di intenderci bene, una volta per sempre. Léon Blum, razzista implacabile, pacifista sanguinario, pensa anche lui soltanto alla nostra morte e non ce lo -nasconde. Egli precisa assai chiaramente le parole di Sua Grazia Samuel. Mette i puntini sugli i. In uno stile d'altronde molto semita, ramificato, inviluppato, negroíde, prezioso, reticente, untuoso, super-duhamelizzato, scíropposo, un vero "passo scelto" d'Harach-lucum, quello che i francesi negrificati degli studi classici chiamano Bello Stile. Oh, come scrive bene, il nostro Blum! Com'è intelligente! Ah, l'Oriente! Ecco quel che ci sussurra Blum: "li impegni internazionali sono annullati o messi in scacco se le potenze che li hanno firmati non sono decise ad andare sino in fondo. D'accordo. ma andare sino in fondo vuol dire accettare il rischio di una guerra. Bisogna accettare il rischio di una guerra per preservare la Pace".

Non si direbbero due ladroni, due chirurghi ebrei associati, Samuel e Blum, d'accordo per spingere il paziente verso la tavola operatoria... per persuaderlo a lasciarsi taglizzare?...

Piccolo particolare divertente, conoscete il ritmo dell'invasione ebrea a Parigi?

Prima del 1789	500	ebrei
Nel 1800	4.000	"
Nel 1830	10.000	"
Nel 1848	18.000	"
Nel 1870	30.000	"
Nel 1914	90.000	"
Nel 1936	400.000	"

* * *

Altro particolare pittoresco,. notiamo che sotto FilippoAugusto, gli Ebrei furono proprietari della metà di Parigi e vennero cacciati dal popolo stesso, tanto si erano resi odiosi con le esazionì, con la pratica dell'usura. Furono di nuovo Nanditi sotto Luigi il Bello, Carlo VI, Luigi XII, Luigi XIV. Finalmente Luigi XVI, minato dalla democrazia, piu' debole dei suoi predecessori, pagò con la sua testa la resistenza degli altri re agli Ebrei. In questa storia, la democrazia, la liberazione dei popoli non c'entra...

* * *

Sapete – è assai piccante – quel che rispondeva il nostro grande patriotta Poincaré (sposato con una ebrea) ai rappresentanti di un'importante società finanziaria, venuti per pregarlo di difendere i loro interessi contro i Rothschild?

"Signori, spero non ci penserete sul serio!... Già una volta ministro delle finanze, posso essere di nuovo da un istante all'altro chiamato a ricoprire una carica importante... e basterebbe una parola del Barone Rothschild...".

* * *

Tardieu, il nostro grande neo-puritano, dev'essere di questo parere anche lui... Eccome! Ne è convinto! Figuratevi! Nemmeno lui non ci parla mai degli Ebrei!... Chi si mostra abbastanza pazzo per inimicarsi le banche ebree, può dire per sempre addio al Potere, a tutti i Poteri! anche ai-Poteri camuffati!... Diversioni! Finte! Morfina!... In fondo a tutte queste politiche esiste una sola cosa seria: la congiura mondiale ebrea... tutto il resto son solo chiacchiere, storielle, bomboncini, caramelle...

* * *

Malgrado le apparenze e le smargiassate della Storia, i Francesi non hanno mai avuto il senso nazionale. Hanno fatto numerose guerre, lunghe e sanguinose, tra di loro e contro . il estero, ma quasi mai per conto loro, sempre per l'utile di una cricca straniera. Successivamente colonia romana, poi italiana, durante secoli... spagnola, inglese, tedesca... ora colonia ebrea, la Francia si offre in realtà alla banda più astuta, più sfacciata di *gangsters* del momento, che la curvano, la beffano e la dissanguano...

* * *

La Francia è una nazione femmina, sempre disposta a cambiar d'idee. Ascoltate le prostitute come chiacchierano a vuoto sulle curve del marciapiede, in tutti gli angoli dei vespasiani... ciarlano, parlano di inezie sino ad averne il disgusto... si arrabbiano per sciocche meschinità... ecco, esse, rappresentano la "era Franci"... La Francia, come queste prostitute, discende ogni anno più in basso, nell'ordine dei magnaccia e nell'ordine dei pettegolezzi. Esaminatele bene, nel loro ambiente, questo vecchie prostitute: finiscono tutte in mano ai negri, ben contente, ben alcoolizzate, ben soddisfatte, ben battute... La Francia è vicina a questo momento! Al momento del negro.

* * *

Ogni Francese che prende il potere, si sente perduto senza

stranieri, senza ordini dell'estero. Si affretta subito a vendersi, è la sua prima preoccupazione...

Noi non abbiamo mai avuto un re, un presidente del Consiglio, un convenzionale, un "capo" che non fosse almeno due o tre volte venduto ad una potenza estera. In definiti~a, alla camarilla ebrea.

* * *

Parliamo di cose meno gravi. Conoscete questa predizione di Dostoievsky (dopo la Comune del '71): "Quando tutte le ricchezze dell'Europa saranno dissipate, ci rimarrà la Banca degli Ebrei!"?

* * *

Parliamo ancora di guerra.

Sapete perché, nella grande ecatombe 14-18, gli Ebrei ebebero solo 1.350 morti? Voglio spiegarvelo: perché l'Ebreo Abrahami, detto Abrami, cittadino turco, originario del ghetto di Costantinopoli, fu durante tutte le ostilità Sotto-segretario di Stato nel ministero francese degli Effettivi. Molto semplice! Venne ampiamente assecondato dall'ebreo Rheims, colonnello direttore del Reclutamento nel Dipartimento della Senna. Cosii sia!

* * *

Non basta! Sapete 'perché la nostra Giustizia Militare, sino all'ultimo giorno della guerra, si mostrò così implacabile, feroce, repressiva, verso il soldato semplice francese? Perché la Giustizia

Militare era agli ordini del signor Isaac Israèl, rivinèita di Dreyfus, sotto-segretario di Stato, con Mandel-Joroboam Rothschild, figlio del vero re di Francia, come dittatore effettivo presso il burattino Clemenceau. Ammirevole distribuzione di lavoro. Il generale Mordacq, ebreo, direttore del Gran Quartiere. Ecco l'ammazzatoío ariano al completo...

Quanto al Registro dei Reclami!...

Non lasciamo ancora la guerra. Sapete che tutte le guerre, e non solo l'ultima, sono state premeditate dagli Ebrei; regolate in anticipo, come carta da musica? È divertente osservare da vicino i pìarticolari di questa impresa. Di ritrovare le parole ebree (anche nell'antichità) profetiche. Il profeta Daniele (Levitico XXVI) non predicava forse per l'anno 1914 "la grande Bufera mondiale, l'inizio della fine degli imperi *goy?*". Chiacchiere di un illuminato? Senza dubbio...

***

Fatto più serio: sapete che lo studente Princip, l'assassino di Seraievo, a cui recentemente hanno elevato una statua a Belgrado, era ebreo?

***

Conoscete integralmente la risposta di Guglielmo II, durante la guerra, alla superiora dell'Abbazia di Mendret (Belgio)?

"No, Signora, non ho voluto la guerra, il responsabile non sono io. La guerra mi è stata imposta dagli Ebrei e dalla Massoneria".

* * *

Una recente, tardiva eco della "Grande Illusione":

Dichiarazione di Lloyd George alla Camera dei Comuni, il 19 giugno 1936, sul problema palestiniano: "Nel 1917. lo esercito francese si rivoltava, l'Italia era scossa, la Russia era matura per la rivoluzione e l'America non si era ancora schierata dalla nostra parte... *Da ogni lato, ci informavano ch'era d'importanza vitale, per gli Alleati, davere l'appoggio della Comunità ebrea".*

E questa guerra cino-giapponese? Appartiene alla stessa specie di tutte le guerre del pianeta. Rappresenta uno degli atti del Conflitto Mondiale nel Teatro Giallo, della lotta a morte tra ebrei e anti-ebrei. Tra pochi secoli, non esisterà più né tempo, né spazio, né popoli per occuparsi d'altro che del Conflitto: Ebrei contro anti-Ebrei...

* * *

Sono i libri degli Ebrei che vi mettono meglio al corrente sullo stato delle rivendicazioni ebree, sulla temperatuta del loro odio e del loro razzismo. Leggiamo nel libro del professore ebreo Arturo Ruppin, professore di sociologia all'Università ebraica di Gerusalemme: "Se è vero, come i Nazi pretendono, che il posto preso dalla minoranza ebrea nella vita culturale ed economica germanica era insopportabile ai Tedeschi non ebrei non è, inen vero che il modo usato dal governo tedesco per risolvere il problema, con un totale disprezzo dei diritti degli Ebrei, costituisce un vero oltraggio. Quando Napoleone I volle risolvere il problema degli Ebrei in Francia, convocò il Sinedrio a cui sottopose un certo numero di questioni...".

To'! To'! Avete sentito 'sto furba chiotto? Questo professore Arturo Ruppin! com'è divertente! col suo Sinedrio! Ma fu esattamente il Sinedrio a far saltare Napoleone. Non Wellington! Non Nelson!

No, Napoleone non sarebbe morto a Sant'Elena, se Napoleone non avesse "sinedrizzato".

Sinedrio! È stato il maggiore artefice della disfatta napoleonica. È grazie al Sinedrio, questo grande Concistoro ebreo, che venne selvaggiamente sabotato il supremo tentativo d'unificazione ariana dell'Europa...

* * *

Quel che nelle riviste diplomatiche s'intitola "la grande tradizione inglese", non è altro in realtà che la politica ebrea mondiale (come il famoso ottimismo detto anglo-sassone non è in realtà se non l'ottimismo ebreo, il loro canto trionfale di negri esultanti), Sempre, gli Ebrei hanno minato, rovinato, insudiciato con i loro intrighi, e quali intrighi!... ogni serio tentativo di federazione europea. Ogni tentativo è fallito, a causa degli Ebrei...

Gli ebrei, in fatto di unificazione dell'Europa e del Mondo, vogliono sentir parlare soltanto della loro unificazione ebrea, sotto i talloni ebrei, l'Impero Mondiale tirannico ebreo...

* * *

E quest'altro brano dello stesso autore, Ruppin, non vi fa -

riflettere? Vi spiega un po' l'implacabile marcia verso il ghetto, la nostra stavolta! "Nel Medio-Evo, quando la vita economica si basava sul sistema delle ghilde (corporazioni ariane), era considerato come disonesto il cercare un bersaglio molto elevato, poiché si sarebbe attentato alla sicurezza degli altri membri della corporazione. Ma l'Ebreo, escluso dalle ghilde, vedeva attorno a sé, non dei colleghi, ma dei rivali in quanti esercitavano la sua stessa professione. Era continuamente in conflitto con lo spirito dell'organizzazione delle ghilde. Il suo modo di trattare gli affari sembrava immorale, biasimevole, dal punto di vista adottato nel Medio-Evo. Rimangono vestigia di questo modo di vedere nel codice professionale dei medici e degli avvocati, ai quali è severamente proibito di sollecitare malati o clienti. In materia di commercio, questa concezione è totalmente scomparsa col sistema delle ghilde. I metodi commerciali degli Ebrei si trovano riabilitati dall'adozione generale che ne venne fatta; la ricerca del guadagno e la libera competizione divennero la base del sistema capitalista. Gli Ebrei guadagnarono immediatamente una posizione importRnte nella banca, industria e commercio, migliorarono ed allargarono i loro affari, raggiunsero il primo rango nelle professioni liberali e riuscirono ad assicurarsi un'esistenza migliore e priva di ansietà. Sovente, giunsero anche alla fortuna e, talvolta, sino alla grande opulenza".

Vi dice tutto, il signor Ruppin: e perché la vostra stampa è muta e perché vi trovate così in basso nella melma e perché ne sarete soffocati... Giudaicamente soffocati. Perché finirete nell'inferno ebreo. D'altronde, l'Ebreo Kurt Munger nel suo libro "La Voce di Sion" ve lo annuncia:

"Sarà impossibile sbarazzarsi di noi. Noi abbiamo corroso il corpo dei popoli, noi abbiamo infestato e disonorato le razze, spezzato il loro vigore, putrefatto tutto, con la nostra civiltà muffita".

* * *

Volete sapere come l'Ebreo Leone Trotzky, creatore dell'Esercito Rosso, tratta nel suo libro "La mia vita" i soldati di questo esercito? "Scimmie senza coda, fiere della loro tecnica, che pretendono essere uomini".

* * *

Voi immaginate certankente che se i Sovieti avessero voluto uccedere Trotzky, l'avrebbero già fatto da molto -tempo! Se egli li avesse veramente scocciati?... Trotzky! Un compare!... Rappresenta il Diavolo in questa farsa... L'inviato di Stalin lavora nell' "esportazione" ecco tutto... (quardo non servirà più sarà eliminato).

Voi conoscete forse di nome "L'Adunata Universale per la Pace"...? Creazione dell'Unione Sovietica finanziata dall'U.R.S.S., schema di un vasto fronte popolare internazionale? Sapete come il dottor Temple, arcivescovo anglicano (ebreofilo) di New York ha parlato nell'ultima adunata?... In questi terinini:

"Sarà forse necessario che scoppi una nuova terribile guerra per ristabilire l'autorità della Società delle Nazioni. Occorrerà forse che la generazione attuale e quelle future siano decimate, sacrificate, in una nuova guerra mondiale, perché la lega ginevrina ne esca rinforzata... cosi come l'ultima guerra fu indispensabile per la sua creazione...''.

To'! To'! Anche i protestanti? Ottimo scherzo! Il protestantesimo non è che una cappella` del più grande ebraismo. Il protestantesimo deve tutto all'ebraismo, anzitutto la sua "Riforma". Il Patto universale anglo-ebreo riposa sul protestantesimo. Religione di transizione. Quando per strada, vi chiederanno l'obolo per l' "dunata Universal"... saprete di chesi tratta...

* * *

Più vicino a noi e assai meno grave, sapete perché l'Accademia Francese subisce una nuova raffica di satirici, velenosi attacchi? Perché i libellisti e i dernolitori della sinistra si accaniscono, nelle loro riviste e satire, a mostrarci gli Accademici più incontinenti, più smidollati che mai?... Perché le grandi feste ebree del '37 sembravano suonare la campana a morto per l'Accademia?... Perché i giornali l'abbandonano?' Perché il suo conto è bell'e liquidato... Ah, perché essa, non si è affrettata, quand'era ancora in tempo, ad attirare in. casa propria Bernstein, Maurois, Picasso, Sacha Guitry, Colding, Francis Carco, tutti gli Alexandre, i Sarnuel, i Leo, che aspettavano, e qualche militare ebreo per colorare un po' l'assortimento? si sarebbe salvata di giustezza. Ora, è troppo tardi! I suoi mesi sono contati! Vecchia toeletta, vecchia guardaroba impertinente, voi sarete rasa a terra! E per la prima!

Osservate com'è divertente, tutte le piccole accademie si affrettano a fare il loro piano di *youtre*, a dare ulla grande *youtrerie* centomila prove di sottomissione strisciante... di comprensione assoluta... di fai-si ben wderc da Roffischild... di ebreizzarsi in modo da corrompere tutto... Spettacolo esilarante!... Sarebbe umoristico che volassi anch'io, sfrenato, alla riscossa della vecchia baldracca. No! No! Traveggole! L'Accademia Francese ha fatto molto, enormemente, ha fatto tutto il possibile per il trionfo della camarilla ebrea, per la nostra colonizzazione in tutti i campi da parte degli Ebrei. Antichissima, vecchia, crollante bagascia vorrebbe ora chiudersi a doppia mandata. Barricarsi da quel lato? Con che? In che modo? Ecco delle chiacchiere impossibili! Ragionamenti burleschil Storie! Essa deve crepare, la vecchia sozzura, per opera dei negri, come ha sempre vissuto.

Il Francese se fosse curioso imparerebbe molte cose. Se volesse, per esempio, conoscere tutti i nomi, i veri, di quelli che lo dirigono e soprattutto i nomi dei genitori e dei nonni di quelli che lo comandano, che governano tutto in casa súa, che fanno la sua politica (destra e sinistra), il suo teatro, la stia amministrazione, le sue finanze, la sua Istruzione Pubblica, la stia pittura, la sua musica, i suoi romanzi, le sue canzoni, la sua medicina, la sua giustizia, la sua polizia, la sua aviazione e, tra poco, tutti gli alti quadri della sua Marina e del suo Esercito (non i combattenti); si accorgerebbe che col passare degli anni, dopo l'affare Dreyfus soprattutto, i Francesi di razza sono stati poco per volta completamente eliminati, scoraggiati, ridotti al minimo. banditi da tutti i posti di comando ufficiali o occulti, ch'essi non possono più sul proprio suolo, sistematicamente castrati e disarmati, formare altro che un gregge amorfo nelle mani degli Ebrei, carname pronto per gli aminazzatoi. Che ogni nuova funzione si trova immediatamente occupata, ogni vuoto colmato da un Ebreo, ebraizzato, massone, marito di ebrea- ecc... Il negro sale implacabile, meticcio sadico, intransigente. E non parlo della nostra nobiltà così perfettamente satura di sangue negro!... Mi citavano l'altro giorno il caso di una grande famiglia, di uno dei più grandi nomi di Francia, in cui su 135 portatori valevoli, autentici, del nome e del titolo, 73 erano ebrei! per matrimoni, parentela, riconoscimenti ecc... E questo non è un caso speciale, la proporzione serve per quasi tutte le "grandi famiglie"... Gli Ebrei-negroidi non sono in casa nostra. Siamo noi ad essere in casa loro.

I caporioni comunisti francesi immaginano che, una volta istaurato il potere comunista in Francia, saranno ancor loro a dirigere i comunisti francesi! Grottesca illusione!... Per quanto canaglie, sottomessi, viziosi, cornuti, comunisti, ariani voi possiate essere, voi sarete buttati giù, sicuro, voi, i capi, per i primi! È indispensabile! Non bisogna che le masse possano deviare. S'insegneranno loro, d'un sol colpo, le buone maniere. E anzitutto a dimenticarvi. A non riconoscere più, al disopra di loro, che il potere ebreo, l'autorità ebrea assoluta. Si insegnerà loro d'un sol colpo l'abolizione degli "stupidi pregiudizi di razza", di cui voi siete infarciti. Ah, poveri stupidi! Comicissimi fresconi! Vi burreranno giù! Per la sola ragione che non siete ebrei! Non avete mai indovinato attraverso alle sdolcinature ebree, tutto il loro disprezzo, lo straordinario schifo dell'Ebreo per l'"intoccabile", insormontabile fanfarone, grandeloquente idiota che siete?... Stupidi, boriosi, creduli burattini?... Vi metteranno a posto, i vostri maestri del supremo pensìero! sin dalle prime fucilate nelle prime buche. Le vostre condanne, capi comunisti francesi, saranno tutte redatte, registrate, firmate sul tavolo del Comintern e per la "prima, ora". Voi avrete condotto, imbecilli, frivoli, accattoni della cica, le vostre orde sino all'ammazzatoio. Ma non andrete più in là. Il vostro ruolo si arresterà a quel punto... Perché essi possano aprirsi un varco, la vostra scomparsa si impone, senza esitazioni. Pappagalli, i vostri padroni hanno già troppo sentito le vostre- chiacchiere. Voi non sapete sino a che punto li scocciate! Le vostre masse, fatta la rivoluzione, dovranno imparare altre canzoni, ma non con voi! mai più con voi!... Appena istaurati i Sovieti, pioverà su noi dal Comintern tutto un terribile volo di corvi mistici, di migliaia di Ebrei implacabili, commissari del nuovo ordine atroce, di quel nuovo ordine che voi siete così impazienti di conoscere, caporioni comunisti francesi! Sarete serviti! rimpinzati! Sta perfettamente scritto negli astri che sarete voi a guernire i primi pali di esecuzione, con le vostre carnacce servili. Non sono teste quelle che voi avete sul collo, son noci di cocco... e voi sapete come si fa ad aprirle! Un colpo secco...

Ci entrerete nel nuovo ordine! Ma con una pallottola nel cranio!

Ogni tanto, gli Ebrei stessi si scomodano per avvertirci un po'. Ascoltate, sarà breve, questo eccellente Ebreo, Elia Marco Ravage, com'è interessante:

> "Noi Ebrei siamo degli intrusi. Siamo dei distruttori. Ci siamo impadroniti dei vostri beni, dei vostri ideali, dei vostri destini. Li abbiamo calpestati. Siamo stati noi la causa principale dell'ultima guerra e non soltanto dell'ultima, ma di quasi tutte le vostre guerre. Siamo stati non soltanto gli autori della rivoluzione russa, ma gli istigatori di tutte le grandi rivoluzioni della vostra storia".
> *Century Magazine,* gennaio 1928.

Ah, l'Ebreo, quando sì sbottona, è curioso a sentire, non è casuistico per nulla!... Non cerca giri di frase... è franco (ah, 'sta parola!).

***

Quest'altro è ancora più netto: "Se tra cinquant'anni, voi non vi sarete già tutti ìmpiecati, voi erìstìani, non vi rimarrà nemmeno di che comperare la corda per farlo".

L'EBREO MIRES

Reagire? Ma come? Ma perché?... Dal momento che possiedono tutto l'oro del mondo, in virtù di quale sofisticheria gli Ebrei non tenderebbero a prendere il potere?... Tutto il potere?... Affrontare il giudaismo mondiale è come affrontare il Vesuvio con un piccolo innaffiatoio, per spegnerlo.

Diversione...

Una bella storia... la Grande Epoca Arverna.

"Attaccato dai Romani, Bituit, re dei Callì Barbari, fece appello a tuttì ì suoi guerrieri... Sul suo carro intarsiato d'argento, con l'asse delle ruote in bronzo, egli si avanzava rivestito di rame, drappeggiato di collane e di braccialetti d'oro. La sua muta di cani da caccia lo accompagnava. Dietro gli squadronì della sua scorta, si affollavano duecentomìla Calli con le loro lunghe spade, con le loro picche rìlucenti e con i loro grandi scudi di piatti, di vimini o di legno, dipinti a colori vivaci. Quando dall'alto delle colline fl re vide nella vallata del Rodano il piccolo quadrato delle legioni romane, esclamò. "Ce ne sarà appena di che dar da mangiare ai miei canì...".

***

Un'altra storia vecchia e brutta... I Callì della decadenza...

"Si trovano dei Galli su tutte le rive del Mediterraneo, al soldo di tutti i principi o di tutti gli Stati che hanno un'ingiuria da vendicare o un'ambizione da realizzare. Nel corso del 111 secolo, non successe una guerra a cui non avessero preso parte contingenti Galli, sovente nei due campi avversari e gli unì contro gli altri... Più di una volta, terminata la guerra, per sfuggire alle rivendicazioni dei - loro legionari, i Tolomei d'Egitto o il Senato di Cartagine li affirarono in agguati e li fecero massacrare...".

(Estratto da "I Calli" di Albert Granier).

> Ori Ebrei sono la sostanza stessa di Dio, mentre i non-Ebrei sono soltanto serne di bestiame.
>
> IL TALMUD

Ammirate ora l'Ebreo galantuomo intento a giocarci con la "tima reciproc".

Osservate com'è insidioso, pseudo-scrupoloso, inoffensivo e filosofico. (Estratto da *Forum*, grande periodico americano, ottobre 1937):

FIGLI DELLA RAZZA MARTIRE
di Maurizio M. Feuericht

"Ho imparato assai presto nella mia vita che ero Ebreo e che esisteva una "questione ebrea". In seguito, dovevo imparare, sempre più, che gli Ebrei, in quanto gruppo, non agiscono come le persone normali, ossia come la maggioranza dei cittadini.

Figlio di rabbini, uscito da una tipica famiglia israelita. io non potrei nutrire pregiudizi contro gli Ebrei e non ho alcuna intenzione di nascondere a me stesso che sono ebreo. Ma che qualcuno abbia avuto il sentimento innato della sua qualità di Ebreo, proprio non lo credo. È questo un sentimento che viene inculcato ai piccoli ebrei press'a poco nello stesso tempo che s'insegna loro a &rlare; e ogni insegnamento religioso tenderà in seguito a fare in modo che non dimentichino che sono differenti dai Gentili. Il mio più antico ricordo risale alla celebrazione della "Festa delle luci" (Scianukah). Seduto ai piedi di mio padre, come succede a innumerevoli altri piccoli ebrei, io ascolto il racconto della palpitante storia di Giuda Maccabeo e dei suoi coraggiosi soldati che arrischiarono la vita per la religione. Accendo delle candele e canto:

> *Figli della razza martire,*
> *liberi o nei ferri,*
> *risvegliate l'eco dei vostri canti,*
> *ovunque siate dispersi sulla terra.*

"Questo tema dei "figli della razza martire" mi è stato cosi detto e ridetto che la mia sensibilità ne è stata presto e profondamente penetrata. "Popolo oppresso", "martire", "pregiudizio", "persecuzione": ecco le prime parole di cui ho compreso il senso. Se i piccoli Gentili mi chiamavano Ebreo. in casa si affrettavano a spiegarmi che si trattava di un insulto e che la gente non ama gli Ebrei. L'istruzione che ricevevo in famiglia non mi permetteva mai di dimenticare il, passato. Ogni piccolo Ebreo, deve passare a sua volta attraverso le persecuzioni che il suo popolo ha subìtc in 3000 anni.

"Dopo la "Festa delle Luci", celebrai la Pasqua e detestai con tutta la forza del mio cuore di bambino il Faraone che aveva perseguitato gli Ebrei. Per timore che dimenticassí troppo presto la fuga precipitosa attraverso al Mar Rosso, mi fecero mangiare del pane senza lievito, evocazione di sofferenze vecchie di 2.000 anni. Alla scuola della domenica, mentre nella stessa, ora gli altri banabini ascoltavano i racconti delle fate o giocavano ai soldatini di piombo, io, a casa mia, imparavo le atrocità dell'inquìsìzìone spagnola, l'imprigionamento degli Ebrei in quartieri riservati, nei ghetti.

"e risultò per me, come per gli altri bambini ebrei. un complesso di perseguitato che accrebbe a misura che crescevo. Non avevo imparato gran che dei principi religiosi del giudaismo, ma non ignoravo nulla dell'affare Dreyfus, del Ku-Klux-Klan, dell'esclusivismo di certi clubs, di certi hótels, delle "quote" universitarie. È un simile insieme di conoscenze che, più di tutto, dà all'Ebreo di oggi il sentimento di essere ebreo; noi abbiamo infatti più coscienza dei tortí subiti che della nostra religione stessa. Questa malattia di persecuzione perverti ì nostri rapporti con l'ambiente. Un Ebreo che sbaglia un esame o un affare, che tenta invano di farsi una posìzione o di entrare in un club, si dirà: "È colpa della prevenzione, perché sono ebreo!". Non se ne troveranno molti tra di noi disposti a riconoscere che potrebbero esistere, in simili occasioni, ragioni diverse e personali. Certo, l'uomo che sbaglia cerca la causa dello scacco dappartutto, fuorché in sé. È un aspetto della natura umana. Ma noi, Ebrei. ci allontaniamo dalla normalità anche perché abbiamo fatto di questa tendenza un'abitudine dello spirito a cui ricorriamo continuamente per consolarci delle nostre disgrazie.

"Nell'importante istituto universitario dove ho terminato i miei studi, il 15% degli studenti erano Ebrei, numerosi membri del corpo insegnante pure. Malgrado questo, sì rinfacciava all'istituto di scartare sistematicamente gli Ebrei; e parecchie famiglie gridavano all'antisemitismo perché i loro figlì non erano riusciti a far parte di ti n'associazione. di una squadra sportiva, non eran stati ammessi agli esami oppure non avevano ottenuto buoni voti. lo, a diretto contatto con loro, li conoscevo come ragazzi male educati, pigri, continuamente accontentati nei loro caprìcci; sarebbero stati giudicati indesiderabili anche se fossero stati protestanti o buddisti.

"Sí potrebbe citare un numero infinito di esempi di questo genere, applicabili a tutte le età, Perché in numerosi casi se è vero che a tutti i tipi di israeliti. l'antisemitismo entra veramente in gioco, non è men vero che il preteso pregiudizio di razza è in pratica un legittimo riflesso di difesa diretto contro un individuo. La maggior parte dei Gentili sono equi, inclini a giudicare le persone secondo i loro meriti personali. È l'Ebreo che provoca malintesi con la sua suscettibilità sempre in agguato.

"Una persona afflitta dalla malattia di persecuzione è sempre presa dal cieco desiderìo di rendere colpo per colpo. La presenza di un Gentile ad una cerimonia ebrea è severamente criticar daglì Ebrei che bruciano vìceversa dal desiderio di essere ricevuti dai Gentili. Che un Ebreo commetta il delitto, condannabile più dì tutti gli altri, di prender moglie tra i Gentili, e sentirà tutta la forza del pregiudìzio che gli Ebrei hanno elevato essi stessi attorno a sé.

"Certe conseguente di questo stato d'animo di martirizzato sono a lunga portata e causano un danno irrimediabile all'individuo ebre Esse intaccano persino i Gentili meglio disposti. Infatti, dato che l'Ebreo si mostra d'una sensibilità morbosa a proposito del suo giudaismo í Gentili sastengono dal fare una critica illuminata sulla questione, per paura d'essere accusati di anti-semitismo. E così l'Ebreo si vede privato dal beneficio di un esame leale dei punti discordi e dei pregiudizi realmente esistenti.

"Il lato tragico di tale questione nasce dall'attitudine illogica dell'Ebreo, il quale si lagna amaramente che, in primo luogo, si veda in lui l'Ebreo e non l'individuo. Dimentica che il suo primo movimento personale è sempre quello di un Ebreo. I giornali pubblicano che Isacco Rubens, di anni 26, ha scassinato la scorsa notte la drogheria Smith ? Tutti gli Ebrei della città scattano e gridano alla diffamazione. Ma che Alberto Einstein rivoluzioni il mondo delle scienze con le sue teorie, ed ecco gli stessi Ebrei raggiare di soddisfazione leggendo l'articolo sul "grande scienziato israelita". Pure, bisognerebbe che ci decidessimo a scegliere quel che noi attendiamo dalla gente. Che ci prendano per individui o per ebrei ?

"Credo non saremo mai individui normali sinché resteremo in preda a questo stato d'animo di martirizzati, sinché sfuggiremo al nostro perfezionamento individuale, sinché troveremo più comodo di accusare gli altri dei nostri difetti".

Vedete com'è benigno! Che abile tiratinal Scrive come Dubamel, pensa come Duhamel.

Dopo l'acqua di rose, gli avvertimenti...

Il giornale "Il Momento", pubblicato a Varsavia in *yiddish*, il più importante giornale ebreo dell'Europa Orientale, ci ha dato nel suo numero 260 B del 13 novembre 1934 un interessantissimo articolo intitolato: "Lazzaro Moisevic Kaganovic, il rappresentante di Stalin e il suo *alter ego*"...

Alcuni brani molto istruttivi, profetici:

"È veramente un grand'uomo questo Lazzaro Moisevic... Un giorno, regnerà nel paese degli Czar... Sua figlia, che va verso i 21 ani è divenuta moglie di Stalin. È eccellente, riguardo agli Ebrei, questo Lazzaro Moisevic... Come vedete, è utile per noi avere un uomo di fiducìa nei migliori posti.".

Non passa giorno senza che voi troviate – se ci fate un po' attenzione – nel vostro giornale abituale, di destra, di sinistra o d'informazioni, ossia triturato secondo il vostro fulce gusto per questa o per quella politica (in pratica, tutte ebree, semplice diversità di banchi di vendita nello stesso bazar della soperchieria), cento trafiletti... articoli interi consacrati al trionfo, alla gloria del più grande giudaismo. Il vostro giornale abituale è letteralmente farcito di questi echi di cronaca, trafiletti di teatro e di cinematografo... rivista della grande diplomazia... concorsi di bellezza... scherzosi... imodini... pomposi... frivoli... filosofici... di ogni genere. Ve ne offro uno, pescato a caso in "Paris-Soir" (fine ottobre). Non è né più inetto, né più sciropposo, né più nauseante di tanti altri dello stesso gusto: ebraizzamento, colonizzazione ebrea. Dà molto bene, trovo, il "la" generale di questa musica, a volte sinfonica, a volte comica... più tardi tragica...

LA CARRIERA E LE CARRIERE

"La signora Lévy de Tact, nuora dell'Ambasciatore di Francia a Mosca, poi a Berna, ha esordito alla Radio, alla stazione Radio 37. Ha cantato e molto bene. Il suo successo è stato grande.

"È curioso notare come la famiglia della signora Lévy de Tact goda di un privilegio artistico assai raro. Ciascuno vi possiede un talento di dilettante che potrebbe facilmente, da un giorno all'altro, trasformarsi in professionista. La madre della signora Lévy de Tact è compositrice di musica e virtuosa pianista. La sorella ama molto la danza e il marito è un perfetto imitatore che potrebbe benissimo tenere la scena contraffacendo a meraviglia le voci dei migliori attori e uomini politici.

"Quanto alla signora Lévy de Tact, essa ama cantare le vecchie canzoni con una dizione che eguaglia quella d'Yvette Guilbert e con una voce di un fascino incomparabile.

"Se il signor Lévy de Tact, ambasciatore, appartiene alla carriera, si può dire che le carriere artistiche della sua famiglia, se si manifestassero in pubblico, avrebbero un invidíabile successo".

"Quanti *wunderkinder* in una sola famiglia!... D'accordo, simili chiacchiere non possono allarmare nessuno... non possono scatenare una rìvolta!... Certo!... Vi lascio anche il tono: mellifluo, adulatore, giudaico... Siamo al Congo!... non dimentichìamolo!... questa schiacciante, concentrata balordaggine, questo narcisismo tropicale... Non ci possiamo far nulla... I trafiletti mondani .(quasi tutti ebrei) sono sullo stesso tono, su questo *diapason* di fiera equatoriale... Questo cattivo gusto ci arriva dalla foresta, attraverso interpretazioni frenetiche, ardenti, antiche e stracariche di orpelli... non dimentichiamolo... Questa volgarità urlante, fremente, abbrutente, la ritroverete sempre attorno ai tam-tam!... E, fatalmente, anche nei salotti, dato che i salotti sono tutti più o meno ebrei, ritroverete altrettanti tam-tarn detti mondani...

Nulla di più negroide, di più grottesco di questa pretesa dei salotti al "uon gust"... al "raffinamento"... In qualsiasi salotto, in dieci minuti di riunione, si commettono più errori ed orrori di gusto e di tatto che in tutti i Corpi di guardia di Francia in dieci anni... Il solo fatto di andare in società denota una mancanza di pudore degna di un maiale... una sensibilità di legno. La Società è il vero paradiso delle scìrnmie esibizioniste.

— Oh, ma! – risponderete voi: – screanzato pensiero!... Ecco delle osservazioni assolutamente inutili, futili, insolenti e villane.

— Ma no! No! Per nulla futili! e nemmeno quel puerile trafiletto... Ah, l'errore abominevole! Quel trafiletto trova posto nel Grande Tutto. Non è da disprezzarsi. La penetrazione ebrea, l'infiltrazione, l'imbibizione di giudaismo, si effettua poco per volta... capite?... con mille note pubblicitarie... brillanti... ponderabili... occulte... Quel trafiletto in tutta la sua sciocchezza impersonificherà il suo ruolo, come tanti altri, prima di lui... dopo di lui... Ispirerà al pubblico, fesso e strafesso, l'idea che tutti quei nomi, quelle vedette, quegli artisti e personaggi mondani (tutti ebrei, serni-ebrei, ebraizzati) rappresentano altrettante stelle di un certo firmamento... adorabilmente misterioso... verso il quale ci si abitua a pregare... a pregare soltanto più ebreo... I suoi fervori, le sue preghiere di Ariano andranno, ormai soltanto più verso gli Ebrei... Un trafiletto come questo... ma è un' "Ave Maria"... Ma è con milioni e milioni di queste "Ave Maria" che gli Ebrei fanno girare la terra... ebrea... nel senso ebreo...

> Dio ha dato ogni dominio agli Ebrei sui beni e sul sangue di tutti i popoli.
>
> IL TALMUD

Nel "Paris-soír" dell'indomani... per caso... scoprivo ancora due o tre... trafiletti del genere... superbi... senza sforzo... Li troverete anche voi... se cercate un po'... e senza alcuna difficoltà:

IL BARONE CAHEN O IL LIRISMO NELLE FINANZE

"Il teatro dell'Odeon ha rappresentato un lavoro in versi del barone Léo de Cahen su "Saffo e l'Accademia di Lesbo" e oggi l'Associazione Francia-Inghilterra organizza alla Serbona una conferenza dello stesso barone di Cahen su Abramo.

"Tutti conoscono la posizione che occupa nella City di Londra il famoso barone che, anche nei suoi affari, non ha dimenticato di mischiare un certo lírismo. Egli si è consacrato, infatti, a due progetti grandiosi: il *tunnel* sotto la Manica e la ferrovia dal Cairo al Capo. Il *tunnel* sotto la Manica! La sua storia meriterebbe un volume. Le sue vicissitudini innumerevoli: esso urtava lo spirito insulare della Gran Bretagna.

"La ferrovia dal Cairo al Capo venne invece iniziata. Non è ancora terminata, malgrado gli sforzi della casa Cahen che ne finanziò 19 costruzione sino al Kenya nonché i lavori del forte di Monbassa.

"l barone Cahen appartiene ad una vera dinastia di letterati e di artisti. Suo fratello Alessandro aveva, nel suo serraglío moresco di Sibi-bu-Said, a Cartagine, raccolte le melodie del *folklore* arabo, mentre l'altro suo fratello, Sarnuele, ha composto la musica di "Mille baci" che il Covent Garden eseguì con tanto successo durante la stagione dei Balletti russi.

"La baronessa de Cahen, nata de Gran-Bey, è una pittrice di valore e la sua casa di Piccadilly è uno dei centri che irraggiano su Londra lo spirito francese e il gusto parigino.

"Le sue nipoti Sara, Ester, Rachele, sono le compagne di gioco favorite della principessina Elisabetta, futura regina d'Inghilterra".

Non vi spiegherò piú nulla... Spero che ora sappiate leggere "ebreo"... Tutt'al piiI potrei, con qualche parola oppor tuna, sottolineare le qualità eccezionali di questo vino co ricco... commentarlo devotamente, come un gran vino di una celebre marca. Fusione di aromi "ebrei"... preziosa fusione... gran classe... molto ricco in "*tunnel* sotto la Manic"... sostenuto da magici profumi della City... Serraglio di Cartagine... ferrovia e balletti russi... molto sostenuto, molto saffico, molto avviluppato... su Parigi-Londra... ìmmensa armata di Ebraismo... Vì piace?

> Se voi foste figli spirituali di Abramo, fareste le opere di Abramo... il padre spirituale da cui siete nati è il diavolo... E in lui non c'è nessuna verità.
>
> GESÙ

Ve ne ricordate?

« Tutta la produzione di Hollywood' Infame... mostruoso, permanente insulto contro il lavoro proletario... contro la virtù proletaria... la più mostruosa impresa ideologica di corruzione capitalista... la più svergognata di tutte le età... Un torrente di putride sciocchezze... Proletari, in massa, fischiate queste sozzure!... Fuggite le sale oscure, ove siete contaminati, abbrutiti integralmente, sistematicamente!... Ah, noi non siamo imbecilli!... Noi, i "esponsabil" del proletariato! La purezza proletaria deve insorgere contro questo immenso pericolo di sozzura! tutte le energie di sana rivolta sono minate da questa mondiale infezione!... Tutte queste vedette, sgualdrine ultra-dipinte, i cui salari astronomici d'una sola giornata di smoìfie sorpassano quelli che vengono pagati a numerose famiglie operaie miserabili! Dopo un lavoro accanito! dopo mesi di lavoro!... Che vergogna! Che schiaffo per la nostra immensa povertà!... La collusione delle Banche... la complicità dei Trusts!... Questa prostituzione, questa degradazione senza pudore di tutte le Arti... di tutti i sentimenti... questo sacrilego mercantilismo, che spazza i più nobili slanci della natura umana... La cancrena cinematografica!... Regoleremo i conti!... Il complotto permanente contro lo spirito sano delle masse!... contro l'alto ideale delle masse...

"I cinema, piovra mondiale dei cervelli... tutto il putridume... le sale oscure sono ventose di sozzura...

"l vitello di Hollywood... arrogante, drizzato sul suo Cinema... il mulino delle oscenità mondiali...".

Chi dunque ci ha parlato così per colonne e colonne? Ma l' "Humanité", miei cari!... il giornale comunista... quello dei tempi eroici... dei tempi austeri... l' *"Humanité"* di prima del trionfo del Fronte Popolare... Ve ne ricordate anche voi... Ma il vento cambia direzione, miei cari... bisogna seguirlo... E guai a chi non sa capirlo.., Nell'ottobre del '37, la stessa "Humanité", sù un'altra corda, su un altro tono, canta una canzone assai differente... Rallegratevi di quanto ora l' "Humanité" pensa delle stesse sozzure di Hollywood... (nelle sue pagine non pubblicitarie)...

LA VITA FACILE.

"Nel *vaudeville,* gli Americani preferiscono l'ingenuità e il candore alla grossolanità. Bisogna facilitarli. Sono qualità che hanno tanto più merito in quanto non diminuiscono per nulla il sapiente meccanismo che deve far nascere in noi il riso più "fisico". La "vita facile" è un vaudeville delizioso, fresco e divertente. Persin la "scena del letto" è di un pudore attraente. Quanto alle trovate spiritose, il film ne è ricchissimo e una scena come quella del bar automatico in delirio e saccheggiato dai consumatori può essere classificata tra i capolavori. Quanto al soggetto, esso parte da un solo spunto: in seguito ad una discussione, un ricco banchiere getta la pelliccia della moglie dal ventesimo piano. Questa pelliccia cade sulla testa di una ragazza, segretaria di un giornale per bambini. È tutto qui. Ma da questo spunto, gli Americani hanno ricavate tutte le conclusioni possibili con una fantasia da scoraggiare le più feconde immaginazioni. Questa pelliccia di lusso dà. alla ragazza tali apparenze che, da un fatto all'altro, tutte le difficoltà scompaiono dal suo cammino... Ben presto, essa sarà vestita, alloggiata, nutrita gratuitamente. Se essa lo facesse ''apposta'', tutto ciò forse non riuscirebbe, diventerebbe truffa. Ma, dal momento ch'essa non comprende nulla di quanto le succede e che rimane ingenua... è come un racconto di fate. Non manca nemmeno un Principe Azzurro ch'essa incontra e finirà per sposare, malgrado tutte le situazioni tragico-comiche in cui è gettata dalle sue avventure. Questo film si direbbe dall'Andersen riveduto e corretto dai Marx Brothers. E Joan Arthur, con la sua gentilezza naturale, ci fa senza difficoltà credere che quanto succede a Maria Smith-dalla-vita facile sia una cosa ben meritata...''.

Come sono diventati carezzevoli all' "Humanité"! Come ci si comprende bene, o cugino di Hollywood!... Il tono non è, più lo stesso, vero?... S'imparano molte cose, in dieci anni, ... Soltanto l'idiota non evolve mai!... Basta, un certo giorno, basta una telefonatina... e subito ci si capisce... improvvisa niente... e il miracolo è compiuto... in modo semplicissimo... E voi intanto siete là ad aspettare... Voi rimanete le ''masse''... runtinanti... schifose... Voi non capite nulla!...

Ci sarebbe di che essere sorpresi, se gli Ebrei, avendo raddoppiate le loro esazioni e rapine dopo l'avvento del Fronte Popolare, non avessero sentito spirare un certo venticello d'antisemitismo in Francia... se non avessero concepito qualche timore per il loro avvenire immediato...

Noi potevamo quindi aspettarci una controffensiva preventiva... di grande portata... assai costosa... Perché no?... Già, tutta la stampa (destra o sinistra) in definitiva serve soltanto per la difesa degli interessi ebrei, alla manovra dei grandi progetti ebrei. Il cinematografo così, eminentemente ebreo, doveva darci in questa circostanza alcune opere molto probatorie, molto notevoli, un'apologia dell'Ebreo estremamente sicura.

Sino a poco fa, questa propaganda si effettuava per mezzo di simboli... insinuazioni, allusioni... coincidenze... Ed ecco che il tono cambia con il film ''a Grande Illusion''... Tutto cambia! Forte dei suoi successi politici, la propaganda ebrea smaschera le sue batterie, diventa categorica, affermativa, aggressiva... si scopre... E ci mostra ora sullo schermo l'Ebreo com'è... non più brettone o fiammingo o alverniate o basco... ma l'ebreo reale, testuale, un Rosenthal... senza bisogno di ninnoli!...

Senza dubbio, vedremo presto, nello stesso spirito, qualcosa di molto meglio, ancor più insolente, più imperativo. Questo film, urlante, settario, riporta un immenso successo... La colonizzazione *youtre* può ora spingere a fondo... Tutte le dighe sono rotte... La colonizzazione *youtre* si fa ogni giorno di più impaziente, dispotica, suscettibile, intransigente... In questo film, tutto impastato di dialoghi opportunamente stillati, si tratta in fondo di un solo ritornello, ma allora in modo appassionato,... fare ben capire alle imbecilli masse ariane, far ben entrare nella zucca di questi avvinazzati che l'Ebreo e l'operaio ariano sono stati precisamente creati, messi al mondo,-per intendersi, per legarsi l'un l'altro con un patto di vita e di morte, indissolubile... "Sta scritto"...

Attraverso tutto il film, ci viene presentato in questo Ebreo, personaggio principale, un solo piccolo difetto, un peccatuccio veniale... una certa tendenza all'orgoglio, all'ostentazione... difettuccio di negro... inezia... Serve anzi a rendere questo Rosenthal più simpatico, più "umano"... provvisto, al suo attivo, solo di virtù... e quali virtù! essenziali! le qualità primordiali di una nuova eccezione, dì una nuova nobiltà!... Grande generosità, grande perspicacia, fremente pacifismo, conoscenze generali, delicata prescienza del cuore umano... e soprattutto, cuore popolare... Oh, popolare!... Infinitamente popolare!... Di solito, i films pro-ebrei (lo sono tutti) trafficano, agitano l'opinione pubblica con allusioni, suggerimenti, paragoni, chiacchiere... non cì presentano mai l'Ebreo com'è, positivamente ebreo, nel suo ruolo guerriero e sociale..."la Grande Illusion" fa precìpitare gli eventi... segna una data... Fa uscire l'Ebreo dalla sua ombra, dal suo camuffamento, per presentarcele in prìmo piano, nel piano sociale, in quanto ebreo, nettamente ebreo. La "Grande Illusion" rappresenta il passaggio del piccolo Ebreo al ruolo di Messia ufficiale.

Perfettamente milionario, questo piccolo Rosenthal... ma perfettamente "popolare"... Ah! più popolare che milionario!... È ricco! ricchissìmo!... Osservate bene questo *youtre*... All'inizio, tutto è contro questo nababbo per impedirgli d'impersonificare il. suo ruolo di redentore: modi, parola, espressione... Ha tutto il "puzzolente"... l'esatto prodotto concentrato della classe obbrobriosa... Tutto per essere odiato, fischiato, impiccato dal popolo. Parassìta assoluto, torvo prodotto superebreo, è un figlio di Stavisky, un cugino di Barmat. Incarna in pieno l'abbietto tipo da forca... Tutta la produzione sovietica a forti tinte si basa su questo prototipo. Rappresenta per Mosca` per l'"Humanité", il perfetto "speculatore", in piena insolenza di funzione,... con una perfezione da far ruggire! Il Nemico del Popolo incarnato... la sintesi personificata, la più spregevole, la più detestabile, del Capitalismo vampiro. Ma, attenti!... Ci sì sbaglia! Errore! Non è vero nulla! Miracolo! Miracolo ebreo! Popolo, inginocchíati! Anziché schivare le difficoltà... anziché barare... il creatore di questo film attacca di fronte (popolare) tutte le incompatibilità del problema. E quanto sembrava inconciliabile diventa perfettamente armonioso e logico! Trionfo! Eccorne! Evvíva! Tutto va bene! La nuova verità cola a fiotti, a piene sale oscure... Questo ebreuccio Rosenthal non è quello che si poteva supporre... è un capitalista diverso dagli altri capitalisti... bruti, impassibili, vanitosi, ottusi, succhiatori di sangue, gli altri capitalisti!... Ma lui, invece, nulla di tutto questo!... nulla d'abbietto come negli sfruttatori ariani... i padroni... i vampiri ariani... Ah, ma... ah, ma... Attento, popolo sempre disposto a generalizzare... distinguiamo... Non è abbietto per nulla, questo piccolo Rosenthal... Non confondiamo... Questo supercapitalista, figlio di supercapitalisti, gode a malincuore i suoi esorbitanti privilegi... Ma sì... ma sì... In lui non si scopre altro che quel difettuccio d'essere un po' troppo sicuro di sé... come tutti gli Apostoli... null'altro... Anzi, vedete come bisogna diffidare dai giudizi precipitati?... questo piccolo Rosenthal è un vero djíbouk e noi non lo sapevamo!... un piccolo neo-Gesù Cristo... Soffriva pei noi... e noi non lo sapevamo!... Lo dice egli stesso: "Gesù, mio fratello di razza!"... Ai giorni nostri, i Messia non nascono più nelle stalle, nascono nelle casseforti!... È quel che succede presso gli Ebrei..."Miliardi e Gesù"... Chi ne dubiterebbe?... (Pure, sentirete assai di rado un Ebreo, per quanto povero, dire male dei Rothschild... mentre, con tutte le loro forze, gli Ariani dicono male di Wendel... Cari masochisti ariani!)... Il proletariato ingozza già abbastanza facilmente l'eccellente trovata..."L'Ebreo è un uomo come gli altri".

Un po' di brio, vi prego! Un po' più di compiacenza! Un po' più di zelo!

"L'Ebreo. è un forno più che gli altri" Ecco quel che si deve dire da ora in poi... Pappagalli ariani, su che vi senta! Saltate sulle vostre canne... e ripetete tutti in coro..

"Egli è Più!... Più!... Più!...". Questo "più" è essenziale! E tutto!

Voi ora avete capito, spero, Masse delle Masse! che il supercapitalista ebreo rimane sempre, in ogni circostanza, un capitalista speciale, vicinissimo al cuore del popolo... messianico, profetico, pacifista, apostolico, idealista, benefattore, "umano"... ah, sempre più "umano"... sistole di operaio, diastole di ebreo... ventricolo contro ventricolo... lo stesso cuore, il cuore stesso del proletario... Ah!...

Ha l'aria d'un frivolo gaudente, d'un abbietto profittatore, quel piccolo Rosenthal... Attenti! Non è vero! Apparenze! In realtà, non pensa che al popolo, alle sofferenze del popolo... nessuno meglio di lui capisce, è commosso dalla grande miseria del popolo... se accetta il programma popolare?... le rivendicazioni del popolo?... Eccome! Ed è pacifista, per giunta!... Cavolo! Li redige lui stesso i programmi del popolo, per essere più sicuro... Allora?... Nessuno è più informato di lui... nessuno più di lui implora, sospira, desidera l'avvento prossimo, molto prossimo, di un mondo migliore per il popolo, un mondo in cui brillerà tutta la giustizia... Finalmente!... Un mondo senza iniquità, senza guerre, senza privilegi di razza e di nascita!... una Francia "libera e felice"... insomma, senza Borsa! senza Polizia! senza Caserme!... Sì, sà... Questo piccolo *youtre* Plurimiliardario non pensa che alle disgrazie del popolo ogni giorno di più... Quand'è al Club... a passeggio... al gabinetto... in banca... pensa sempre al Popolo!... L'Umanità non gli dà tregua!... la sua missione intima... sistole contro diastole... Le sue pulsazioni sono quelle del popolo... Egli venne creato, messo al mondo, per andare verso il popolo, per comprendere il popolo, per realizzare anche lui come il signor Blum tutto il programma del Fronte Popolare... Avrebbe votato anche lui, come il barone Rothschild, per il Fronte Popolare e per l'alleanza franco-sovietica... È un terribile proletario sotto ingrate apparenze, questo piccolo banchiere Rosenthal!... Simile in questo ai signori Warburg, Loeb, Jacob Schiff, Kerensky, Trotzky, Zaharoff e Blum... esattamente... Ah, sistole, diastole... Capisce istintivamente il popolo, col suo istinto di Ebreo... Le aspirazioni dell'operaio, le sofferenze dell'operaio... sono le sue aspirazioni... le sue sofferenze...

Ed ora il film si occupa di noi... Attenzione!... Ariani dell'intelligenza!... Attenzione! Contrasto! La nostra *élite*: intellettuali, nobiltà ariana, borghesia ariana, tutti si mostrano assolutamente, radicalmente, grottescamente incapaci di capire una sola parola delle rivendicazioni del popolo!... Ah, è scoraggiante!... Eppure, è così!... Perversi, mostruosi, egocentrici!... Che mascalzoni... Irrimediabili!... Che bruti!... Che super-bruti!... In margine a tutta questa evoluzione!... Conclusione: questa élite ariana deve cedere il passo agli Ebrei e scomparire... C. D. D. Implacabile decreto dell'Avvenire!... Bum!

Blum!... Questi sinistri individui ritardano, intralciano il meraviglioso sforzo sociale! La nascita dei Sovieti! Operai + Ebrei redentori, il regno ebreo... Allora?... Ai tempi nuovi, uomini nuovi!... L'Ebreo "uomo nuovo"!... È una trovata... (Vedere in Russia: dieci milioni di bianchi uccisi dagli "uomini nuovi" ebrei).

Questo film si rivela decisamente ricchissimo di alta propaganda, di numerosi esami di coscienza, di "ricapitolazioni"... Ci fa capire tra le altre preziose verità, che gli "Aristocratici" hanno sempre, per conto loro, desiderato, voluto, invocato la guerra! To', to', to'!... Lo vorrei bene... ma non fermiamoci per strada!... Chiarifichiamo un po'... questo punto oscuro... Avvertiamo lealmente, scrupolosamente il pubblico che la suddetta aristocrazia, francese, tedesca, inglese, copiosamente imparentata con le banche èbree, non è che una tribù del giudaismo...

I rappresentanti della suddetta aristocrazia si affrettano a commentare, a giustificare e con quanta premura, con quanto entusiasmo!... il decreto di morte che li condanna... È questo è il *clou* del film! Hanno paura che noi non comprendiamo abbastanza bene... Allora aumentano la dose..."Oh, mille grazie! Siate benedetti - gridano - signori giurati ebrei! Voi avete fatto molto bene a condannarci a morte!... Com'è giusto!... Noi l'abbiamo meritato!... oh, come siamo imbecilli, sanguinari, frivoli, egoisti, selvaggi, catastrofici!... Ah, come è salutare, assolutamente imperioso per la felicità del genere umano che noi ce ne andiamo... Noi siamo, è esattissimo, assolutamente inostruosi!... Ancora un sigaro, caro visconte?... Ed ora, per risparmiarvi, cari giurati ebrei, ogni pena superflua, per evitarvi di sporcarvi le mani, noi ci crediamo in dovere di massacrarci tra no... E con che gioia! Subito! al vostro ordine ebreo!''.

Uno, due, tre!... e fanno come hanno detto... al suono di un flauto...

Magnifico!... Sgombrano il terreno!...

Questi scimmieschi o fragili rodomonti, tutti malati di rancidi pregiudizi, questi furiosi della naftalina in attesa di ''ollezion'', aspirano al nulla! Lo invocano urlando! Benissimo! Lo avranno!... E allora intonano il loro ''Dies irae...''.

E gli Ebrei: ''Bene Bravi! Che bel coraggio! Che magnifico atteggiamento! Che splendida attitudine!''.

Quanto all'intellettuale ariano, il ''Pindaro'' di questa avventura, è presentato sin dall'inizio, in tale stato di futilità, di smidollamento precoce, d'inconsistenza, di insulsaggine ampollosa, ch'egli svanisce da solo durante il film... Noi lo perdiamo... Svaporato...

Questa ''Grande Illusione'' celebra dunque il matrimonio del semplice, rozzo, zotico operaio ariano, fiducioso coscritto diventato operaio, col piccolo Ebreo, *djibouk*, miliardario, vischioso Messia, domani naturalmente Commissario del Popolo. Tutto quanto occorre per realizzare il Soviet giudeo-operaio, lo stretto necessario, nulla di più, nulla di meno! L'Avvenire si prepara! Il Sinaí ha tuoneggiato per la terza volta: ''Scoria di *goym*, non lasciare più il tuo youtre! Altrimenti, vedrai quel che succederà! L'Ebreo è il tuo Angelo Custode!''. E subito queste sentenze penetrano in fondo al cuore ariano!

Osservate quel pilota d'aviazione che non sa nemmeno più leggere una carta dal momento che l'Ebreo* prende la guida dell'apparecchio! Non è abbastanza simbolico?

E voi, là, signor Coso... Signor Capra e Cavoli... voi che non siete nulla... né militare... né militante... né professore... né granduca... né arcivescovo... né miliardario... né Ebreo... né manovale... Perché dunque ve ne rimanete impalato a quel modo?... Aspettate forse un ruolo?... Che attendete per scomparire?... Su, coraggio!... Occorre che vi si spinga?... Su, dico, coraggio!... Voi siete ingombranti! Grottesco! Osceno!... Voi non fate parte della festa!... Che fate qui?... La vostra sola presenza è immonda! Voi impestate l'aria!... Andiamo, su! Un po' d'energia!... Le rivoltelle sono sul tavolo!... Tutti gli attori si danno un gran da fare!... Non rimanete insensibili!... Immobili!... Sappiate finire bene!... È ora!... È l'"ora" ebrea...

"La Grande Illusione"?

"L'Universo Israelita" non sbaglia, ecco quel che dichiara:

"... Uno dei più bei films ispirati dalla guerra. "La Grande Illusione" ci ha dato, quest'inverno, una bella scena di simbolismo francese. Due prigionieri di guerra di condizioni e di origini molto differenti, (operaio ariano, milionario ebreo), le cui sofferenze comuni ne hanno fatto due amici, prima di tentare una pericolosa evasione, si separano. "Arrivederci, porco ebreo!" dice affettuosamente l'uno.

"Arrivederci, vecchio imbecille!" risponde vigorosamente l'altro. E i due soldati si separano dopo un commovente abbraccio. Si ritrovano... si riuniscono...".

Grande Illusione?... Grande Illusione?... Certo, sì! la Grande Illusione... Eccome!... L'Enorme Illusione! Prodigio! Belzebù] Moloch! Ai vostri ordini! La formidabile, miriacubica, stratosferica illusione! La più super-supremissima illusione del più stupefacente vermiciattolo che sia mai stato preparato per l'utilizzazione delle piriti nel prossimo Baccanale! L'ideo-fornace *youtro*-mongolica 1940!

Le Americane *yankees*, che fanno tanti strilli, che piantano tanto di quel baccano, che lanciano urli ad eco universale (linciaggi, petizioni, processi, ecc.) appena un negro le oltraggia in pubblico!) come si sposano volentieri con gli Ebrei! A tutto andare! E più che si può! E a piene mani! Gli Ebrei primeggiano come "sposatori" agli Stati Uniti.

Ancora una balla prodigiosa, questa famosa barriera di razza S. U. A.! Una barriera di sessi! Ma, aspetta! Voglio predirvi un po' l'avvenire: un giorno, gli Ebrei lanceranno i negri, loro fratelli, le loro truppe d'assalto, sugli ultimi "quadrati" bianchi, li ridurranno, tutti ubriachi, in schiavitù. Harlem sarà il quartiere "bianco"... I negri in vena di bisboccia andranno a vederli, faranno danzare i bianchi per loro piacere, li faranno danzare la *blanc-boula!*

> *Bisogna aver vissuto nelle retroscene della politica per comprendere, che il mondo, è diretto da persone troppo differenti da quelle che il popolo immagina.*
> DISRAELI, Ebreo, Primo Min. dell'Inghilterra

Dopo la faccenda dell'Egitto, dopo Mosè, grande occultista, certi Ebrei si sono sempre segnalati col loro potere di indovini. Ebrei 'profeti, liermetisti, incantatori, iniziati, talmudisti, feticisti, cabalisti, magi, massoni, messia, *djibouks* ecc. e così via in questa salsa.

Questi campionari super-umani formano, al di sopra della cricca ebraica, il super-clan delle guide mistiche, sempre ascoltati, sempre seguiti, quali veri capi dell'universo ebreo. La stessa cosa succede sotto tutti i regimi asiatici o negri. Gli Ebrei consevano, sotto la pelle, come se fosse il loro tesoro più prezioso, la loro magia nera.

Tutte le epoche di sconvolgimenti vedono sorgere, è automatico, i loro rappresentanti profetici, gli indovini, gli oracoli ebre... Nostradamus... Cagliostro... Mesmer... Marat... Marx... ecc... Questi Ebrei, super-Ebrei, schizzanti malefici più ancora degli altri *youtres*, sembrano, sia pure attraverso il loro confuso linguaggio, possedere il senso, la premonizione delle grandi crisi, dei grandi sconvolgimenti ebrei... Sono i "catalettici ebraici mondiali"... Le loro predizioni, i loro avvertimenti sono talvolta ammirevoli per la loro esattezza e pertinenza... Si sbagliano, ma sovente l'imbroccano... Così Nostradamus, verso il 1620, annunciava già con molta precisione la rivoluzione francese del 1793 (data scritta)... Avremmo torto di ridere... Mosè aveva aggiustato molto bene le cose... Aveva dotato il suo piccolo popolo tracomatoso, non fatto per veder chiaro dal nostro punto di vista, di curiose armi... i misteri cabalistici non sono forse vani, puramente parolai, come pretendono i nostri piccoli maliziosi "sperimentalisti", atei, positivi, fessi e strafessi. Un piccolo sortilegio che vi butta giù necessariamente l'Impero Francese, l'Impero Napoleonico, l'Impero Tedesco, l'Impero Russo... non è una bazzecola... Trascuro le Crociate, la Riforma ecc... che escono anch'esse dallo stesso filtro.

Troviamo ancora, ai nostri giorni, tra di noi, qualche profeta di grand'importanza?... Della stessa forza?... della stessa vastità?... Certo!... Il famoso "Protocollo dei Savi di Sion" non è altro che una vaticinazione del genere, una delle isterie divinatorie ebree, di cui ci si beffa dopo la prima lettura, talmente esse paiono esagerate col loro tono, col loro contenuto, col loro stile titanico, con le loro strampalate da manicomio, con i loro scritti da "camicia di forza", con la loro pazzi" furia viziosa, falsamente coerente... e poi... poi si scopre che in realtà... col tempo... si scopre che esse furono perfettamente esatte... che questi frenetici, fanatici, incredibili fantasmi corrispondono esattamente all'evoluzione delle cose... È l'evoluzione stessa delle cose che viene a sovrapporsi esattamente. geometricamente, miracolosamente su tali incubi! E ci cascan le braccia per la sorpresa... Il pronostico dei pazzi si è avverato... La nostra fesseria non è soltanto fatta di credulità, bisogna ammetterlo, è anche fatta di scetticismo... Questi Protocolli, pubblicati verso il 1902, hanno esattamente previsto tutto quel che è successo di ebreo negli anni successivi... e ne son successe, delle cose ebree, nel mondo!... La verità ebrea è il suo colore, il suo ritmo stesso... si esprime angosciosamente... è una verità da foresta vergine... In materia "visionaria" abbiamo forse qualcosa di meglio di questi Protocolli... più sostanziale, più breve, più velenoso... Così, per esempio, il discorso poco conosciuto dal rabbino Rzeichhorn, pronunciato ner cimitero di Praga nel 1865, sulla tomba di un altro grande rabbino profetico, Simeon-ben-Jahouda. Questo testo venne riprodotto soltanto undici anni dopo nel "Contemporaneo" e poi nel "Resoconto" di Sir John Radcliff. Gli autori di questa riproduzione non portarono la loro audacia sino in paradiso... Sir John Radcliff venne ucciso poco tempo dopo e così Lasalle, l'ebreo fellone, che gli aveva comunicato la copia del discorso...

Ecco i principali punti di questa magnifica composizione profetica:

> "L'oro maneggiato da mani esperte sarà sempre la leva più utile per quelli che lo possiedono e l'oggetto d'invidia per quelli che non lo possiedono. Con l'oro si comperano le coscienze più ribelli, si fissa il tasso di tutti i valori, il corso di tutti i prodotti, si sovvenzionano i prestiti degli Stati, che si tengono così a mercè.

> "Già le. principali banche, le Borse del mondo intero, i crediti su tutti i governi sono in mani nostre. L'altra grande potenza è la stampa. Ripetendo insistentemènte certe idee, la stampa finisce per farle ammettere come verità. Il teatro rende servizi analoghi (*il cinema, la radio e la televisione non esistevano ancora in queí tempi*). Ovunque il teatro e la stampa obbediscono alle nostre direttive.

"Grazie all'infaticabile elogio del regime democratico, noi divideremo i non- ebrei in partiti politici, distruggeremo la unità delle loro nazioni, semineremo la discordia. Impotenti, essi subiranno la legge della nostra banca. sempre unita, sempre devota alla nostra causa.

"Noi li spingeremo alla guerra, sfruttando il loro orgoglio e la loro stupidità.

Essi si massacreranno e lascieranno liberi i posti, a cui spingeremo i nostri.

"Il possesso della terra ha sempre procurato l'influenza e il potere. In nome della giustizia sociale e dell'uguaglianza, noi spezzetteremo la grande proprietà; noi ne daremo i frammenti ai contadini che li desiderano con tutte le loro forze e che ben presto si copriranno di debiti per poterli coltivare. I nostri capitali ce ne renderanno padroni. Saremo a nostra volta grandi proprietari e il possesso della terra ci assicurerà il potere. (*La Palestina non è che un campo di esperimento dei commissari ebrei all'Agricoltura per la prossima Rivoluzione Mondiale n. d. A.*).

"Sforziamoci di sostituire la carta-moneta all'oro nella circolazione; le nostre casse assorbiranno l'oro e noi regoleremo il valore della carta, il qual fatto ci renderà padroni di tutte le esistenze.

"Noi contiamo pure tra di noi oratori capaci di fingere l'entusiasmo e di persuadere le folle; li spargeremo tra i popoli per annunciare i cambiamenti che devono realizzare la felicità del genere umano. Con l'oro e con le lusinghe, noi guadagneremo il proletariato che si incaricherà di annientare il capitalismo cristiano. Noi prometteremo agli operai salari ch'essi non hanno mai osato sognare, ma nello stesso tempo aumenteremo pure i conti delle materie indispensabili, cosicché i nostri profitti saranno sempre più grandi.

"A questo modo, noi prepareremo le rivoluzioni che i non-ebrei faranno a spese proprie e di cui noi raccoglieremo i frutti.

"Con le nostre ironie, con i nostri attacchi, noi renderemo i loro preti ridicoli e poi odiosi; e la loro religione ridicola e odiosa come il loro clero. Saremo allora padroni delle loro anime. Perché il nostro profondo attaccamento alla nostra religione, al nostro culto, proverà loro la superiorità delle nostre anime.

"Noi abbiamo già introdotto uomini nostri in tutte le posizioni importanti. Sforziamoci di fornire ai goym avvocati e medici; gli avvocati saranno al corrente di tutti i loro interessi; i medici, una volta in casa, diverranno i confessori e le guide delle coscienze. Ma, soprattutto, accaparriamo l'insegnamento. Per mezzo suo, divulgheremo le idee che ci sono utili e formeremo i cervelli a modo nostro.

"Se uno dei nostri cade disgraziatamente negli artigli della giustizia cristiana, corriamo in suo aiuto; troveremo quanti testimoni bastano per salvarlo dai giudici, in attesa di diventare giudici a nostra volta.

"I monarchi della cristianità, gonfie d'ambizione e di vanità, si attorniano di lusso e di numerosi eserciti. Noi forniremo loro tutto il denaro che domandano per le loro follie e li terremo così a guinzaglio'.

Ricordiamo pure, per nostro piacere, le principali disposizioni dei Protocolli (non dimentichiamo: 1902). Nulla di più ricostituente, per un Ariano, di questa lettura. Essa vale per la nostra salvezza molte preghiere che si perdono. Dio solo sa, tra cielo e terra...

"Incoraggiare il lusso sfrenato, le mode fantastiche, le spese pazze ed eliminare gradualmente la facoltà di godere Ui cose sane e semplici.

"Avvelenare lo spirito con teorie nefaste; rovinare il sistema nervoso col baccano incessante e indebolire i corpi con l'inoculazione del *virus* di diverse malattie.

(Il piccolo ebreo Rosenthal lo ripete nella "Grande Illusione").

"Creare un malcontento generale e provocare l'odio e la diffidenza tra le classi sociali.

"Spogliare l'aristocrazia delle sue terre, gravandole di imposte enormi, forzandola così a far debiti; sostituire gli affaristi ai nobili e stabilire ovunque il culto del Vitello d'Oro.

"Avvelenare le relazioni tra padroni e operai con scioperi e *lock-outs* ed eliminare così ogni possibilità di buoni rapporti da cui risulterebbe una collaborazione efficace.

"Demoralizzare le classi superiori con tutti i mezzi e provocare il furore delle masse con la vista delle turpitudini e delle stupidità commesse dai ricchi.

"Permettere all'industria di rovinare l'agricoltura e trasformare gradualmente l'industria in folli speculazioni. Incoraggiare ogni sorta di utopie per far perdere il popolo in un labirinto d'idee impraticabili. Aumentare i salari senza alcun beneficio per l'operaio, dato il simultaneo aumento del costo della vita...

"Fare sorgere "incidenti" che provochino rancori internazionali. Incoraggiare gli antagonismi tra i popoli; far nascere l'odio e aumentare i costosi armamenti.

"Accordare il suffragio universale, affinché i destini delle nazioni siano affidati a gente senza educazione.

"Rovesciare tutte le monarchie e stabilire ovunque repubbliche; intrigare in modo che i posti più importanti siano affidati a persone che hanno segreti da nascondere, per poterli così dominare col timore di uno scandalo, con la paura della Polizia.

"Abolire gradualmente ogni forma di Costituzione per sostituirvi il dispotismo assoluto del Comunismo.

"Organizzare vasti monopoli nei quali fonderanno tutte le fortune, appena suonerà l'ora della crisi politica.

"Distruggere ogni stabilità finanziaria; moltiplicare le crisi economiche e preparare la bancarotta universale; arrestare gli ingranaggi delle industrie; far crollare tutti i valori; concentrare tutto l'oro del mondo in certe mani; lasciare capitali enormi assolutamente stagnanti; e ad un certo momento, soenormi assolutamente stagnanti; e ad un certo momento, sospendere ogni credito e provocare il panico. Preparare l'agonia degli Stati, sfibrare l'umanità con la sofferenza, le angoscie, le privazioni, dato che la fame crea gli schiavi".

Tutto questo, credo, concorda perfettamente con gli eventi in corso. L'ebreo Blumenthal era dunque nel suo pieno diritto, scrivendo perché lo si sapesse, nel "Judish Tidskrift" (N. 57, anno 1929):

"La nostra razza ha dato al mondo un nuovo profeta, ma egli ha due visi e due nomi, da un lato si chiama Rothschild capo dei grandi capitalisti e dall'altro lato Carlo Marx, l'apostolo dei nemici del Capitalismo".

Ecco le parole sostanziali e, per di più, esatte, nelle grandi ore del Destino, quando si mostrano le carte... il signor Rothschild e il signor Marx, prima separati, si ritrovano perfettamente d'accordo per buttarci nella fornace, carne da cannone, per trasformarci in salsiciotti. Tale è la gentile regola del gioco ebreo, l'Idea suprema del teatro ebreo. Primo atto: disputa... terzo atto: perfetta intesa per pigliarci la pelle...

Trotzky-Messico, sappiatelo, s'accorderà perfettamente, al momento supremo, con Litvinoff-Mosca, con Baruch-Washington e Samuel-City per regalarci alle mitragliatrici. Non il minimo dubbio è permesso a questo riguardo. Lo spettacolo dell'odio a morte, tra Ebrei, è una farsa per noi, i fessi... per i semplici Durand... per i caporali Peugeot. È un fatto ufficiale, cento volte provato, da documenti irrefutabili, che i primi fondi decisivi per la rivoluzione bolscevica del '17, vennero forniti a Trotzsky dai banchieri americani, dall'alta finanza ebrea.

Gli stessi banchieri o loro discendenti che si trovano ora attorno a Roosevelt, il presuntuoso ventriloquo, preparano la Prossima... Sono gli stessi Ebrei del Grande Vitello d'Oro che, con la City, New-York e Mosca, governano il mondo, la guerra e la pace... ossia Jacob Schiff, Gugenheim, Baruch, Breitung, Loeb e C., Felice Warburg, Otto Kahn, Mortimer Schiff, Hanauer (Rapporto segreto americano, 1917, 2° ufficio).

Voi ricordate forse i nomi dei principali capi della Rivoluzione bolscevica del '17: tutti ebrei.

"Lenin (il suo vero nome era Ulianoff, 1/2 ebreo) - Trotzky (Bronstein) - Zinoviev (Apfelbaum) - Kamenev (Rosenfeld) - Dan (Gurevic) - Ganezky (Fiirstenberg) - Parvus (Helphand) - Uritsky (Pademilsky) - Larin (Lurge) - Bohrin (Nathanson) - Martinoff (Zibar) - Bogdanoff ~Silberstein) - Carin (Garfeld) - Suchanoff (Gimel) - Kamnleff (Goldmann) - Sagersky (Krochmann) - Riazanoff (Goldenbach) - Solutzeff ~Bleichmànn) - Pianitsky (Ziwin) - Axelrod (Orthodox) - Glasunoff (Schultze) - Zuriesain .(Weinstein) - Lapinsky (Loewensohn). L'autore desidera aggiungere che certi scrittori sono persuasi ché la madre di Lenin era ebrea... Lenin era un ebreo (calmucco), sposato con un'ebrea (Krupskaia), i cui figli parlano *yiddish* (Herbert Fitch, detective di Scotland Yard che, in qualità di cameriere di ristorante, aveva spiato Lenin per mesi interi, dichiarò ch'egli era tipicamente ebreo! - Rapporto del "Secret Service")".

Nel "German Bolchevik Conspiraty", pag. 27, pubblicato dal "Comitee of Public Information, Washington D. C.", nell'ottobre 1918, leggiamo che:

> "Max Warburg dava denaro ai bolscevichi. *Stoccolma*, 21 settembre 1917: - Mr. Raphaël Scholak, Haparand: Caro Compagno, in conformità con un telegramma del Westphalian-Rhineland Syndicate, la banca Max Warburg e C. ci avverte che un credito è stato aperto all'impiesa del Compagno Trotzky", firmato:
>
> J. Fürstenberg.

"Jacob Schiff pare abbia dato 12.000.000 di dollari per la rivoluzione russa del '17 (primo versamento)".

Nel libro della sig.ra Netsa H. Webster, "*The Surrender of an Empire*", pag. 74-79, troviamo informazioni addizionali sulla salita del bolscevismo:

> "Sembra che il vero nome dell'individuo menzionato nella suddetta III Sezione, sotto la designazione di Parvus, sia Igrael Lazarevic Helphand, un ebreo della provincia di Minsk, nella Russia Bianca. Verso la fine del secolo scorso, egli prese parte all'organizzazione rivoluzionaria di Odessa.

Nel 1886, andò all'estero e finalmente, dopo molte peregrinazioni, si stabili a Copenaghen dove ammassò una grande fortuna come agente-capo della distribuzione dePearbone tedesco in Danimarca, lavorando con l'appaggio del partito socialista danese.

"Il dottor Ziv, nella sua "Vita di Trotzky" racconta che quando si trovava in America nel 1916 domandò a Trotzky:

"Come sta Parvus?...". Al che Trotzky rispose laconicamente:

"Sta complottando il suo dodicesimo milione".

"Questo ebreo multimilionario fu, dopo Carlo Marx, il più grande ispiratore di Lenin. Fu grazie all'intervento di Parvus che Lenin venne inviato in Russia.

"La Russia non è il trionfo dei lavoratori, ma un gigantesco "piazzamento" dei capitalisti ebrei per i loro fini personali".

Tutto questo non è soltanto il risultato di un accordo effimero tra ebrei e bolscevichi. Fu sempre così:

"In Ungheria, i grandi capi furono gli Ebrei Bela Kun, Agoston Peter, Grunbaum, Weinstein. In Baviera, si chiamavano Kurt Eisner, Loewenberg, Birbaum, Kaiser. A Berlino, il tentativo rivoluzionario ebbe per capi Rosa Luxemburg, Lewisolin, Moses. In Cina, l'organizzatore del bolscevismo era lo ebreo Borodin-Crusenberg. In Italia, il capo marxista era l'ebreo Claudio Treves. Nel Brasile, la recente insurrezione marxista aveva come capi gli ebrei Rosenberg. Gardelsran, Gutnik, Goldberg, Strenberg, Gria e W. Friedmann. Nella Spagna, la rivoluzione rossa venne organizzata dall'ebreo Bela Kun, sostenuto dall'ebreo Rosenberg e "legittimata" alla Società delle Nazioni dall'ebreo Del Vayo".

D'altronde, tutti questi eventi ricadono nell'ordine delle cose previsto dall'ebreo Baruch Levi ~un altro profeta) nella sua lettera all'amico Carlo Marx (il suo vero nome era Karl Mordechai, figlio del Rabbino di Treviri).

"Nella nuova organizzazione dell'umanità – scriveva Baruch Levi al dottrinario del socialismo ebreo – i figli d'Israele si spanderanno su tutto il globo e diventeranno ovunque, senza opposizione, l'elemento dirigente, soprattutto se riescono a imporre alle classi operaie il fermo controllo di qualcuno dei loro. I governi delle nazioni formanti la Repubblica Universale passeranno senza difficoltà nelle mani degli Ebrei, sotto l'aspetto di vittoria del proletariato. La proprietà privata sarà allora soppressa dai governanti di razza ebrea, che controlleranno dappertutto i fondi pubblici. Cosicché si realizzerà la promessa del Talmud che,' alla venuta del Messia, gli Ebrei possiederanno tutti i beni di tutti i popoli della terra" (Lettera citata nella "Revue de Paris" del Il giugno 1928, pag. 574).

I grandi Ebrei sono fieri – ed a ragione – della loro rivoluzione bolscevica del '17. Il gran Rabbino Giuda Magnes, di New-York, cosii esprimeva la sua gioia nel 1919: "Le qualità radicali dell'Ebreo vanno in fondo alle cose. In Germania, egli diventa un Marx e un Lassalle, un Haas e un Edoardo Bernstein. In Austria, egli diventa un Victor Adler'e un Friedrich Adler. In Russia, un Trotzky. Osservate la situazione attuale in Germania e in Russia. La Rivoluzione mette in azione le forze creatrici dell'Ebreo. Vedete quale contingente di Ebrei è immediatamente pronto per la battaglia. Socialisti, rivoluzionari, menscheviki, bolscevichi, socialisti maggioritari, minoritari; sotto qualsiasi nome, si trovano sempre, in tutti i partiti, degli Ebrei come capi zelanti e come membri attivi".

Mr. Cohan nel giornale "The Communist", n. 72, 12 aprile 1919, pare anche lui molto contento: "Si può dire senza esagerazioni, che la grande rivoluzione russa è stata opera degli Ebrei... Furono precisamente gli Ebrei a condurre il proletariato russo all'aurora dell'Internazionale".

Emana da tutto questo – ci affrettiàmo ad ammetterlo – un certo puzzo di drammaccio... di carbonarismo stantio... di complotto farsesco... di prolungamenti in grigio-muro... di maffia... di passi sul soffitto... di *grand-guignol*... che vi dà una voglia pazza di ridere... Che ritornello!... "C'è ebreo dappertutto"... Io per il primo, sono sensibile al ridicolo... Ma, purtroppo, ci sono i nomi... le persone, gli eventi... questo raggruppamento immancabile, irrefutabile, istantaneo, implacabile, dei più gracidanti, virulenti, accaniti, voraci Ebrei attorno ad ognuna delle nostre catastrofi... come un volo di mille corvi infernali sui luoghi dei nostri disastri... E questo non è inventato...

Esagerazioni!... Malignità di polemisti!... Divagazioni di rabbini famelici... febbricitanti!... visioni di vecchi cabalisti... Chimere di sinagoghe!... fugaci coincidenze di brutti deliri... È presto detto.

Rispondetemi, per di più, che tutto questo arrufflo di imprecazioni risale alle età oscure... che ora i nostri grandi, più eminenti Ebrei sono perfettamente emancipati dalla tutela dei loro sudici rabbini, che i nostri grandi youtres moderni sono tutti infinitamente "progressisti", insaziabilmente assetati di Scienza Sperimentale e di luce massonica, di statistiche, intellettualmente super-raffinati, affrancati... che tutte queste trovate e vociferazioni, queste deviazioni super- cabalistiche li fanno sorridere... allo stesso modo che noi sorridiamo di certi pretesi miracoli e leggende... insomma, trovate puerili, di poveri *djibouks*, superstizioni da oracoli... vecchi rimasugli scricchiolanti di spauracchi biblici... fesserie...

Potrete forse rispondermi che i Grandi Ebrei, quelli della grande influenza ebrea mondiale, mantengono con i loro rabbini e sinagoghe rapporti assai tenui... distanti... vaghi... giusto quel minimo che ci vuole... per la buona educazione... che han ben altri grattacapi per testa... più serii... Esta bene.

Sapete che il potere esecutivo di tutta la giudeaggine Mondiale si chiama "Kahal"?... Assemblea dei Savi d'Israele?... Vi ricordate che Napoleone, inquieto del potere universale ebreo, cercò di attirare le forze del Kahal a suo profitto, di far servire il Kahal alla sua propria politica mondiale napoleonica, di farlo anzitutto stabilire in Francia, questo Kalial, sotto il nome di Gran Sinedrio?... e che fallì miseramente, Napoleone, fatalmente, in questo tentativo? (Eppure, Napoleone era protetto dalla fortuna!) Sapete in che modo l'ebreo Léon Say commentava più tardi, in Parlamento, questa grande disfatta napoleonica, certamente la più decisiva di tutte, causa maggiore, senza dubbio, della sua rovina? "La forza misteriosa della finanza alla quale non si resiste mai, nemmeno quando ci si chiama Napoleone".

Per noi, che non siamo Napoleone, la nostra sorte dipende, ancor di più che la sua, dal buon volere dei grandi Ebrei, dei "grandi occulti". Non è per nulla stupido pensare che il nostro destino s'i discute nei concistori del Kabal e nelle Logge massoniche. Precisiamo: per la Francia, il Concistoro Centrale è diretto dal gran rabbino Israele Levi. Il presidente – superiore allo stesso re dì Francia – è il barone Edoardo di Rothschild... Le vice-presidence sono affidate ai sigg. Bloch-Laroque e Heibromer (Consiglieri di Stato)... Come vedete, si è molto praticanti in alto loco... I sigg. Oualid e Weissweiller sono tesorieri (non devono mai trovarsi in difficoltà!)... I membri del Concistoro rappresentano non solo Parigi, ma i piccoli "Kahal" delle diverse regioni francesi... e formano un totale di 47 persone...

Le Logge massoniche contano sempre tra i loro aderenti un gran numero di poveri diavoli, semplici, piccoli esseri ansiosi di migliorare un po' la loro sorte... la loro consistenza materiale... d'assicurare, d'amplificare il loro impiego... piccole ambizioni da comizio... piccoli capoccia avidi... Costituiscono la fanteria, il grande effettivo bisognoso del Libero Pensiero...

Evidentemente, non si potrebbe domandare a questi insignificante pietosi, fangosi piccoli sfruttatori altro che le solite chiacchierate, l'ampollosa fraseologia elettorale... il vomitamento delle formule demagogiche... tutto il ciarpume per Robots ubriachi... E come si sfogano!... Questi fantocci, naturalmente, non saranno mai iniziati ai Grandi Progetti. Il Concistoro israelita è, invece, precisamente creato per 16 studio e la manovra dei Grandi Progetti Ebrei. È costituito da una *élite*. Non si tratta più di un clan di sparuti mendicanti, sornioni. piccolo-profittatori, parolai, tutti pieni di sé... come se ne trova in abbondanza – è fatale – in tutte le Logge... Allodole prese con lo specchio... Oli noi Oh no!... Più nessun portalettere, cameriere, manovale, capitano dei pompieri, maestro di scuola, tra queste eminenze... Soltanto personaggi di alta condizione sociale, di alta cultura, ripieni, saturi di piaceri, di comodità... per la gola, il salotto... la camera da letto... piaceri da ministri...

Ampiamente liberati da ogni preoccupazione materiale. questi veri "Saggi" possono permettersi di vedere molto dall'alto e molto lontano.

Francesi, ecco i vostri padroni!... Hanno di che esserlo!... Ma comunisti nello stesso tempo?... E perché no?... Certo!

Comunistofili per lo meno... E così pure nazionalisti, reazionari... Come si vuole... Che importa?... Il signor barone di Rothschild (Maurizio) vota in Senato, allo stesso modo dei comunist a Cachin, la ratificazione del Patto franco-sovietico...

Il barone james di Rothschild, sindaco di Compiègne, nelle elezioni legislative desiste a favore del candidato del Fronte Popolare... Occorre quel che occorre...

Ma qual è dunque il ruolo esatto di questo Concistoro? Ve lo spiegherò...

"Delibera sulla situazione creata dagli eventi; decide le misure che occorre applicare. A questo modo, s'immischia nella vita quotidiana di ogni Ebreo e la dirige sotto ogni punto di vista. Cosicché l'attività di ogni membro della comunità si sviluppa nel senso indicato dal Kahal e nel solo interesse del Giudaismo".

Ecco, avete capito, caporale Peugeot?... Quindi, appena sarà aperto il prossimo stand "Per la liberazione dei Popoli", per una Francia più libera e più felice, voi vi precipiterete... Le prime pallottole, come sempre, amico mio, saranno per il vostro torace di fesso... Fate pure circolare la notizia!... Il Concistoro e gli amici democratici del Concistoro hanno gli occhi fissi., ipnotizzati, sulla vostra ghirba!...

In definitiva, galletti francesi, voi partirete per la guerra all'ora stabilita dal signor barone di Rothschild, vostro signore e padrone assoluto... all'ora fissata, in pieno accordo, con i suoi cugini sovrani di Londra, di New-York e di Mosca. Sarà lui, il signor di Rothschild, a firmare il Decreto di Mobilitazione Generale, per interposta persona, grazie alla tremolante penna di un suo burattino-servitorumilissimo-ministro.

Ah, se avessimo ancora in Francia un po' di fegato!... Ah, se potessimo ancora redigere la nostra "Timida Supplica"... Ma non possiamo più far nulla. Non possiamo più dir nulla... Noi strisceremo in ginocchio... con la corda al collo... sino al Concistoro... più umilmente che si può... per implorare di essere risparmiati... ancora un anno... diciotto mesi... per dire che non ci rompano più le scatole... che ci lascino star in pace..."La Pace Ariana"...

Ci riceverebbero?... Le famose 200 famiglie ariane o meno?... Ma ve le lascio! Non ne ritengo nemmeno una!... Ve ne faccio regalo!... Non piangerò sulla loro ben. meritata sorte! Siatene tranquilli! Tutti i Patenôtres, i Lederlins, i Dupuis... i Renault... i Wendels... gli Schneider,... i Michelin... e tutti i Coty... Ma voi potete prenderli!... Me ne infischio!... ve l'assicuro!... Solamente, dal momento che ci si diverte, vorrei che si giocasse lealmente! lealmente sino in fondo!... Che non si dimenticasse il Concistoro... né le belle famiglie associate... Né i grandi *trusts* ebrei affamatori... ad esempio, gli L. L. Dreyfus (multi-milionari) né i Bader- e soci... i grandi amici di Blum... No, no, no, non bisognerebbe fare eccezioni... Non mi basterebbero le comparse o qualche caproespiatorio tremante... entità sfuggenti, spaventapasseri... burattini, svaporanti... No, no!... Escludo questi fantasmi... Voglio qualcosa di solido!... di reale... di veri responsabili... delle "colonne" della Cabala... Ho fame!... Una fame enorme!... Una fame totalitaria!... Una fame mondiale!... Una fame da Rivoluzione!... Una fame da conflagrazione interplanetaria!... Una fame da mobilitazione di tutta la carne da cannone dell'Universo!... Un appetito divino! Biblico!

> I non-Ebrei sono stati creati per servire gli Ebrei giorno e notte.
>
> IL TALMUD

Direttamente o per interposta persona, gli Ebrei possiedono in Francia i *Trusts* seguenti, ossia 750 miliardi sui 1.000 miliardi della fortuna francese: Trust delle Banche e dell'Oro.

- dell'Alimentazione.
- degli Articoli di Parigi.
- delle Pelliccie.
- delle Confezioni e delle Calze.
- dei Petroli e derivati.
- dei Mobili.
- delle Scarpe.
- dei Trasporti e Ferrovie.
- dell'Elettricità.
- dell'Acqua e del Gaz.
- dei Prodotti Chimici e Farmaceutici.
- delle Agenzie Telegrafiche.
- degli Stupefacenti.
- degli Armamenti.
- dei Gaz di Guerra.
- dei Grandi Mulini.
- del Grano.
- della Stampa e del Giornalismo.

- degli Oggetti Religiosi.
- della Lavorazione degli Oggetti di cuoio.
- dell'Industria del Libro. Trust dei Magazzini a Prezzi Unici.
- dei Teatri (autori e sale).
- del Cinema (studi).
- delle Liquidazioni e Svendite (Bande Nere).
- dell'Autornobile
- delle Spugne e Fibre.
- della Gioielleria.
- della Speculazione Immobiliare.
- dell'Usura e della truffa.
- delle Stazioni Radiofoniche e Televisive.
- delle Organizzazioni Politiche.
- degli Oggetti d'Arte e Antichità.
- delle Case Commerciali con molte succursali.
- dei Prodotti Fotografici.
- delle Acque Minerali.
- delle Società Immobiliari.
- dei Grandi Magazzini.
- delle Mode e della Grande Sartoria.
- delle Assicurazioni.
- dei Cuoi e Pellami.
- delle Miniere di Carbon Fossile.
- delle Cellule e Motori d'Aviazione.
- delle Compagnie di Navigazione.
- dell'Offica Medica.
- dell'Industria dei Cappelli.
- dell'Industria delle Camicie.

- delle Fonderie e Ferriere.
- delle Materie Prime (trust mondiale).
- delle Grandi Fabbriche di Birra.
- del Turismo (Grandi Alberghi, Stazioni termali, Casíni di gioco, ecc.).
- delle Raffinerie di Zucchero.
- degli Approvvigionarneriti Militari.
- delle valvole per la Radio.
- delle Professioni Liberali

Bisogna essere davvero più ottusi di un vitello di una settimana per non ammettere, in queste condizioni, che gli Ebrei sono i nostri tiranni... assoluti... ch'essi decidono dispoticamente della nostra vita o della nostra morte: rivoluzioni, guerra, fame. In qualunque società anonima, quando uno degli azionisti detiene la maggioranza delle azioni, è lui elie domanda; gli altri obbediscono come un branco di fessi! E noi non siamo nemmeno fessi... e nemmeno azionisti siamo dei sotto- fessi.

Noi non dobbiamo mai dimenticare che...

"Si deve alla Massoneria la Repubblica di oggi; sono stati i Massoni e le Logge a fare la Repubblica".
ADUNANZA GENERALE DEL GRAND'ORIENTE 1887.

"Il primo atto dei Massoni sarà di glorificare la razza ebrea che ha conservato intatto il deposito divino della scienza. Si appoggeranno su essa per abbattere le frontiere".
"*Il Simbolismo*", rivista massonica, 1926.

"La Massoneria è una creazione ebrea la cui storia,

funzioni, riti, gradi, parole d'ordine e spiegazioni sono totalmente ebrei".

Il Rabbino Wise Isaac, *Israelita Americano*, 1886

"La Rivoluzione Internazionale sarà l'opera di domani della Massoneria".

BOLLETTINO UFFICIALE DELLA GRANDE LOGGIA DI FRANCIA, *Ottobre* 1922.

"Gli uomini al potere in questo secolo non hanno solamente a che fare con i Governi, i Re, i Ministri, ma anche con le società segrete. All'ultimo istante, queste società segrete possono annullare qualsiasi accordo. Esse possìedorio agenti dappertutto. agenti senza scrupoli che arrivano sino all'assassinío. Esse possono, quando ciò sia necessarìo. scatenare anche un massacro".

DISRAELI, *Primo Ministro Inglese*

"Lo Spirito della Massoneria è lo spirito del giudaismo nelle sue credenze fondamentali: sono le sue idee, il suo linguaggio, quasi la sua stessa organizzazione".

"LA VERITÀ ISRAELITA"

"La Massoneria non è né più né meno che la rivoluzione in atto, la cospirazione in permanenza".

INIZIAZIONI SEGRETE AL 33° GRADO

* * *

Ebrei! Fissi! Non fate sforzi di fantasia!
La fantasia, voi, ce l'avete pesante e balorda.

Io non sono il *Cagoulard* N. 1.
Io non sono pagato da Goering. Né da Tardieu.
E nemmeno dal signor Rothschìld (tutto può darsi!).
Io non sono pagato da nessuno...
Io non sarò mai pagato da nessuno...
Non voglio fondare nessun partito.
Non voglio salire alla tribuna.
Non voglio dominare nessuno.
Non ho bisogno di potenza.
Davvero, non ho bìsogno di nulla.
Ma sono a casa mia e gli Ebrei mi scocciano.
E i loro imbrogli mi rompono le scatole.
Lo grido ad alta voce, a modo mio...
Come lo penso...

... Riposo,

Fissi!... Se si espellessero tutti gli Ebrei, se li si mandasse
In Palestina con ì loro capoccia frammassoni - dal momento
che si vogliono un ben dell'anima.
Noi cesseremo d'essere gli "Intoccabili".
Nel paese degli Emiri negroidi
Noi non avremmo più né guerre né fallimenti
Per molto tempo per molto tempo
E avremmo molti buoni impieghi liberi immediatamente,
Subito i migliori, in verità
I nostri figli non avrebbero più bisogno
Di supplicare, di mendicare
Agli Ebreiframassonied altre Tenie dívora-tutto
Qualche rimasuglio di festino

L'elemosinala carità
Non avrebbero più bisogno di supplicare glì Ebrei
Di voler ancora lasciarci vivere
Sussistere, sul nostro territorio, per un istante ancora
Una proroga! Prima d'andare a crepare per loro
Per le loro diavolerie, i loro scherzi, le loro trovate
Le loro prodigiose mangiate
Di piovre ebree
Nelle furiose, terribili battaglie,
Nelle grandi fornaci cabalistiche.

Riposo!

In altri tempi, quando gli Ebrei diventavano restii ed insolenti, i Re divenivano crudeli. l'Ebreo Simon non voleva mettere i suoi tesori a disposizione del Re Enrico III; il Re lo fece trascinare in sua presenza, gli fece strappare 17 denti, alternando le estrazioni con questa domanda. "Prestami i tuoi tesori...".

Alla diciassettesima, l'Ebreo cedette. Questo sistema di prestito, è stato abbandonato dai Capì dì Stato moderni, ma per non perdere i vantaggi del procedimento i finanzieri l'hanno applicato al loro modo di prestare.

Oggi, infatti, sono i grandi finanzieri (gli Ebreì) a strappare i denti del governo sinché non abbia dato loro il denaro dei contribuenti.

Una cosa, pareggia l'altra!

Sotto Luigi XV e Luígi XIV, l'eguaglianza tendeva a realìzzarsí, la finanza saliva, la dignità discendeva. La massa era spogliata, ma si facevano vivere i valori personali. Oggì, la massa e i valori personali muoiono.

(*Estratto da* "La Storia dei Fìnanzieri"
di JOHN GRAND CARTERET

> "Né promesse né giuramenti impegnano l'Ebreo verso i Cristiani".
> "Soltanto gli Ebrei sono omini, le altre nazioni non sono che varietà di animali".
>
> IL TALMUD

Non so più quale fesso di ebreucolo (ho dimenticato il suo nome, ma era un nome *youtre*) sì è accanìto in alcuni numeri d'un periodico sedicente medico sui miei libri e sulle mie "grossolanità", in nome della psìchiatria. La rabbia di questa nullità la sua follia invidiosa si mascherava per la circostanza in vituperazioni "scientifiche". Schiumava d'insulti, questo infetto personaggio, nel suo gergo psico-freudiano, delirante. ultra-coglione. Questo imbecille, stando al suo linguaggio, alle sue manie, al suo pathos, doveva essere un alienista. Gli alienisti son quasi tutti idioti, ma questo di cui vi parlo dava l'impressione di un vero, tetanico, ultrastupido, d'un supereritico insomma. Non so più quali tare, mentali e fisiche, quali abbiette perversioni, quali mostruose disposizioni, quali ossessioni cadaveriche, quale putrefazione spirituale, adoperasse questo sottofesso della pedanteria per spiegare i miei libri. Ad ogni modo, secondo lui, non s'era mai visto un rospo coá pustuloso come me, cosi schizzante bava velenosa, cosi schifoso, così insopportabile nei riguardi della bianca ed innocente colomba da lui rappresentata. Tutto questo non ha importanza. Muina breve osservazione si impone, assai divertente: il Freudismo ha fatto molto per gli Ebrei della medicina e della psichiatria. Ha permesso a questi sotto-negri grotteschi, pagliacci, corbellatorì, maniaci della Laurea, di dar sfogo alle loro fesserie, pazzie, rabbie, megalomanie, deformazioni dispotiche... Ecco li tutti pontificanti di freudismo, questi saltimbanchi del deserto, questi pagliacci congolesi, con tutta la loro diabolica faccia tosta...''Tutta la Liberia tra le nostre pareti!). Nulla di più comico per i coloniali, di più soggetto a risate, della boria parolaia dei medici indigeni laureati di fresco nelle Facoltà coloniali. Valgono tanto ridicolo quanto pesano. Ma qui, da noi, in casa nostra, è il trionfo dei medici, dei peggiori ebrei negroidi, a pronta cassa! Prodigio! Il minimo diploma, il minimo amuleto, fa delirare il negroide, tutti i negroidi ebrei li fa ruggire d'orgoglio!... Questo lo san tutti... Lo stesso succede con i nostri *youtres* da quando il loro Budda-Fretid ha loro dato la chiave dell'anima! (Elia Faure mi dichiarava, qualche giorno prima di morire, che Freud aveva scoperto il posto in cui si trova Dio! in cui si trova l'anima!). Ammirate come giudicano, come sentenziano ora, come trinciano giudizi, i nostri *youtres* super-mentali-mentitori, su ogni valore, sulla verità, sulla potenza, su ogni produzione spirituale! Senza appello! Freud! L'*alter ego* di Dio! Come Kaganovic è l'*alter ego* di Stalin!

Ed è belando che noi, fanciullini tremanti di paura, ormai dobbiamo andare a farci giudicare da queste emanazioni di Dio stesso!

Ebbene io ne vomito uno ogni mattina, un critico ebreo ogni mattina, senza farmi male! Fate pure correre la voce...

Ma da dove cavano tanta insolenza questi canacchi? Chi farà rientrare all'asilo tutti questi idioti in libertà... tutti questi buffoni negroidi, depravati tain-tamizzanti del Diploma?... Questi Demiurghi a tre palle al soldo? Quale frusta farà rientrare queste sciminie nella loro tana? Chiuderà le loro fauci? le costringerà a ringurgitare le loro sozzure?... Quale frusta, o esperti Ebrei? psichiatri ebrei?... Ecco i giudici del nostro pensiero! della nostra volontà della nostra ai-te! È il colpo di grazia! Eccoci più in basso dei macachi! Adoratori della diarrea di scìmmie!

Il Dottor Faust parla col Diavolo. il Dottor Freud parla con Dio. Benìssino!

***

Citazioni brevi:

>Nessun scrittore, diplomatìco o uomo politico, può essere considerato come maturo sinché non avrà affrontato in pieno il problema ebreo.
>WICKHAM STEAD.

>L'ammissione di questa specie di uomini è molto pericolosa Si possono paragona alle vespe che s'introducono negli alveari per uccidere le api aprendo loro il ventre per succhiare il miele nelle loro budella: ecco gli Ebrei.
>SUPPLICA DEI MERCANTI A LUIGI XV(1777).

>Ah! se Tito non avesse distrutto Gerusalemme, noi saremmo stati preservati dalla peste ebrea e i vincitori non avrebbero gemuto sotto il gioco dei vinti!
>Claudio Rutilio Numaziano
>*Poeta Gallo (350 anni d. C.).*

In Germania, Gli Ebrei detengono i primi ruoli e sono

rivoluzionari di primo ordine. Sono scrittori, filosofi, poeti, oratori, pubblicisti, banchieri che recano nella testa e nel cuore il peso della loro vecchia infamia. Diventeranno il flagello della Germania... Ma conosceranno probabilmente un risveglio nefasto.

METTERNICH (1849).

– Ma sì, lo so che non ti piacciono gli Ebrei! – m'ha risposto Gustin – ma tu mi riempì la zesta... Non vale la pena di ripetere le stesse cose! Ci rompi le scatole con le tue chiacchiere!... Nemmeno io non li posso sopportare, eppure mi adatto... Bisogna sopportare il proprio male... Nella mia clientela di medico, tra Epinay e i Bastioni di Parigi, son loro che si pigliano tutto... In altri tempi, si era tranquilli... C'era il père Comart e Gendron... Ti parlo di prima della guerra... Si viveva senza farei del male... Ora, ci son quattordici medici Ebrei e tre Armeni nello stesso spazio... Caccian via tutti i nativi... Per ogni francese morto a Verdun, son arrivati venti *youtres*. Le nostre Facoltà hanno fabbricato vere coorti di *youtres* medici. Tutte le commissioni di esame sono Dropizie, favorevoli agli Ebrei, agli ebraizzati corpo ed anima... I migliori clienti delle grandi celebrità sono gli Ebrei, non bisogna dimenticarlo... Son loro che pagano le nostre celebrità... e profumatamente... Si fari curare assiduamente... Questo crea buone predisposizioni a favore – degli Ebrei, dei piccoli Ebrei, per gli esami... per i concorsi... Essi dispongono di tutte le chiavi di casa... Il Francese invece, è il fesso... Se lo merita... In nome dei Diritti dell'Uomo, i piccoli *youtres* della medicina pullulano da noi... sono "naturalizzati" senz'altro... sindacati da ogni lato, accolti in tutte le logge... è la "tecnica" dell'invasione... il "sistema del cuculo" medico...

Per la resistenza?... il nostro esercito?... ebraizzato!... Dopo Dreyfus, dopo Alessandro Millerand, Ebreo (figlio di un guardiano di sinagoga). Tutti i generali?... e la Pol 1 izia?... Suvvia!... Tutti quelli che detengono le chiavi della Dispensa, della Borsa, della Cantina, dell'Insegnamento, del Libro, del Cinema, della Canzone... tutti ebrei!... Tutti i *Music-halls!* Tutti i teatri (e persino la *Comédie Française!*), tutti i giornali, tutte le radio, tutto è formato da ebrei ed ebrei, militanti, scalmanati della giudeaggine... Folkloristi, se occorre..."Per meglio sedurti, ragazzo mio, per meglio strangolarti!"... Tutte le vedette (salvo qualche rara eccezione) della scena, del film, della canzone, della scienza, dello "pirit", sono ebree (1/2 o 1/3 o 1/4...). Il popolo canta, mangia, beve, legge, ammira, sente parlare, vota soltanto più ebreo... Allora, tu, rompiscatole, seribacchino farneticante, perché vieni a seccarci?... perché stordirei con le tue chiacchiere?... Dimmi un po?... Ma ti liquideranno presto, amico mio, gli Ebrei, lo sai?... Tu non li conosci ancora... No... no... tu non li conosci ancora... Dimmi, per caso, l'han forse portata via un'amica. Di?

– Non ne ho... Non ho mai avuto un'amica...

– Perché?

– Ho paura di amare.

– Tu sei astioso, ecco... e poi, basta!... È il tuo caratteraccio... Picchiava duro, Custin, ma vedeva giusto.

– Han tutto!... – continuava. – Sono un milione, gli Ebrei in Francia... due, forse, se si contano gli ebreizzati... Fari tutto quel che vogliono!... L'opposizione?... Non esiste... niente di serio... terrori alla morfina... nella tragedia saranno soltanto comparse di un istante... Che il colonnello Taldeitali abbia preso denaro dal governo!... E chi se ne frega?... Fesserie!... Intanto, il colonnello non parla mai di ebrei!... Quindi, può dire tutto quel che vuole!... Chi non ne parla mai, chi non ha in programma di buttarli all'aria... parla per il piacere di parlare... conserva forse idee segrete... oppure è un fesso terribile... un presuntuoso cieco... mille volte ancor più pericoloso... Stessa storia per l'altro compare... gente stipendiata dalle banche, commessi viaggiatori... Non crociate, ma crociere... Organizzano dei "antagg"... mi capisci?... dei "vantaggi"... Seducono, attirano i piccoli giocatori col miraggio dei "vantaggi"... Tutti questi esseri assolutamente anodini fanno parte del gran programma... dei divertimenti per il loggione... rappresentano le Diversioni... D'altronde i loro Stati Maggiori accuratamente ebraizzati orchestrano i concerti con un grande anticipo... tutte le fasi della Crociera..."Da questo lato! Signori e Signore! Ancora un panorama meraviglioso!"... Non possono far altro, questi "salvatori di vantaggi"... Crolleranno giù, come tanti altri, da cento anni a questa parte, in una vera cascata di pazze risate. Tutti questi Prodi dell'Ugola, questi salivari raddrizzatori di torti, sono fatti apposta per essere abbattuti... al momento voluto, deciso, premeditato dai banchieri ebrei, dai commissari ebrei, dall'internazionale ebrea. Non avranno che da dire una parola, i grandi Ebrei, i Warburg, i Rothschild, per mandare a gambe levate tutti questi fantocci... all'ora scelta dal Kahal... come hanno vaporizzato tutti gli altri burattini del genere, i parolai: Boulanger... Poincaré... Clemenceau... ecc. Basta che tocchino un bottone... e pluff!... il pagliaccetto scompare nel nulla... Non se ne parlerà più!...

La Francia è una colonia ebrea, senza insurrezione possibile, senza discussione, senza monnorii... Per liberarci, occorrerebbe un vero Sinn-Finn... un implacabile istinto di razza... Ma noi-non possediamo la "classe" dei Sinn-Finners!... Ormai troppo sfessati, avvinazzati, avviliti, effeminati, ebraizzati, massonizzati, rincoglioniti sotto ogni aspetto,... Bubboni saturi di alcool e sempre più avidi, sempre più divoranti... fistole vergognose... Per vincere, per sbarazzarsi dell'Ebreo, bisognerebbe poter, anzitutto, lanciargli in pieno viso: "u e il tuo fetente, putrido denaro, potete filare nel letame e poi, ora, basta eh? rospo infetto, altrimenti ti farò correre a pedate!". Chi può parlare così?... oh, non il greggip francese... gregge ubriacone, cicaiolo, venale, meschino, imbecille e arci-venduto!... Oh, no, nessuna speranza!... d'altronde, queste guerriglie popolari finiscono pietosamente in Francia!... Disgrazia!... Maledizione a chi è preso dalla voglia d'occuparsi dei Francesi!... Rileggete, rileggete un po' le spaventose storie dei Dupleix... dei La Salle... dei Montcalm... ne sarete edificati!... Quale Popolo detiene, a sua vergogna pagine così prodigiose di vertiginosa mascalzonaggine?... . Niente -da obbiettare, il dato è tratto!... E poi la guerra verrà da sola... avremo tre fronti da difendere... e tutti gli Ebrei nelle retrovie... imboscati presso i generali framassoni... alla Presidenza del Consiglio!... Te lo svelerò, Ferdinando, il segreto degli astri. La Diplomazia, in fondo, con l'aiuto delle parcie speciose. delle camarille delle formule, non è altro che l'Arte di preparare la divisione, lo smembramento, lo spezzettamento dello Stato più putrido di un'epoca, di un continente... per la sbaffata generale da parte dei più voraci... Perché tutte 'ste discussioni?... Resistere?... Resistere come? Siamo dei vitelli, caro mio... Hai mai visto dei vitelli opporsi all'ammazzatoio in nome dell'"obiezione di coscienza"?... E tu vuoi farti sgozzare prima del tempo, dì?... Sì, tu, per il primo?... Vuoi vedere come i futuri martiri cominceranno col darti una buona lezione?... col farti a pezzi?... Hai sputato su tutti! La pagherai, brutto rompi-catole!... Te li sei inimicati tutti, non puoi più contare su nessuno... Sei solo... Tu hai scocciato tutti... Che speri di guadagnare?... In questo grande paese latino, tutto, assolutamente tutto, è da vendere, non dimenticarlo, d'altronde assolutamente venduto... La borghesia pensa solo ai banchetti, avida, cretina, parolaia. Essa ha dato tutto agli *youtres*, tutto quello che aveva, tutte le chiavi della città e dei campi... i suoi figli... le sue figlie... i suoi denti falsi... al maggior offerente!...

Quanto al popolo, mi voglio spiegare... Finirà tutto, questo buon popolo francese, carne da cannone, in fondo alle "fosse Maginot", al suono degli inni, dell' "Internazionale" stavolta! col muso ancora raggiante d'entusiasmo! Ciò è scritto negli astri, assolutamente inevitabile! La china è stata bene insaponata, si scivola che l'è un piacere... Notiamo, per non omettere nulla, che, con i tempi che corrono, si vedono operai diventare viziosi, abbandonarsi a piccoli calcoli che mancano di eleganza, occuparsi selvaggiamente di guerra, spingere verso tutti gli interventi, fanatici, solidali in tali circostanze con i peggiori youtres del Concistoro... No, non è bello... non è bello... Che sperano, 'sti fessacchiotti, per la prossima guerra?... Essere imboscati?... cavarsela con licenze e rinvii?... farsi passare per "specializzati" nelle industrie di guerra?... Mi pare che accettino con troppa facilità il sacrificio dei loro "fratelli della campagna"... perché, vero?... nell'ultima guerra: su tre morti... due erano contadini!... È molto!... Non bisogna dimenticare 'ste cose... Soltanto, c'è pericolo forse che questi "fratelli delle officine" si sbaglino... La situazione non è più la stessa... Le cose non si rassomigliano mai a ventiquattro anni di distanza... I bianchi non la vedranno nemmeno la Pace della Francia a pezzi... Dall'Ariège alla rue de Lappe, da Billancourt a Tergastel, vi trascineranno via tutti!... Voi passerete nella gran fornace! Olivet! Dufour! Bidart!... Dudule e *le grand Lulu!*... e le *Tondu*!... Keriben e Vandenput... e altri umili nativi francesi... Sarà bello, eh?... Per cominciare a divertirvi, alla domenica, andate sin d'ora ad aggiungere i vostri nomi sul Monumento dei Caduti, su quello della vostra parrocchia... Vi servirà come mèta per una passeggiatina di famiglia... Così, non vi si dimenticherà... Occupatevene domani stesso... A questo modo, incisi nel marmo, voi potrete partire tranquilli, con lo spirito libero.

Questa volta, l'occasione sarà splendita. Dall'arcigna Dunkerque alla ridente Biarritz!... Per tutti gusti! Quanto spazio per le nostre schiumarole!... Occorrerà che si sprema e si risprema l'Arruolamento per poter guernire di effettivi tutti questi fronti!... che si, frughi, si raschi, si cerchi in fondo ai crepacci della terra, che. si scavi in tutte le fessure dove l'indigeno può nascondersi... Ah! Ah! voi vi agitate già, amico mio! Voi esultate! Voi vi entusiasmate! vi piacciono le coccarde a quanto pare. Mi aspettate un po', ragazzino mio!... Io vi trovo già un po' palliduccio... È un gran medico che vi parla!... Vi sento già "scomparso"... Potete disporre, amico mio... Il Paradiso è aperto!... Ma non volgetevi indietro, vi prego... Mai!... con nessun pretesto!... Non fatevi cattivo sangue per gli Ebrei!... Essi hanno i loro vantaggi. L'Ebreo è esente per natura dal servizio militare... Egli è questo... è quello... è medico... avvocato... troppo grosso... troppo miope... troppo ricco... troppo lungo... Ve l'ho già detto... Non vive nel suo clima... Soffrirebbe troppo rimanendo con voi... Ha sempre dato ordini... È troppo istruito per voi... troppo fine per essere mischiato con voi... troppo vizioso... più interprete che combattivo... hai capito, brutto muso?... Non avrai certo la pretesa, o delirante, che si getti l'Ebreo, il Sale della Terra, nel fango?...

Quando la situazione diventerà troppo complicata, il compagno e deputato Thorez sé ne andrà nel Caucaso, Blum a Washington, incaricati di missioni di fiducia, mentre tu andrai a vedere sulle Ardenne... a vedere, così, per renderti conto se le piccole pallottole furtive imitano abbastanza bene gli uccelli... così fischieggianti nell'aria... veri usignoli, te l'assicuro... che verranno a beccarti sulla testa...

> Se una di queste mattine, mi trovano accoppato...
> inutile far finta di aver l'aria di cercare...
>
> CÉLINE

(Costa solo da 3 a 4.000 franchi, per far abbattere un uomo, in qualunque giorno, a Parigi; un po' meno a New-York, un po' di più a Londra...).

Messo con le spalle al muro, Gutman s'è rivelato com'è, una natura cattiva, acida... Come ricominciavo a dirgli tutto il bene che penso degli Ebrei... s'è offeso!... È montato su tutte le furie!... M'ha fatto una di quelle scenate!... Con una vecchia collera di maledetto!...

— Ma tu impazzisci, Ferdinando!... Tu sei sbronzo!... Tu sei sbronzo da legare! Tu sei un poco alcoolizzatoi... Ti faccio internare! Te lo giuro!... Hai bell'essere collega!... Non può durare!... Ho relazioni negli Asili... Ti farà vedere... Son tutti Ebrei nella direzione degli Asili!... Servirà per divertirli!... sentire il tuo "numero" di follie... di stupidaggini... ti metteranno in una cella imbottita... Ci andrai per dir male degli Ebrei!... Ti farò fare una camicia di forza su misura... Allora, non ci romperai più le scatole... Tornerai ai tuoi romanzi... Se starai buono, avrai una matita... Ma via, anzitutto sono pazzie... la "Razza" non esiste più... è un mito...

— Ecco la grande trovata! per noi!... per farei fessi!... il "mito delle razze"... Gli Ebrei son fieri della loro razza. Fieri come Artabano. Non han vergogna, loro, d'essere Ebrei!... Sanno di dove escono... Si spingono avanti come cani. Son loro, ì peggiori razzisti... Loro, il cui trionfo è tutto razzista... Non parlano-che per perderci, per stordirci... per disarmarci sempre più... Tutti i professori antropologisti, massoni del Fronte Pòpolare, ben ebraizzati, ben pagati, ce lo affermano che l'è finita... *urbi et orbi*... ed ecco! È irrefutabile... Il Fronte Popolare non ha mai mentito... È un abbaglio, una chimera... una deformazione della vista... assai scocciante...

— Ti scaldi troppo, Ferdinando!... Sai che ti occorrerebbe per guarire?... Si tratta della sureccitazione della' meno pausa?... Hai colpi di calore?...

— Pure, dimmi, sono crespi?... E la Palestina?... È la culla della loro "razza"...

Ecco, ci siamo. Mi aveva riscosso, aveva sfiorato il soggetto che mi fa diventare catalettico... Ridivenivo inesauribile... volubile... incoercibile...

— Sono miopi, i tuoi semiti! E piedi piatti!... e sedere basso! Puzzano di negro... è vero?... sragionano forse?... Rispondí!... Hanno le enormi zampe della razza che ha calpestato sabbia, per tanto di quel tempo... e i beduinaggi?... sempre nella sabbia... alla caccia dei datteri, nelle vecchie urine dei cammelli... per secoli e secoli?... Irrefutabile!... Quelle orecchie a múlino... quei piedi palmati... te lo dico io: e gli occhiali!...

Ah! Ah! segnavo facilmente un punto nella caccia ai datteri... Gli mostrai subito i suoi occhiali "transatlantici" che erano veramente enormi in proporzione alla sua piccola statura... Su questo punto, lui rimaneva confuso...

— È un martirio, per le belle ebree, – insistevo – avere i piedi un po' troppo "forti"... Tutti i calzolai di New-York lo sanno... Non si sbagliano loro, in fatto di razze!...

— Tu li attacchi in modo vigliacco, Ferdinando – recalcitrava lui. – Tu pure esci dai selvaggi... Se neri esci dal deserto, esci dalle caverne, il che è peggio! Erano ancor più fetidi e nauseanti... Un deserto è sempre pulito... Non mangiavano datteri quei fessi Ariani tuoi padri... Tu pure puzzi ancora di paglia... Di che ti lagni dunque? Finirai col farti fregare, Ferdinando, se continúi così... Avrai tutti contro di te... Non sarà facile, credimi, farti sempre passare per incosciente... Tu sei una specie di pazzo che ragiona... Le persone non possono sempre sapere... a volte si sbagliano... possono pigliarsela a male... e tu puoi offendere molta gente... Vedi, io, io ti voglio bene... Non ti ho mai ingannato, Ferdinando... Non ti ho mai fatto brutti scherzi... Non tuo mai detto: "Buttati sotto ad occhi chiusi", quando si trattava di una fregatura... Vero, eh?... Dillo!...

È vero, Gutman...

— Allora ti dico, io negro, ti dico, Ferdinando, lascia stare 'ste orribili storie... Vieni con noi... sarai contento... Perché tu non sai prenderli, gli Ebrei... se tu sapessi avvicinarli, t'insegnerebbero a riuscire... tu non sei che un fallito... e di qui, la tua acidità, il tuo muso duro... Guarda gli indigeni, gli Ebrei non li contrariano mai... Anzi, essi cantano "C'è gioia!..." ... Li capisci? "C'è gioia!" a lasciarsi guidare... Tu invece li strapazzi... non è un inodo di fare... Li indisponi... Li timilii. Un pessimo sisternal...

Gutman ha concluso:

— Ti farò capire con un esempio: ho conosciuto un agonizzante... nella mia clientela, un ragazzo che se ne andava... giovane, un artista... Ne ho visti inolti agonizzanti, ma quello là... Quando gli mettevo il terrnornetro, ciò pareva risvegliarlo... gli ridava sensazioni... lo faceva ancora vibrare... malgrado che fosse già nel coma... conservava tutte le sue abitudini... e infatti è morto cosi... Tra le braccia di sua madre... È per dirti ragazzino mio, che nelle cose del sentimento, la ragione non trova posto... Son cose senza fine e senza arresto... di vita nella, morte... Mi hai capito?

* * *

Il capitano Dreyfus è assai più grande del capitano Bonaparte. Ha conquistato la Francia e se l'è tenuta.
CÉLINE

Ha ragione, Gutman: tutti questi vizi in fondo mi disgustano. Questa invasione non è più sopportabile. Aveva ragione Lipchitz: "Francesi che non sono contenti, li faremo uscire...". Ebbene, io me ne vado... Non me lo sì dirà due volte. Forse, in Irlanda... Ma non voglio andarmene come un fiore... Non voglio essere a carico degli Irlandesi... So che ne risulta... Bisogna ch'io disponga di un piccolo viatico... Certo, questo libro si venderà... la critica se lo divorerà... Ho preparato le domande e le risposte... Allora? Credo d'aver previsto tutto... Potrà spettegolare tutto quel che vuole, la Critica... Io me ne infischio in anticipo!... Io la mando a quel paese! Per necessità di cose, sarò io ad avere l'ultima parola, in lungo e in largo... È il solo modo. Ma la critica non è nulla, è un accessorio... Quel che conta è il lettore! È lui che bisogna considerare!... sedurre! Lo conosco, il Francese medio, diffidente, obbiettivo, vendicativo... ne vuole per quel che spende e anche di più... ed io già non posso contare sul suo amore!... Dovrò dunque dargli la "uona misur"... la "giunta"... Decisamente, hruro col viziarlo... Aggiungerò qualche capitolo... una decina... così farà un vero volume... Farò un po' di Baedecker... È di moda, è il momento delle Crocière... è suscettibile d'interesse... il genere "Rivista di Viaggi"... Ve ne ricordate?... Ah, che bel periodico illustrato! e divertente!... che lettura attraente! ... pittoresca... affascinante... Riprenderò quel principio... delle magie alla "Michele Strogoff"... Voglio terminare questa grossa e furiosa opera con grande cortesia... La scappellata... il pennacchio... profondo saluto... Oh, prego!... con la mia piutha immensa, arruffata, sfioro il tappeto... Grande parabola!... Vi presento i miei omaggi... Grande riverenza... Fantasmagoria... Vi saluto... Servitor vostro!...

Anzitutto, bisogna situare le cose... ch'io vi racconti un po' com'è magnifica Leningrado... Non son loro che l'han costruita, i ghepeutisti di Stalin... Non riescono nemmeno a conservarla, ad accudirla... È al disopra delle forze comunìste... Tutte le vie sono sprofondate, le facciate delle case cadono in frantumi... Fa pena... Nel suo genere, è la più bella città del mondo... tipo Vienna... Stoccolma... Amsterdam... per capirci. Come esprimere tutta la bellezza del porto?... Immaginate... i Campi Elisi... ma quattro volte più grandi... innondati di acqua pallida... la Neva... Essa si estende ancora... laggiù... verso il largo... livido... il cielo... il mare... sempre più lontano... l'estuario in fondo... all'infinito... il mare che sale verso di noi... verso la città... Il mare tiene in mano tutta la città!... diafana, fantastica, tesa... lungo le rive... tutta la città... palazzi... ancora altri palazzi... rettangoli duri... a cupola... marmi... enormì gioielli duri... accanto all'acqua smorta... A sinistra. un pìccolo canale scuro... che si getta là... contro il colosso dell'Ammiragliato... dorato su ogni lato... reggente una Fama luccicante, tutta in oro... Che maestosità!... Che fantastico gigante!... Che teatro per ciclopi!... cento scenari scaglionati, tutti grandiosi... verso il mare... Ma una brezza traditrice scivola, pigola, piroetta... una brezza grigia. sorniona, lungo i quasi... una brezza d'inverno in piena estate... L'acqua sfiora i bordi, s'increspa, rabbrividisce contro le pietre...

In fondo, a difesa del parco, la lunga alta cancellata delicata... l'infinito ricamo di ferro battuto... il recinto degli alti alberi... i castani alteri... formidabili mostri gonfi di ramaglia... nuvole di sogni ripresi a terra... sfogliantisi in ruggine... Attimi tristi... troppo leggeri nel vento... che i soffi malmenano... sgualciscono... fanno piegare... Più lontano, altre fragili passerelle, da "sospiri", tra i crepacci dell'enorme palazzo Caterina... più implacabile, a fior d'acqua... di una forza terribile... la strozzatura della Neva... il suo enorme braccialetto di ghisa... Il ponte teso sul braccio pallido, tra due cerniere maledette: il palazzo d'Alessandro il pazzo, roseo catafalco, tutto contorto di stile barocco... e la prigione Pietro e Pacilo, cittadella accoccolata, schiacciata sui suoi muraglioni, inchiodata sulla sua isola dall'atroce Basilica, necropoli degli Czar, tutti massacrati. Coccorda costruita con pietre da prigioni, infilata dal terribile pugnale d'oro, acutissimo, la chiesa, la freccìa d'una parrocchia assassinata.

Il cielo del grande Nord, ancora più glauco, più diafano del fiume immenso... una tinta slavata... E altri campanili ancora... venti lunghe perle d'oro... piangono dal cielo... E poi quello della Marina, feroce, si lancia in pieno firmamento... perdendosi sul Viale di Ottobre... Kazan la cattedrale getta la sua ombra su venti strade... tutto un quartiere ad ali spiegate sotto una nube di colonne... Al lato opposto, quella moschea... mostro torturato... il "Santo Sangue"... frangie a spirale... contorte... cupole... scarabei ornamentali... in tutti i colori... mille e mille... Rospo fantastico crepato sul canale, immobile, tutto nero, luccicante...

Ancora venti viali, altre vie, prospettive, verso sposi più grandi... più aerei... La città si stende verso le nuvole... quasi non tocca più terra... si slancia da ogni lato... viali favolosi... fatti per assorbire venti cariche di fronte... cento squadroni... Newsky!... Gravi persone!... prodigiose cavalcate... che vedevano soltanto l'immensità... Pietro... Imperatore delle steppe e del mare!. Città costruita a imitazione del cielo!... Cielo di specchio infinito... Case a perdita d'occhio... Vecchie, gigantesche, rugose, crollanti... di un passato gigante... farcito di topi... E poi quell'orda che striscia, continua, lungo le strade... che formicola sui marciapiedi... striscia ancora... s'appiccica sulle vetrine... faccie da sputo... l'enorme, vischioso, brontolante brulicame dei miserabili... lungo le immondizie... Un incubo che si sparpaglia come può... cola da tutti i crepacci... l'enorme lingua d'Asia leccante le fognature... assorbe tutti i ruscelli, i portici, le cooperative... È lo spaventoso strofinaccio di Tatiana Fame... Miss Russia... Gigante... grande come tutte le steppe, grande come la sesta parte del mondo... e che agonizza... no, non è un errore... vorrei farvi capire queste cose più da vicino... con parole meno fantastiche...

Immaginate... un quartiere... immenso... schifoso... tutto pieno di richiamati... un contingente formidabile... tutto un esercito di straccioni in orribile stato... ancora vestiti in borghese... a pezzi... sfiniti, stanchi, sbrindellati... come se avessero trascorso dieci anni in treno... sotto i sedili, nutrendosi di immondizie... e che ora arrivassero alla fine della loro vita... istupiditi meravigliati... in attesa di passare in un altro mondo... e che aspettassero di essere imbarcati... aspettassero occupandosi a far lavorucci... un po' qua... un po' là... Un'immensa sconfitta in sospeso... una catastrofe che vegeta...

Ora, a questo punto del racconto, bisogna che mi spieghi meglio... che vi racconti quel ch'è successo... Natalia, la mia guida-poliziotto, mi proponeva distrazioni...

Talora mi diceva:

— Se andassimo alle Isole?... C'è da vedere un divertente *match* di tennis... Era fervente del tennis, Natalia, e io volevo farle piacere.
— Inteso.

Ed eccoci in viaggio. Non sono molto vicino, le suddette Isole. Un'oretta d'automobile... a causa della strada ingombra. Tutti gli sportivi di Leningrado, tutte le famiglie dei "Commissari" al completo, riempivano le gradinate... E cíarlavano... Si trattava di un torneo tra Cochet, campione francese, e Kudriach, loro campione. Già sin dalla fine d'agosto si trema di freddo a Leningrado. Il vento del Baltico è severo, ve l'assicuro... Come cicalio tutt'attorno, quelle signorine di "uona famigli" avevano uno scilinguagnolo!... oh, nulla che ricordasse il pubblico della strada... Non dico eleganti... ma gente che può permettersi tutti i comodi... belle calzature (almeno 1.500 rubli il paio)... l'*élite*, insomina... la borghesia... Mi son fatto tradurre le conversazioni... una ragazza indossante uno *short*,... grassoccia... ben piantata... piacente... raccontava le sue vacanze.

— Ah, che viaggio, amica mia! Ah, se tu avessi visto papà era furibondo! Non andremo più sul Volga! Tanta di quella gente, quest'anno!... Non puoi immaginare corn'erano stracarichi, i battelli!... a rischio di naufragare! d'affondare tutti!... Null'altro che lavoratori!... amica mia!... Ah! che gente orribile!" (testuale). E continuava a dire, a lanciarsi in esclamazioni.

La fine del *match*... Cochet guadagnava di molte lunghezze... Il pubblico perfettamente sportivo, su tutti i gradini... applausi unanimi... calorosi...

Tornavo con Natalia verso la cancellata del Parco... alla ricerca della nostra vettura... una vecchia "Packard" .1920, che avevo affittato a 300 franchi all'ora. Non rimpiango nulla, lo ripeto. Mi rimangono ancora dei rubli in Russia... una piccola fortuna... nelle Casse dello Stato... mi rìmane per 30.000 franchi. Venti paia di scarpe. Mentre salivamo in vettura, arriva un signore ben educato... solleva il berretto... e col più ebreo dei suoi,sorrisi, mi rivolge la domanda:

— Signor Céline, non vi rincrescerebbe di ricondurci a Leningrado?... che ne approfittiamo?... Sono il capo dell'*Intourist*... con un amico... Siamo forse indiscreti?

Era perfettamente corretto, il piccolo capo dell'*Intourist*.

— Ma salite dunque... ve ne prego!'..

Prende posto accanto all'autista. Mi presenta il suo compagno. Mormora un nome... un compagno *youtre* come lui... ma *youtre* d'un altro modello... non un "piccolo filtrato del ghetto".,... ma il modello "Satrapo"... imponente pascià... sangue-misto dell'Afganistan_ solido lottatore di prima classe... ampio, ben provvisto di testa, di torace. di membra... di pancia, di doppio mento... sulla cinquantina... un abito militare alla Poincarè... umilmente kaki. ultra-severo... sul petto, tutta la chincaglieria. gli smalti, gli ordini e le medaglie luccicanti... tutte le decorazioni di Lenin... Un po' mandorlato di occhi... un po' Budda... e poi, fatto insolito! dei baffoni... ben passati al cosmetico... separati, divergenti... come si portavano a Londra verso il 1912... nelle squadre di *cricket*... nei *clubs* dei "Comuters of Croydon", degli "Icare Brothers"... Insomma, un curioso miscuglio... Lo squadro di tre quarti... ancora un po'... e tutto questo oscillando, tra le scosse... i selciati sono spaventosi... Mi dico: "Di certo. 'sto tipo è un tenore dell'Avventura... È un uomo che ha approfittato del Comunismo... È un bell'uomo... Ecco un caso meraviglioso!". L'automobile avanzava adagio, causa le terribili buche... che mettevano a dura prove le molle... Certamente, da Caterina in poi sono gli stessi selciatori che si occupano delle strade... e vi assicuro che sono crudeli... È questo il fascino di tale città... essa rimane un museo nel suo genere... Nulla potrà più farla cambiare... Bisogna vedere i Russi al lavoro... Ricordano il reggimento... Saranno sempre le stesse carreggiate... un po' più scavate e basta... È l'Asia... insomma, l'Asia... Tutte le vetture ne creperanno... Dalla rivoluzione del 17 in poi, un solo immobile nuovo... lo stretto necessario: il palazzo della G.P.U.... si capisce... avrebbe stobato... Intanto, quell'"opulento", quel tenore-Budda, si mette a parlare tra le scosse... Ah, ma trovo che è cordiale... e persin spiritoso... e decisamente gioviale... Ecco finalmente un Russo che parla... che è bizzarro... che si sbottona... che chiacchiera... che non ha l'aria d'averci lui una pistola puntata nel sedere... che non ha l'aria di grattarsi continuamente... Si direbbe che pensa ad alta voce... è il primo!... Parla inglese come se l'avesse imparato in famiglia... Ci comprendiamo... È strano, più lo sento e più mi pare di riconoscere la sua voce... Non sono io a far domande, è lui... Mi dice:

— Signore, vi piace la Russia?
— E a voi, *dear Sir?*

(È buona come risposta?) Non ho l'abitudine di fingere, di giocare al più astuto, sono di un naturale assai semplice. non mi piacciono i misteri... Dal momento che le mie impressioni lo interessano, lo metterò immediatamente al corrente delle mie riflessioni... che non sono troppo favorevoli... Natalia si rincantuccia nell'angolo opposto... mi batte sul ginocchio per farmi segno... Oh, è assolutamente inoffensivo quel che proclamo... che non mi piace la loro cucina... (la cucina per me ha assai poca importanza)... che non mi piace il loro olio di girasole... Ne ho diritto... Che, bagno per bagno, potrebbero far meglio... che è un regime alimentare di prigione trasourata... insomma, cose da nulla... che i cetrioli salati noi) sono facilmente digeribili... che gli scarafaggi invadenti una camera... (la mia, la pagavo 300 franchi per notte) non significano un progresso sensibile... Che a prima vista, medicalmente, i loro lavoratori "rigenerati" avevan l'aria, per strada... di terribili anemici... clorotici... cadenti... una vera ritirata di Russia... sfessati sino alle midolla... che questo non mi sorprendeva per nulla... dato ifloro regime alimentare... ch'io stesso, con Natalia, pur spendendo somme orgiastiche, non riuscivo a nutrirmi se non di ranci alquanto sospetti... da togliervi per sempre la voglia di mangiare... di intrugli sospetti... che lasciavano un gusto di rancido... incredibile... Se parlavo tanto di sbaffatoria, io che me ne strafotto "tutto per la gola, tutto per la pancia". È la loro gloriuzza, enormemente, è perché laggiù si proclamano materialisti, il materialismo... Allora, facevo osservazioni materialiste... perché il mio bel senatore-bonzoide potesse capirle facilmente... Non l'ha mica irritato, la mia impertinenza... Scoppiava dal ridere sentendo i miei sarcasmi... si pigliava la pancia in mano, non arrivava a soffocare le risa... Non aveva dunque l'aria d'offenderlo. Natalia, lei, non era tranquilla...

Quand'ho finito di far dello spirito a 'sto modo... egli è tornato all'attacco diversamente. Si è informato con un altro sistema:

— Pare che al signor Céline non piacciono molto i nostri ospedali.

Eccoci! Questa provocazione era bastata!... Un lampo!... m'aveva illuminato la memoria. Ora mi ci ritrovavo perfettamente. E gli rispondo a bruciapelo:

— Ma no, signor Borodin! che brutto errore!... io sono "entusiasta" dei vostri ospedali!... Siete mal informato sul conto mio!... A mia volta, posso permettermi?... dal momento che ci facciamo confidenze... È un nuovo nome. vero, Borodin?

Lui rideva sempre più.

— Laggiù, a Dartmoor, sulla landa, quando fabbricavate i sacchetti... come vi chiamavate?
— E voi, laggiù, signor Céline, a Hercules Street... non mi sbaalio? ...quando Prendevate lezioni d'inglese, alla cantina "Al Coraggio"... sotto il gran ponte... Mi sbaglio forse?... Waterloo... *Waterloo over the Bridge*... la stazione dei morti... Ah! Ah!... Voi siete un "figlio di Dora"...
— E voi pure!... Bisogna confessarlo ad alta voce e fieramente!...

Ci siamo stretti la mano con forza... non valeva più la pena di pretendere...

Lui era diventato enormemente grosso e giallo... Io avevo conosciuto magro e pallido...

— E quell'eccellente Yubelblat... eh?... sempre miope?... sempre lettore di pensieri?

Ah! evocava un'epoca!... . Era divertente, come ricordo, Yubeblat!

— Mi è stato molto utile ad Anversa, sapete, signor Céline?
— Yubelblat?
— Sono rimasto tre mesi da lui... nella sua cantina... Non un topo nella sua cantina... ve lo garentisco... Ma quanti gatti!... Tutti i gatti d'Anversa! E che gatti!
— Davvero?
— Davvero!
— Nella cantina?
— Come Romanoff!
— 17?
— Che età avete, Céline?... Adagio, autista! - comanda ora – adagio! Fate il giro!... Bisogna ch'io parli ancora al mio amico, al *gentleman*... Sempre "Ferdinando-l'emicrania"?... Ah, non ci si incontra troppo sovente!... Entusiasta anch'io!...

E dàlli di nuovo a ridere.

— Yubelblat nemmeno non lo si vede più sovente...

Pure, m'aveva promesso di passare ancora una volta... per farmi una sorpresa... una visita... da buon amico... così, senza cerimonie... al suo ritorno da Pekino... Me l'aveva promesso... Ci va sempre meno a Pekino, vero?...

— Non sono molto al corrente, signor Borodin...

È capriccioso, quel Yubelblat... sapete?... non si può mai prevedere quel che farà... Ha ancora preferito prendere quel porco bastimento... Non gli piace più la "Transiberian"... Ah! Ah! Ah!... (e si torceva dal ridere). Che viaggio!... Che giro in largo!... terribile!... Il Mar Rosso... Un terribile viaggio, in verità...

Stavolta ridevamo tutt'e due, tanto era strano quel prolungamento di viaggio di Yubelblat...

— E voi?... Signor Céline?... Davvero non vi piace la Russia?... Per nulla?... Ma vi piace almeno il nostro grande teatro?... Voi 'siete raffinato come un Lord, signor Céline... non soltanto per gli Ospedali... Ah! Ah! Ah!... voi siete raffinato come un duca... come un granduca!... signor Céline!... Vi si vede sovente al *foyer* della danza... Sono ben informato?...

Natalia non aveva nulla da dire... Guardava lontano... molto lontano... la strada... si faceva tutta piccola...

— Accettate, signor Céline, che vi faccia una domanda? Una domanda veramente personale?... Una vera domanda da amico?... un po' brutale?...
— Vi ascolto.

- In caso di guerra, da che parte sarete?...'Con noi? o con la Germania?

Il piccolo youtre dell'Intourist, sul seggiolino davanti, si sporgeva per sentire meglio...

— Attenderei... Vedrei... signor Borodin... Applaudirei,

come al tennis- il più forte...

Ma i più forti siamo noi! caro signore!... Tutti gli esperti ve lo diranno...

— Gli esperti sbagliano, talvolta... Persino gli Dei sbagliano... Ne abbiamo parecchi esempi...

In questo momento, eccolo che cambia d'attitudine... la collera lo piglia, immediata... Sussulta... borbotta... si agita... non si tiene più fermo sul sedile... il fuoco lo prende... una rabbiaccia da cinese...

— Oh, amico mio!... amico!... Voi dite cose imbecilli! Autista, fate il giro passando per Houqué!... – Voi non conoscete Houqué. Signor – Céline?... Non vi dice nulla, questo nome?... Hou! qué!... Nessuno ve ne ha mai parlato?... Ebbene, ve lo faremo vedere!... – Passate adagio, autista!... adagio, ecco, così... – Qui davanti... guardate, Céline... quelle case così basse... così grosse... così ben chiuse, vedete?... È il quartier di Pietro il Grande!... Qui, signor Céline... È qui che mandava a divertirsi un po'... ad educarsi un po'... le persone che parlavano un po' di traverso... che non volevano parlare... Che non rispondevano bene alle domande... Facevano tanto di quel rumore, quelle persone!... rumori così forti!... quando si divertivano con Pietro, quando cioè ricominciavano a parlare... quando ritrovavano la parola... Un tale baccano di polmoni!... di gola!. Hou! qué!... così... Hou!... qué!... Così forte!... non si sentivano più che le loro grida... attraverso tutto il quartiere... attraverso tutta la Neva... sino a Pietro e Paolo... Il nome è rimasto a questo quartiere... Houqué!... Guardate bene, Céline, queste case... così larghe... così profonde... così chiuse!... Ah! è veramente un bel quartiere!...

Non si riuscirà mai a fare meglio!... Voi vedete un po' dall'esterno!... Ma, all'interno!... Un grande czar, Pietro I!... un grandissimo czar, signor Céline!

L'automobile rallentava ancora... al passo... Avevamo avuto tutto il tempo di percorrere le strade... di visitare miniziosamente... l'antico Houqué... Così, sempre scherzando... a proposito degli strumenti di cui si serviva lo Czar... per animare un po' le confidenze... per far tornare la fiducia... l'affezione...

— La fiducia, signor Céline!... la fiducia!

Pure, bisognava smetterla. Tornare all'albergo... La sera stessa, avrei ancora dovuto andare a teatro con Natalia.

Borodin conosceva ancora altre storie eccellenti! splendidi aneddoti su Pietro I... Eravamo di fronte a casa mia... Non era più Aeso per nulla... Non riuscivamo più a lasciarci...

— Allora, venite a trovarmi... senza fallo!... Domani!... all'Astoria! Ceneremo tutti e tre, con Natalia... in camera mia, così, alla buona... tra amici... Vero? tra amici?... Vi racconterò altre avventure straordinarie! Dei "fatti"!... Solamente dei "fatti"! Sulla Cina!... E poi, venite a trovarmi a Mosca... Laggiù, abbiamo cose ancora più curiose da vedere! da farvi vedere!... Ve le mostrerò io stesso!... Perché rimanere a Leningrado?... Venite a Mosca!... Fiducia?
— Potrò visitare il Kremlino?
— Tutto quello che vorrete, Céline...
— Anche le cantine?
— Tutte le cantine!

Ancora un buon argomento per ridere!... Ci torcevamo di riso sul marciapiede...

— Posso condurre la mia interprete? Ma certo!... Certo! Allora, il Kremlino?
— Sì...
— Promesso?
— Promesso.
— Giusto una telefonatína! e vi farò prendere!

Ah! – penserete voi – 'sto ti po esagera!... Via! Questi bolscevichi, questi "bombe tra i denti"... non sono poi così catastrofici!... Non han distrutto tutto, non è possibile!... ridotto tutto in polvere infame!... Ah! voi mi pungete sul vivo!... L'osservazione è pertinente!... Vi dirò allora che... per esempio_ i loro teatri sono stati magnificamente preservati!... Esattissimo! Molto meglio che i loro musei... che hanno un non so quale aspetto di negozio di rigattiere... Ma i loro teatri! in pieno splendore!... Incomparabili!... Rifulgenti!... L'interno, soprattutto!... L'immobile, l'edificio... sa sempre un po' di caserma... colossale... tipo tedesco... Ma l'interno! Le sale!... Che presentazione abbacinantel Che slancio!... Il più bel teatro del mondo?... Ma il "Marinski", senza dubbio... Nessuna rivalità possibile!... Da solo, vale tutte le spese del viaggio!... Deve contenere due mila posti... e che lusso!... che stile!... Come è riuscito!... la perfezione... nel genere *mammouth*... *mammouth* leggero... aereo... di grazia... decorato in celeste... frangiato d'azzurro... *en corbeilles*... la lampada, una nebulosa di stelle... una pioggia sospesa... cristallina... tutta scintillante. La platea color limone... reticelle di rami dai toni invecchiati... legni contorti, velluti su pastello... fantasia di paletta... una poesia nei sedili... un miracolo!... L'Opera di Parigi, Milano, New York, Londra?... Semplici bagni turchi!... pasticcerie!... Per convincervene, andate voi stessi a Leningrado... (pubblicità assolutamente gratuita)... per verificare... Io potrei ancora in uìi po' di spazio... dipingervi alla meglio... tante altre prodigiose prospettive... evocare nella misura delle mie deboli facoltà tutta la maestosità di queste dimore imperiali... il loro barocco... e altri castelli... sempre più grandiosi... in riva al mare... altri magnifici slanci di scultura e di grazia... la Spianata del Palazzo d'Inverno... questo velodromo per elefanti... dove ci si potrebbe perdere, senza saperlo, due brigate... tra due riviste... tra due cariche... e poi, tutt'attorno, un grattacielo schiacciato, coricato, a ventaglio... con centomila buchi, abbaini e pertugi... gli Uffici dello Czar.

Vi parlo del "Marinsky" con un tale entusiasmo... Vi vedo diventare sospettosi... Lo confesso... Ci fui, con Natalia, tutte le sere... Abbiamo ammirato tutto il repertorio... e la "Dama di Picchi"... sei volte... "Dama di Picche" vecchia sgualdrina melodica... magia capricciosa, stagionata... imperatrice delle anime... messa inconfessata, inconfessabile... fascino di tutte le morti... sorda fiamma di massacro, nel fondo di un mondo in cenere... Un giorno, la timida fiamma rimonterà... salirà più in alto... più in alto di tutti i campanili d'oro... La fiamma nell'attesa... vacilla... crepita... una musica ansante... più tenera..."Tre carte!"... tre suicidi!... nel gioco della Regina negli artigli della mummia... Tre suicidi salgono dolcemente ogni sera dall'orchestra... tra enormi ondate brucianti... dal fondo... che nessuna polizia sa vedere... Tre uccelletti di suicidio partono... tre animucce... che le ondate travolgono furiosamente... muggenti... in un torrente di arpeggi... che soffocano il pubblico... tutti questi Russi..."Tre carte!"... Folla maledetta!... Russi pallidi... astuti...

congiurati... Che nessuno esca!--Il vostro destino dovrà realizzarsi!... Una sera! In una tromba di accordi... il pazzo lassù tirerà le vostre tre carte... L'ufficiale del gioco della Regina... Chi muove?... Tutti i demorii si slanciano, balzano... gioie, rimorsi, rimpianti si stringono... capriole degli odi... sarabanda!... L'orchestra in fuoco... anime e supplizi strappano i violini... la disgrazia arriva... ruggisce... la vecchia crolla... non ha detto nulla... meno di un uccellino... meno d'un batuffolo di lana... meno di un'anima in pena... il suo corpo, in questa caduta, non ha fatto il minimo rumore... sulla scena immensa... La musica è più pesante... Una foglia morta e giallastra... s'abbatte tremolando sul mondo. Un destino.

I Sovietici di Leningrado occupano il palco dello Czar... In fondo, operai in abiti festivi. In prima fila, Ebrei occhialuti... qualche irsuto... della tradizione Bakuniniana... Prigionieri, veterani politici. Parodia arrischiata!... Questa sfida!... Negli altri palchi, i provinciali ammucchiati... ingegneri... burocratici... stakhanovisti... i più numerosi, i più parolai, i più isterici del regime... non troppo ben visti, pare, dagli altri... spettatori medi... Tutti i palchi, balconate, platea, pieni zeppi... qua e là qualche gruppo di giovani Ebrei... tipo studenti... con berretto bianco a nastro rosso... Ecco, per la "Dama di Picche"... Ma la Danza?... I Balletti Russi?... Gli autentici?... La loro più grande gloria?... Che dispiegamento di scenari!... Che ricchezza di valori!... E che numero!,... Quale esercito di "soggetti"... che brio, che slancio... che vita!... Una *troupe* evidentemente ben nutrita... Non risparmiai a Natalia nessuna di queste serate di spettacolo... Natalia preferiva la "Dama di Picche"... Ad ognuno le proprie debolezze... Io preferisco la danza... "La fontana di Batcisarai"... che battaglia!... Quali demoni, alati, travolgenti, sorgenti, da ogni lato! E quale massacro attraversato da folgori e tuoni da far crollare il teatro!... 400 diavoli volteggianti, massacranti... Non un artista che non prenda fuoco nel terribile braciere della musica, che non si consumi in questa demenza delle fiamme!... Nei "Cigni" lo stesso prodigioso incanto...

Pure... meno felice... una febbre che sfriggola a lento fuoco... insipida... un ripiegamento verso la Ragione... queste "Illusioni perdute"... Nell'insieme delle "Stagioni" molti insuccessi... molti teatri vuoti... repertorio sovraccarico di opere non pagate... bilancio schiacciante!... Quanti direttori fucilati!... Di chi la colpa?... Di tutti e di nessuno... mia... vostra... Il balletto vuol dire fantasmagoria. Ecco il genere più ardente, più generoso, più umano di tutti!... Ma chi l'osa ancora?...

U anima si abbassa... Il brio non è più sostenuto dalla follia generale. Più nessun creatore... Come accusarli?... Sono partiti verso la ragione... Parlano soltanto più di Ragione... tanto peggio!... La Ragione rende loro la pariglia!... Le catastrofi più irrime diabilí più infamanti non sono quelle che abbattono le nostre case, ma quelle che decimano le nostre fantasmagorie... Sembrano condannati, i Russi, stando alla loro musica... rinnegati dal loro passato... morenti di sete presso la fontana... I loro "successi"?... vecchie, cose! "Carmen"... "Manon"... "Onlèghin"... l'inevitabile "Dama"... "Ruslan e Ludmila"... "Mazeppa"... e peggio ancora!... Assicuro il trionfo, tutte le corone della Russia all'audace impresario che rimetterà in scena "Michele Strogoff" con cori, soldati, grande orchestra, in uno dei teatri di Leningrado... Il Palazzo d'Inverno sarà suo!

Torniamo agli artisti... Tra i ballerini: due artisti meravigliosi...

Lirismo, alta tecnica, tragedia, veri poeti... Le donne?... eccellenti esecutrici, niente di straordinario, salvo una... Ulianova... Ma l'insieme? La divinità!... Voli di corifei da riempire tutto il cielo... Il loro "Passo a quattro"?... comete frementi... sorgenti scintillanti del sogno... contorni del'Miraggio... Le nostre serate al "Marinski"! quale voluttà! due o tre volte per ogni programma!... Alla fine, non mi trattenni più. L'idea mi riprese. L'ossessione... Mi sembrava che io stesso, malgrado tutto... Come l'orgoglio è cattivo consigliere!... come centuplica ogni stupidaggine... Tentare?... Chi non rischia... Se i miei Balletti...?... se fossero piaciuti ai Russi?... Non si sa mai!... Scacco a Parigi... può darsi successo in Russia... Uno dei miei balletti?... Forse tutti e due?... In cambio, avrei dato la mia anima...

— Natalia, cara amica, volete telefonare da parte mia al Direttore?... Se vuole ricevermi?... ascoltarmi per qualche minuto?... Ho tutto un complotto in tasca!

Giornata conclusiva... presentazione del mio poema al direttore. Erano almeno una trentina in quel salone immenso... sparpagliati attorno ad un tavolo ovale... di prodigiosa grandezza... Artisti... musicisti... ammiratori... segretari... per attendermi... Che grado!... imperiale!... Un salone molto ben conservato... Epoca Alessandro I... Mobili di mogano scuro... tende polverose... naftalinizzate... tappeti consumati... Il Direttore, un Ebreo sparuto, perfettamente cortese e ostile... il suo segretario politico... rotondo, tutto silenzi... tutto piccole note... irto di matite... Diversi compositori... alcuni vecchi virtuosi... comparse mute per il ricevimento... alti di carattere... maschere di pieno effetto... alla mia destra, la Vaganova... esile sopravissuta del grande cataclisma... sulla difensiva... distante... suprema detentrice d'una tradizione che si spegne... Stella impallidita, raggrinzita, sorvegliata... sul chi vive...

In questa riunione, tutti si spiano... sorridendo... Dopo una breve presentazione, mi si dà la parola...

Mi lancio subito nel racconto... la "Nascita d'una Fata"... Mi comprendono tutti perfettamente... ma nessuno batte ciglio... perfettamente inerti, atoni... Fornisco io tutta l'aniniazione... Sono in vena... monto io... tutto lo spettacolo!... mi prodigo!... faccio della mimica!... mi agito!... volubile!... evoco a tutto andare!... cavalcata!... mi sorpasso... Sono teatro, orchestra, ballerine... sono "tutti insieme" nello stesso tempo... io da solo... salto, rimbalzo, scatto sulla mia sedia... impersonifico tutta "La nascita di una Fata"... la gioia, la tristezza, la malinconia... sono dappertutto!... imito i violini... l'orchestra... le ondate trascinanti... gli "adagi"... Nessuno mi trattiene... rimangono tutti impietriti, inchiodati al loro tavolo, "giurati di assise"... Io ini lancio... sviluppo... altri ingressi... le quadriglie!... Balzo all'estremo opposto... scatto ancora... moltiplico... in arabeschi... tutto l'alone di quegli enigmi... Sfuggo ossessionato... ritorno, mi rilancio ancora... Ah!... e poi, stop, mi fermo di colpo!... turbinio... riparto travolgendo, concatenando... discendo... in tutti i meandri dell'intrigo. sottolineo le mille grazie del tema... con sfumature... con rilievi... benissimo!... due arabeschi... nel gorgheggio aereo di un valzer... ancora due "sferzate"... all'infuori... mi evado... intrigo... sfuggo... mi volgo... ritorno... mi precipito... sarabanda!... Vado ad atterrare in grande "quinta"! alla portata del direttore... mi. tuffo... nell'uditorio meravigliato... grande riverenza!...

Insomma, li ho scossi... il ghiaccio è rotto... quei bonzi si disgelano... mormorii... approvazioni... applausi... mi si felicita... mi si complimenta... mi si festeggia!... Veni, vidi, vici!... È più che evidente!... Che dono!... che slancio!... Lo spirito!... il volo!... son tutti affascinati... lo si vede!... Ma bruscamente tutti si tacciono, tutti si fanno piccoli, piccoli... il direttore, lo sparuto, batte le mani, ordina il silenzio, sta per parlare...

— Caro signore, tutto questo è molto interessante, evidentemente... molto gradito, certo... e vi felicito... Ma vi prego di rileggermi ancora... molto lentamente, certi passaggi... e poi tutto il libretto... volete?

Ah! non desiderava di meglio... che di creare quello spettacolo di autore straniero... di cosi grande importanza... lo desiderava moltissimo... Pure, non esattamente su quel tema... se io avessi voluto comprendere... secondo un'altra poesia... meno comune... meno frivola... meno arcaica... una formula meno fantastica... una struttura più realista, più impetuosa... che si, presentasse meglio agli accordi della musica moderna... alle risorse armoniche del contro-tono... un po 1 brutale,,, ossia violenta... I Russi van pazzi per la violenza... Lo ignoravo forse?... Ne han bisogno!... La esigono!... qualche battaglia!... un po' di rivolta... perché no?... dei massacri... grandi massacri ben presenta ti... Per di più, nella mia storia, potrei lasciare un po' di posto per i dialoghi... Ecco quel che corrisponderebbe a una innovazione!... Del dialogo!... parole danzanti... Una ballerina per parola!... per lettera!... A paese nuovo, spettacolo di battaglia!... E poi altri consigli... evitare come la peste... come trentaseimila pesti... l'Evasione!... basta con l'Evasione!... basta col Romanticismo!... basta con l'Elegia!... basta con gli sbarbetti del Parnaso mitologico... Finito tutto questo!... i Balletti devono far pensare!... come tutti gli altri spettacoli!... e pensare "sozial"!

Commuovere... certo!... affascinare... ma affascinare "sozial", vero? Più il poema è riuscito e più è "sozial"!

— Ecco, caro signor Céline, il punto di realtà che noi tutti dobbiamo raggiungere, il "ozia" nel cuore delle masse... il "sozíal" nell'incanto e nella musica... Poema danzato! vigoroso! commovente! tragico! sanguinoso! rivoluzionario!... liberatore!... Ecco il soffio!... ecco il tema!... e "sozial" soprattutto!... Ecco la linea... l'ordinazione!... Artista è quello che ci capisce!... Ecco le opere che si attendono per i Balletti russi del "Piano quinquennale"!... E mai, mai più riparlare di queste esili, perfide anemie! di questi languori melodici!... vergognose truffe, caro signor Céline, a danno del Divenire "sozial"... Forse, vers il 1906... verso il 1912, queste cosucce vezzeggianti potevano ancora reggersi... ma oggi... Puf!...

Tenevo le orecchie basse... lo confesso... sul mio sgabello... Poco sensibile al ridicolo, per nulla offeso, non risentivo in questo scacco che un dolore sincero... alla soglia del Tempio cadevo... mi facevo strapazzare, da questi perfetti conoscitori, come un novizioncello qualsiasi... Ne avrei pianto...

Tutti allora, di fronte alla mia faccia rattristata, cambiarono improvvisamente di tono Metamorfosi a tutto vapore!

— Ma no! Ma no! signor Céline! È voler capire alla rovescia! Speranza! Speranza! Anzi, caro signor Céline, grande speranza! Sono parole di amici! Contiamo su voi per la prossima stagione! Tornate a trovarci nella prossima primavera... Saremo felici di accogliervi!... sempre disposti ad ascoltarvi, ve l'as sicuro... infinitamente favorevoli... non posso dirvi di più...

Il piccolo direttore si mostrava ora più incoraggiante di tutti gli altri...

— Non dimenticatelo... Tornate... Portateci da Párigi un altro manoscritto... Conosciamo le vostre ammirevoli qualità... Sarà davvero sublime!... Lo sappiamo!...

Tutti in coro: "Lo sappiamo! Nulla è perduto! Anzi! Lo studieremo tutti insieme!... Lo metteremo in scena, è certo!... E così... e cosà...".

Son rapido a rianirnarmi... un piccolo complimento mi basta... mi eccíta come la stricnina... mi tetanizzo... mi ritrovo subito pronto... per i più penosi sforzi... in un batter d'occhio... Per poco, non mi sarei messo subito a ricominciare tuttol... Mi hanno calmato... gentilmente... allegramente... Non parlavano più che della prossima stagione... Eravamo diventati cosli amabili, cosi buoni amici... che sembrava una "fantasmagoria"... Hanno ben capito il mio carattere... il modo con cui riprendo fiducia... mentre assaggiavo il tè... i pasticcini... le sigarette, i sigari... Ed eccoli allora che s'avviluppano tutti in un fumo così spesso, ammassati sugli orli del tavolo, al punto che non li vedevo più... Mi parlano ad alta voce nelle nuvole... un linguaggio da locomotiva... harrasciò... hárrasciò... harrasciò... arrù... harrù... sempre più violentemente... Non poteva essere un complotto!... il piccolo Ebreo non la smetteva di spiegare, ancora, sempre, il tema della danza dell'Avvenire... con la testa tra le mani... monologava: "Mi capite, caro signor Céline... una composizione più vigorosa... "sozial"... è la parola!... non troppo storica... non troppo di attualità... Ma nello stesso tempo moderna... e soprattutto che faccia pensare!...".

In quel momento, il segretario politico venne preso dalla tosse... tossiva forte... da soffocare... tra le sue matite... la vi9ta doveva finire... Ci separammo, felicissìmi... In burrasca, presi la porta... volteggiando... sfrenato di zelo... attraverso corridoi infiniti... chilometri di dedali... ad ogni svolta... un corpo di guardia in allerta... quel meraviglioso Teatro dell'Opera, nell'intimità... una fortezza!... una cittadella in ansia... tutti ì labirinti custoditi... sulla difensiva... tutti quei camminamenti in allarmi... l'attentato s'aggira... Degli occhi vi seguono dal fondo di tutte le ombre, vi spiano... Svelti, nella strada!... Ah! l'allegria, il delirio mì trascina!... sfioro appena il marciapiede... in pieno slancio... soffio di felicità... lo spirito mi possiede...

"Dine! Paradine! Crèvent! Boursouflent! Ventre Dieu!... 487 millions! d'empalafiés cosacologues! Quid? Quíd? Quod? Dans tous les chancres de Slavie!... Quid? de Baltique slavigote en Blanche Altramer noire? Quam? Balkans! Visqueux! Ratagan! de concombres... mornes! roteux! de ratamerde! Je m'en pourfentre!... Je m'en ponrfoutre! Gigantement! Je m'envole! coloquinte!... Barbatolìers? immensément!... Volgaronoffi... mongornoleux Tartaronesques!... Stakhanoviciants!... Culodovitch!... Quatre cent mille verstes myriamètres!... de steppes de condachiures, de peaux de Zébis-Laridon... Ventre Poultre! Je m'en gratte tous les Vésuves!... Déluges!... fongueux de margachiante!. Pour vos tout sales pots fiottés d'entzarinavés...

Stabiline! Vorokehiots! Surplus Déconfits!... Tranbérie!..."[2].
Ecco come mi parlò nell'entusiasmo!... E risoluto, assolutamente deciso! bruciante! contro tutte le supreme prudenze!. Non mormorare più nulla... insinuare... il più sussurrato sospiro... che possa essere compreso male... viziosamente interpretato... peggiorativo!... Ah. no!... niente di tutto questo!... Ah! Errore!

Colerò di lodi sfrenate!... Favorevole ai Sovieti?... Fenomenale! Perdinci!... Innamorato al punto di ebollizione!... Dalle calze che se ne vanno sino alla cima dei capelli che rìtornano!... Osanna!... Ah, come li voglìo cantare!... Credo?... eredissimo!... Le "realizzazioni" sublimi!... Vocalizzarle su venti, su cento altre gamme!... Dominus!... sino a rompere le corde vocali!... sino a far scoppiare i bronchi!... sino ad esplodere con loro!... E poi, quei contradditorì, quegli astuti mocciosi cenciosi rancidi, li stordirò!... Ah, vili dubbiosi!... è giurato!... Rìsponderò come quell'altro, ad alta voce: "tutto Va Benissimo!". Ad altissima voce! Forte! Sempre più forte! Forfissimo!

Già Natalia mi invogliava, mi dava rudimenti... non lasciava sfuggire un'occasìone per incrociare i ferri della controversia dialettica!... la "materialista"... brutale, spietata... Tornerò a Parigi, blindato di casuistica!... in modo da sgorninare ogni rivalità!... Per strada, facevo provvista di tutti gli argomenti invincibili... avevo la bocca piena dì definizioni, di *slogans*... li ripeteva nella mia camera (cosí costosa)...

Potevo fare un giro, ne avevo il tempo. ognì mattina, prima

---

[2] Abbiamo lasciato in francese questo passaggio "delirante" che può dare una idea dello stile originale dell'opera (N.d.T.).

dell'arrivo di Natalia...

Ella sbrigava le faccende di casa, poi saliva in fretta al Rapporto... alla Polizia... Avevo cosi due buone ore di tempo per andare a zonzo... Non sono divertenti, le strade di Leningrado... la gente ha un'aria patetica... desolante... l'ho già detto... le botteghe pure... Poveri antri decrepiti... rabberciati alla men peggio... pavimenti logori, fracidi... vecchi banchi di vendìta ìn legno massiccio... sontuosi... luccicanti... di prima della guerra... ancora vagamente adorni di corni dell'abbondanza... Alteri scaffali... decorati con "mazzolini di fiori" e nastri... Imitazioni sbiadite, muffite della moda parìgina del 1900... Le loro merci?... un immenso ammasso di ciarpami fuori uso... assolutamente invendibili fuorché in Russia... vere botteghe di straccivendoli, rigattieri, ferrivecchi... tutto l'invendibile patetico delle vecchie mercerie di villaggio... come se ne scopriva in Francia, ancora verso il 1910, all'epoca delle grandi manovre... Me ne ricordo... Ma laggiù, in Russia, rappresenta il *dernier cri* della moda... Tutti quei ciarpami, quei rimasugli, quell'ammasso di detriti, formano le loro forniture essenziali, la produzione sovietico-modello delle gigantesche cooperative... A Monrovia, in Liberia, i negri si riforniscono presso John Holt di Liverpool, di stracceria e dì ferraglia ben superìore a questa... Non c'è paragone... Robaccia per robaccia, c'è un limite anche per il banditismo... Io pure ho commerciato con i selvaggi... a Bikobimbo, in fondo alle foreste del Camerun... Ho trafficato tonnellate intere di merce... e per di più non avevo concorrenti... Ma non avrei mai osato... avrei arrossito... Quan' do dico che la robaccia dei Sovietici è dell'immondizia, esagero ancora in bene. Le ho percorse tutte, le loro botteghe, nelle grandi strade, con Natalia... Sono incredibili le spazzature che espongono... Occorre aver del genio per potersi vestire... I loro tessuti sono cosi stoppa che si sfilacciano e tengono solo dal lato delle cuciture... E non sono a buon mercato! Bisogna vedere!... occorrono carrettate di rubli per comperare qualcosa di sia pure mediocre... In definitiva, è un sistema semplice per storcere il sudore e il sangue del popolo... I cari Sovieti sono i peggiori, i più intrattabili padroni... i più diabolici, i più accaniti succhiatori di sangue!... gli sfruttatori più spietati... Dico diabolici, perché hanno, in più degli altri, idee ultra-carogne. Fanno crepare coscientemente il popolo... il loro popolo "redento", grazie a tutta quella inimmaginabile miseria, per puro calcolo e sistema... fregatura premeditata. Sanno benissimo quel che fanno... Opprimere, affamare, annientare, calpestare, il popolo adorato!... schiacciarlo sempre più!... sino agli ultimi rimasugli di vertebre, sino alle fibre più intime!... saturarlo d'angoscia sino a che vomiti... tenerlo continuamente in pugno come uno strofinaccio consenziente a qualsiasi destino... l'orgasmo ebreo, la grande contrazione dei bastardi negri in delirio... per mantenerci tutti nella morte, più avviliti, più calpestati, più immondi, più putridi, più abbietti di tutti gli incubi di tutti i rospi del Sabbat... E poi scaraventarci sui letamai quando ci avranno succhiato tutto, quando ci avranno torturati in milioni di modi... oh, il nostro invitante destino!... Quanto alla mangiatoria, a Leningrado, è ancor peggio dei vestiti... Le loro macellerie, quasi tutte in cantine, a un livello inferiore alla strada, vere grotte sotto le case... fetenti...

Il popolo attende nel rigagnolo della via... attende il suo turno... la "coda" ammassata davanti ad un tendaggio di mosche... dense... ondeggianti... azzurre... chiacchiera, il popolo... ronza come le mosche... si dibatte contro gli sciami di mosche... tra le mosche...

L'una dopo l'altra, la portinaia, la comare con stivali, la zia infagottata, la ragazzina occhialuta, si tuffano nella cantina... sfondano lo stendardo di mosche... filano lungo il tunnel... ritornano verso la luce, trionfanti... tenendo in pugno il loro pezzetto di grasso!... le mosche si precipitano su, immediatamente... le persone pure... tutto questo si agita, si muove, si urta, ronza, tra gli sciami... È una nuvola... una battaglia attorno alla comare dagli stivali...

Tornando dalle mie escursioni, gettavo sempre un'occhiata negli uffici di "Vox"... la casa di fronte all'albergo... la casa per bene accogliere gli stranieri... Sono abbastanza curioso per natura... Quegli uffici che si aprivano tardi, mai prima di mezzogiorno, m'incuriosivano... Un mattino, così per caso, cacciando uno sguardo in quella penombra... sento una musica... ascolto... un piano... mi siedo sui gradini... era molto ben suonato... voglio vedere più da vicino... faccio il giro dell'edificio... discendo una scalinata... nel sotto-suolo vedo una porta... un passaggio... voglio vedere la persona che suona... ho suonato un po' anch'io, in altri tempi... m'interessa sempre... eccomi nella casa... quegli uffici deserti servono bene come eco... arrivo al primo piano... il suono viene da quel lato... un paravento... mi fermo... in punta di piedi, faccio il giro del paravento... Ora vedo la pianista... Ah, è la vecchietta, la conosco... "La nonna", quella che parla francese nell'ufficio per l'accoglienza degli Stranieri... giunge persino a esprimersi con frasi ricercate... parla prezioso... è lei che mi dà indicazioni per le visite che voglio fare... mi caccio in un angolo della camera... senza far rumore... ascolto attentamente... non me l'aveva mai detto che suonava così. meravigliosamente bene... mai... troppa modestia... glielo rinfaccerò... pure, eravamo buoni amici... da tre settimane attraversavo il viale, ogni giorno, verso mezzodì... per venirle a presentare i miei omaggi... e chiacchierare un po'... spettegolare... È fine come l'ombra, questa vecchietta, e così cordiale...

Sulla sedia, non fiatavo più... ascoltavo... Ho inteso tutto... un'esecuzione perfetta... Anzitutto, quasi tutti i "Preludi", poi Haydn, la "Quinta"... non dico Haydn per darmi delle arie. In più delle mie qualità personali, ho frequentato una pianista, per degli anni... guadagnava da vivere suonando Chopin e Haydn... Per dirvi che conoscevo queste opere... e sensibile alla qualità... Ebbene, vi dico come la penso, la nonna era un'artista...

Poco dopo, me ne sono andato com'ero venuto, sulla punta dei piedi. All'indomani, non volevo parlarle di questa indiscreta audizione... ma sono un tale chiacchìerone!... ho arrischiato qualche allusione... insonnia, l'ho felicitata... che suonava come un virtuoso... e mille volte meglio... senza orpelli, senza manierismi, senza sfoghi di pedale... Ha capito dalle mie parole che sapevo apprezzare... e poi ha visto dal mio raffinamento che ero capace di una vera conversazione... Parlando sottovoce, mi ha messo un po' al corrente..."Sono "nuova" in questo paese, mi capite, signor Céline?... "Nuova" non per l'età', ahimè!... ma per la data del mio ritorno... son rimasta assente venti anni!... son tornata da un anno... All'estero, ho fatto molta musica... talvolta davo concerti... e lezioni, continuamente... ho voluto tornare... vederli... eccomi... Non mi amano molto, signor Céline... Pure, devo rimanere... È finita!... Bisogna!... Non mi vogliono come musicista... ma non vogliono lasciarmi partire... sono troppo vecchia per il piano... mi dicono... ma soprattutto la mia assenza per tanti anni... pare loro sospetta... Per fortuna, parlo parecchie lingue... il che mi salva... mi assicura questo posto... non voglio lagnarmi, signor Céline, ma veramente non sono felice... Voi vedete, vero?... Arrivo all'ufficio prima di tempo, prima degli altri, a causa del piano... Hanno un piano, qui... A casa mia, non si può... certo... non c'è piano... siamo tre vecchie persone alloggiate in una sola cameretta... È già bene... se voi sapeste!... non mi voglio lagnare...

Alla vigilia della mia partenza, la trovai impacciata, la nonna, ansiosa, con qualcosa da confidarmi ancora... Mormorava:

— Signor Céline, mi scuserete... potrei permettermi di domandarvi... oh, una piccola domanda... forse molto indiscreta... non so se devo... insomma, se non vi va, non mi risponderete... Ah! signor Céline, io non sono felice... Ma c'è molta gente qui, vero, signor Céline? che non è felice... Pure che pensate?... secondo voi, signor Céline?... una persona a questo mondo, assolutamente senza famiglia... senza nessun legame... non più utile a nessuno... vecchia... ormai invalida... disgraziata... non amata da nessuno... che deve subire tante miserie, tanti affronti... non ha forse il diritto, secondo voi?... siate sincero... senza vani scrupoli... di attentare ai suoi giorni?...

Ah, ebbi uno scatto... a queste parole... e che scatto!

- Olà, signora! questa è una bestemmia!... Vergogna e rimorso!... Non vi ascolto più!... Una simile idea! selvaggia! Insensata! sinistra!... Voi capitolate, signora!... davanti a qualche arroganza di questi burocratucoli imbecilli? Vi trovo fuor di voi per qualche stupida taccagneria!... Pff!... per qualche pettegolezzo di portinaia... È scoraggiante, signora, scoraggiante!... davvero!... Un talento come il vostro deve tornare ai concerti!... È il vostro imperioso dovere!... Domandate di essere sentita!... E trionferete!... Tutti questi bolscevici, nel libro insieme, ve l'accordo, non sono cortesi... forse sono un po' crudeli... grossolani... sornioni...

sadici... fannulloni... ubriaconi... ladri... vili... bugiardi... sporchi... ve l'accordo!... C'è da domandarsi da che lato prenderli per impiccarli... Ma il fondo non è cattivo... basta rifiettere!

La nonna, come tutte le Russe, aveva la passione di riflettere. Abbiamo riflettuto insieme... appassìonatam ente.

— Vedete! - ho allegramente concluso. - Vedete! Posso assicurarvelo, signora, posso scommettere centornila rubli! che il vostro talento così grazioso, così fine, così sensibile, così intimamente sfumato, non sarà più a lungo trascurato, ignorato... Ah no! voi tornerete al pubblico, sìgnora!... Ve lo predico!... Già lo vedo!... E in tutte le grandi città russe del "piano quinquennale"!... Voi andrete dappertutto, trionfale, attesa. acclamata, desiderata... richiesta!...

Credete, signor Célìne?... Diffidano talmente di quelli che ritornano!... di quelli che conoscono l'estero!...

Natalia entrava in quel momento... bisognava tacere... Arrivederci, signora, arrivederci! Tornerò! Assolutamente! Gliel'ho giurato, due o tre volte.

E poi ecco...

Natalia, la mia interprete, si dedicava tutta al suo lavoro... era perfettamente istruita, ottima all'opera... M'ha mostrato tutto quello che sapeva, i castelli, i musei, i più bei sitì... i santuari più rinomati... le più sorprendenti prospettive... i parchi antichi... le isole... Conosceva molto bene le sue lezìoni;... per ogni circostanza... per ogni momento... il discorsetto persuasivo, la breve allusione politica... era ancora giovane, ma aveva l'esperienza delle tormente rivoluzionarie... delle oscillazioni sociali... dei mondi in fusione... l'aveva imparato da piccola... aveva giusto quattro anni, al momento della guerra civile... Sua madre era una borghese, un'attrice... Una sera di perquisizione, c'era molta gente nel loro cortile... sua madre le aveva detto, cosí, gentilmente: "Natalia, figlia mia, aspettami un istante, mia cara... stai buona... Discenderò un attimo... per veder quel che succede... e salirò subito col carbone". Mai sua madre era risalita, mai era tornata... Sono stati i bolscevici ad allevarla, Natalia, in una colonia, dapprima vicino ad una grande città, più tardi su, molto al Nord... E in seguito, in carovane... Molti anni così... attraverso la Russia... Ella raccontava le paure e le allegrie dei bambini... Tutte quelle peregrinazioni!... Per anni interi!... si sgombrava un pensionato quando le truppe nemiche si avvicinavano... Dapprima i "ribelli" di Kolciak... poi Wrangel... poi Denikin... Ogni volta, ricominciava l'avventura attraverso le steppe... durava mesi e mesi... tutti quei piccoli trovatelli... bisogna riconoscerlo, i bolscevici avevano fatto tutto il possibile perché non morissero tutti come le. mosche... jungo le strade... Talvolta, faceva così freddo che i piccoli morti diventavano duri come ceppi... Nessuno poteva scavare la terra... né seppellirli... Allora, li si buttava giù dal carro, era proibito scendere. L'aveva vista bene, Natalia, tutta la guerra civile!... e in seguito i *Kulaks* fradici d'oro!... Ella aveva danzato con loro... fatto festa... e condotti alla fucilazione a decine su decine... In seguito, le privazioni, ancora, sempre altre privazioni... biennali, decennali, quinquennali... il torrente delle parole... Ora, ella serviva da guida... aveva imparato il francese, l'inglese, il tedesco, da sola... All'*Intourist*, le capitavano i più strani musi dei mondo... soprattutto Ebrei (il 95 per 100)... Ella era discreta, segreta, Natalia, un carattere di ferro... le volevo bene... con quel nasino astuto, impertinente. Non gliel'ho mai nascosto, nemmeno per un istante, quel che pensavo... Ha dovuto redigere dei bei rapporti!... Fisicamente, era graziosa, una baltica, solida, ben-piantata, bionda, muscoli d'acciaio come il suo carattere. Volevo condurla a Parigi, offrirle questo viaggetto. I Sovieti non hanno voluto... Oh, non era in ritardo, era anzi smaliziata, per nulla gelosa, né meschina, capiva qualunque cosa... Non era testarda che su un punto, ma allora miracolosamente, sulla questione del Comunismo... Diventava francamente insopportabile, impossibile, infernale, sul Comunismo... Mi avrebbe schiacciato pur di insegnarmi bene il fondo delle cose... il modo di comportarmi... le vere contraddizioni... Mi rimpicciolivo. Le passavano certi lampi nelle sue iridi color pervinca!... ch'erano vere lame di ghigliottina...

Ci siamo urtati una sola volta, ma terribile, con Natalia... Tornando da Tzarkoie-selò, l'ultimo castello dello Czar... Eravamo in automobile... si andava abbastanza in fretta... quella strada non è cattiva... quando le ho fatto osservare... che non trovavo di buon gusto... quella visita... in casa delle vittime... quell'esibizione di fantasmi... accompagnata da commenti, da facezie... quella disinvolta, astiosa enumerazione... dei dif etti... delle piccole manie dei Romanoff... a proposito dei loro amuleti, feticci, vasi da notte... Lei non voleva ammetterlo... lo trovava perfettamente giusto, Natalia... Ho insistito. Malgrado tutto, è da quelle camere che son partiti tutti in coro per il loro supremo destino, i Romanoff... per il massacro nella cantina... No!... trovavo tutto questo di cattivo gusto. Ancor più cattivo gusto, cento volte di più, che tutti i Romanoff messi insieme... Non mi faceva piacere vedere, così, gli assassini in atto di scherzare, di far dello spirito... nel nido stesso delle loro vittime... Di colpo, mi trovai czarista... Perché furono davvero assassinati, madre, padre, cinque figli... mai giudicati... assassinati, massacrati, assolutamente senza difesa, nella cantina di Siberia... dopo quale sbatacchiamento da un paese all'altro!... per mesi interi... con un bambino emofilo... tra tutte quelle guardie sadiche e alcoolizzate, tra quei commissari giudeo-tartari... E alla fine il grande scherzo... Questione di comprenderci... La intimità dei morti... anche le peggiori canaglie, una volta morte... non riguarda più nessuno... non spetta agli assassini di andare a vomitare sulle loro tombe!... Rivoluzione?... E va bene!... Ma il cattivo gusto, niente da dire, è cattivo gusto...

— Perché?... Perché?... - scattava lei. Non voleva capire. - Lo Czar era senza pietà!... per il povero popolo!... L'ha fatto uccidere!... fucilare!... deportare!... migliaia e migliaia d'innocenti!...

— I bolscevichi l'hanno trascinato per settimane intere attraverso tutta la Siberia. Poi l'hanno sfracellato in una cantina, lui e tutti i suoi, coi calci dei fucili... Allora, ha pagato!... Ora, lo si dovrebbe lasciare in pace... lasciarlo dormire...

— Bisogna che il popolo possa imparare!... istruirsi!... vedere coi propri occhi quanto gli Czar erano stupidi!... borghesi... meschini... senza gusto... senza grandezza... quel che facevano di tutto il loro denaro... dei milioni e milioni di rubli che estorcevano al povero popolo... il sangue del popolo!... gli

amuleti!... Col sangue del popolo comperavano amuleti...
— Ma non è una ragione!... Hanno pagato!... È finita...

Diveniva insultante, la bestiola!... E dio mi scaldavo... Divento testardo più di trentasei buffali, quando una donna vuol tenermi testa...

— Voi siete tutti assassini! - mi eccitavo. - Peggio che assassini! Voi siete dei sacrileghi vampireschi, violatori!... Ora sputate sui cadaveri tanto siete pervertiti!... Non avete più una faccia umana!... Perché non riproducete le vostre vittime in cera?... con le ferite aperte?... e i vermi che brulicano?...

Ah! ma lei recalcitrava, terribile. Non voleva ammetterlo!... si agitava nella vettura... si sgolava a dire:

— La Czarina era peggio di lui!... ancor peggio!... Mille volte di più!... crudele... un cuore di pietra!... un vampiro!... mille volte più orribile di tutta la rivoluzione!... Mai ha pensato al popolo!... Mai alle sue sofferenze!... del suo povero popolo! che veniva a supplicarla!... Mai a quanto esso subiva per colpa sua!... Mai!... Non aveva mai sofferto, lei!
— La Czarina?... o vertigine d'orrore! o immondizia! Ma lei aveva avuto cinque figli! Tu sai che vuol dire aver cinque figli?... Quando avrai il bacino sconquassato come lei, cinque volte di seguito, allora potrai parlare!... Allora avrai visceri! sotterenze! sofferenze!... Brutta strega!

Per dirvi com'ero sulle furie. E per colpa sua. Avrei voluto buttarla giù dalla vettura... Non mi tenevo più! di brutalità! Diventavo Russo!

L'autista ha voluto rallentare... fermare... intervenire per separarci... noi ci battevamo... Lei non ha voluto risalire!... Era cocciuta... È tornata sino a Leningrado a piedi! Non l'ho più rivista per due giorni. Credevo di non rivederla più!... E poi, ecco che l'è -ritornata... Avevamo già dimenticato... Non si conservava rancore... M'ha fatto piacere rivederla... Le volevo bene, a Natalia. Non ho avuto da lei che una sola confidenza, parlo d'una vera confidenza... quando le parlavo di rivoluzione... le dicevo che ben presto ce l'avremo anche da noi, in Francia, il bel comunismo... che avevamo già tutti gli Ebrei... che ciò stava maturando... allora, lei sarebbe venuta a Parigi...

Oh, sapete, signor Celine... non è così, la rivoluzione... Per fare una rivoluzione, occorrono due cose essenziali... anzitutto, che il popolo crepi di farne... e poi che ci siano armi... molte armi... altrimenti... niente da farel... occorrerebbe, in primo luogo, che ci fosse una guerra da voi... Una guerra molto lunga... e poi disastri... che voi crepaste tutti di fame... soltanto allora... dopo la guerra straniera... dopo i disastri... dopo la guerra civile...

Le è passato un dubbio per la testa. Non mi ha più parlato su questo tono. Rimaneva sempre sulla difensiva... in attitudine più o meno di guerra... Non era mai lei... La stimavo... Avrei voluto condurla a Parigi... Era una perfetta segretaria. segreta.

Si irritava facilmente, Natalia, nella controversia... nella dottrina... A dire il vero, io non esistevo... Ella aveva seguito tutti i corsi di "Dialettica materialista". Come i preti, aveva sulla punta delle dita tutte le domande, tutte le risposte.

—   Cosa fanno i capitalisti?

— Sfruttano il povero popolo, speculano, accaparrano!
— Che ne fanno dei loro capitali?
— Trafficano ancora e sempre... fanno incetta di materie prime... creano le carestie...
— Che ne fanno della loro fortuna? Dormono ogni notte in tre letti?... Hanno quattordici amanti?... Vanno a spasso in diciotto autoffiobili?... Abitano ventidue case?... Sbafano diciassette volte al giorno?... i piatti più prelibati?... Che ne fanno in definitiva di tutto questo terribile denaro? che estorcono allo schiacciato, calpestato, gemente popolo?

Ah! 'ste piccole astuzie non prendevano Natalia alla sprovvista.

— Si permettono tutti i capricci...

Ecco quel che aveva trovato... Di colpo, io riprendevo tutto il vantaggio. Inesperta, si era incollata sulla questione del "capriccio"... Capriccio per lei era una parola... nulla di più!... Non aveva mai visto "capricci"... capricci di capitalisti... Era incapace di definire, di citarmi un esempio di capriccio... La prendevo in giro... la facevo arrabbiare... Tuttavia, un giorno, verso la fine, ha domandato spiegazioni... Le interessava sapere che cos'è veramente un "capriccio". Ho cercato un buon esempio, tanto perché d'or innanzi ella potesse cavarsela, parlando con i turisti:

— Ecco - le ho detto - ascolta bene, ti voglio smaliziare, ragazzina mia. Ero ancora giovincello in quell'epoca... questo succedeva a Nizza verso il 1910... ero fattorino presso un gioielliere molto famoso, il signor Ben Corème... sul *Boulevard Massena*... Godevo di tutta la fiducia del padrone, Ben Corème, "il gioielliere delle eleganti", dei "grandi Circoli e del Casino"... I miei genitori, così poveri, ma così fondamentalmente onesti, avevano giurato sulla loro vita che non lo avrei mai ingannato di un soldo... che poteva affidarmi dei tesori. Infatti, me ne affidava sovente, e non erano solo parole. Il signor Ben Corème m'aveva subito messo alla prova... e poi ricorreva solo più a me per portare ai clienti diademi, mirifiche *parures*, collane lunghe parecchi metri... Mi sbaffavo più volte al giorno la salita del Monte-Boron, verso il Palazzi della Costa, sovraccarico di scrigni, di gemme, d'oro, di platino, di rivières... per la scelta delle "eleganti"... delle più grandi cocottes dell'epoca... per i capricci d'una clientela *high-life*... la più stravagante d'Europa... *habitués* di circoli... regine del *boudoir*. Nelle mie tasche, chiuse da spilli di sicurezza, recavo in una sola giornata più ricchezze che un galeone di Spagna di ritorno dal Perù. Ma bisognava spicciarsi, correre lungo la costa... per tornare in negozio al più presto possibile... Avevo ancora un altro lavoro di fiducia, a cui il signor Ben Corème teneva pure essenzialmente. Dovevo rimanere in piedi nel retrobottega, dietro la porta a piccoli vetri... Ma non dovevo mai farmi vedere... mai entrare nel negozio!... Stavo là per sorvegliare le mani dei clienti e delle clienti... Era la mia consegna... spiare i minimi gesti furtivi... mai perdere d'occhio le mani!... Mai!... Ecco... È delicato, per un negoziante, quando si pensa, osservare le mani... Non può far tutto nello stesso tempo... Lui deve restare tutto per i sorrisi... Deve fare il *joli-coeur* al disopra del banco... premuroso... disinvolto... non deve assolutamente abbassare lo sguardo sulle mani... Allora, ero io l'osservatore... la linea... Conoscevo tutti i clienti... Loro invece non mi conoscevano... Conoscevo tutti i ladri... Tra gli Slavi, ve ne erano dei perversi... donne, soprattutto... Tra le Russe, le più distinte aristocratiche... vi eran delle belle canaglie... e cavillose!... Era un vizio per loro far scomparire una graziosa *parure*!... Ah! i manicotti!... io sorvegliavo... vedevo il colpo che "i preparava"... un attimo... Psss! e l'oggettino filava nel manicotto. Ed io "toc toc toc!"... tre colpetti contro la porta... Era il segnale per Ben Corème... D'altronde 'ste storie s'arrangiavano sempre in famiglia, non c'era mai scandalo...

Non bisogna che mi lamenti, c'era pure del piacere nel mio ruolo... dei compensi... quando le clienti erano befic... quando stavano sedute... tutte fruscio di seta e ciarlanti... io guardavo... m'ipnotizzavo... pigliavo certi colpi di caldo!... Ho avuto una bella pubertà... Il che non m'impediva di essere onesto e di venir meno alla mia implacabile sorveglianza... Per tutta questa fiducia, quell'alpinismo per le consegne, la "linceria" preventiva e poi la pulizia del negozio... (apertura e chiusura col commesso), guadagnavo 55 franchi il mese... Contando anche le mance, me la cavavo, salvo per le scarpe, a causa soprattutto del Mont-Boron... salita con certe pietre... che mi strappavano tutte le suole... Mi duravano 15 giorni, le scarpe, talmente camminavo...

Il signor Ben Corème l'ha capita, alla fine-era lui a farmele risuolare.

Tra la nostra clientela, avevamo un personaggio meraviglioso, oh, non ladro per nulla quello! anzi, un vero prodigo, lo zio stesso dello Czar, il Granduca Nicola Nicolaievic. È facile ricordarselo, non foss'altro che per la sua statura... misurava almeno due metri. È lui, questo immenso, che ha perso la guerra in definitiva e gli eserciti russi. Ah! avrei potuto annunciarlo sin dal 1910 che avrebbe perso tutto... Non sapeva mai quel che voleva... Un giorno, così, entra nel negozio... aveva fretta, doveva abbassarsi per attraversare la porta... Invece, dimentica e batte la testa contro lo stipite... Non era contento... Si siede... si palpeggia...

— Dite, Ben Carème – esclama – vorrei un regalo per una signora. Mi occorre un braccialetto...

Svelti, gli si apportano gli oggetti... vassoi interi... ve n'era per fortune intere... e mica roba falsa, da Ben Corème... Lui guarda... riguarda... il Gran Nicola... esamina... mette in disordine... non poteva decidersi... si rialza, rialza i suoi due metri... sta per uscire..."Arrivederci!"... Bôm!..., Ribatte la testa nella cornice della porta... Ciò l'ha fatto rimbalsare all'interno... Torna a sedere... torna a palpeggiarsi il cranio. Aveva male...

— Ah! datemi tutto quello, Corème!

E a piene mani, afferra tutti i braccialetti sul tavolo... se ne riempie il soprabito... le tasche...

— Ecco fatto!... – sospira. – Ora, fatemi vedere dei porta-sigarette...

Gli si mette sotto gli occhi tutta una scelta... Rimane allocchito per un istante... tutti oggetti in oro... incastonati di brillanti... li apre tutti... li richiude secco... si diverte così a farli scattare, schioccare... Ploc!... Plac!. Ploc!... Plac!... Ploc!., Poi quel rumore lo irrita... Allora arraffa tutto l'assortimento... due... tre dozzine... li ficca di forza nelle tasche, in più dei braccialetti... Si alza... si dirige verso la porta...

"Sire! Sire! Attenzione! la testa!". Ben Corème è scattato... Il

Granduca si china... sorridendo... passa... ma, sulla soglia, cambia idea... gira sii se stesso... in un brusco movimento... vuole rientrare nel negozio... Bamm!... si rischiaffa un gran colpo contro lo stipite!... Si tiene la testa con le due mani... Indietreggia...

— Corème! Corème! Manderete la nota a Pietroburgo!... a mio nipote!

Sceglierà lui... laggiù!... Sarà meglio!... Sarà molto meglio...

Ecco il capriccio, Natalia... Ecco l'autentico capriccio!... Bisogna ricordarlo, Natalia, questo buon esempio di capriccio...

Povero Nicola Nicolaievic, i capricci continuano sempre per quel che riguarda la sua memoria...

Il suo grande Palazzo sulla Neva è diventato, dopo il 118, "L'Istituto per il Cervello". lo Studio dei Fenomeni Psichici.

È fortuito, ma capita bene.

— Vedi come la vita può essere strana... e come il mondo è, piccolo, anche per il grande Nicola Nicolaievic che non aveva proprio nessuna testa...

L'ha fatta ridere, Natalia... questa storiella... ma moderatamente... credeva ch'io volessi ricominciare, come a' Tzarkoie-Selò... offrirmi ancora una crisi... mi trovava astuto...

In fondo, bastano queste tre parole che si ripetono: il tempo passa... Bastano per tutto...

Nulla sfugge al tempo... salvo piccoli echi sempre più sordi... sempre più rari... che importanza hanno?

Mi sono giunte alcune lettere della Russia... di Natalia...

Non rispondo mai alle lettere... Un lungo silenzio... e poi un'ultima lettera...

> Caro Signor Céline,
>
> Non credetemi né morta né scomparsa... Solamente, sono stata molto malata in questi mesi e non potevo scrivervi. È passato! Sono guarita, ma non sono più forte come prima... L'inverno è finito, è primavera anche da noi, col sole che aspettavo... con tanta impazienza. Mi sento ancora molto debole e un po' triste. Voi non mi scrivete più... M'avete forse già dimenticata?... In questo momento, a Leningrado abbiamo visitatori francesi e ne attendiamo ancora molti per le feste di giugno. Verrete un giorno?... Sarebbe magnifico. Vorrei tanto avere vostre notizie: vi dò l'indirizzo di casa mia.
>
> I miei migliori saluti.
>
> NATALIA

E poi ecco...

Lentamente, diventeranno tutti fantasmi... tutti... Yubelblat... e la Nonna... e Natalia, come Elisabetta, l'altra imperatrice... come Nicola Nicolaievic che faticava tanto a scegliere... come Borodin... come Jacob Schiff... che era così ricco e potente... come tutto l'

"Intelligence Service"... e l' "Istituto del Cervelo"... come le mie scarpe al Mont-Boron... tutto diventerà fantasma... luuu!... luuu!... li si vedra' sulle lande... E sarà meglio per loro... saranno più felici, molto più felici, nel vento... nelle pieghe dell'ombra... luuu!... Iuuu!... Non voglio più andare in nessun posto... Le mani sono piene di fantasmi... verso l'Irlanda... o verso la Russia... diffido dei fantasmi... ce ne sono dappertutto... non voglio più viaggiare... è troppo pericoloso... Voglio rimanere qui per vedere... per vedere tutto... voglio diventare fantasma qui, nel mio buco... nella mia tana... farò a tutti: huuu!... huuu!... Creperanno di paura!... M'hanno scocciato abbastanza quand'ero vivo... sarà il mio turno...

E quel balletto?... Era pronto... ne ero contento... sempre a proposito di fantasmi... Lo destinavo a Leningrado... E poi ecco!... le circostanze... peccato! tanto peggio!... Vi leggerò il principio di questo divertimento!... una bagattella!... Tutto?... vi annoierei... È forse un'epopea plausibile?... un'intenzione ponderabile?... No!... Semplicemente un piccolo sussulto tra la morte e l'esistenza... esattamente su nostra misura... eccolo danzare esattamente tra la morte e l'esistenza... ciò distrae... mi seguite?... Un po' di luce e d'accordo... il Sogno ci trascina via... Ma la Musica?... Ah! ecco la mia angoscia!... Ricasco abbattuto!... Musica!... ali della Danza!. Senza la Musica tutto crolla e striscia... Musica edificio del Sogno!... Son fregato ancora una volta... Se per caso, tra le vostre conoscenze, sentite parlare... d'un musicista abbastanza fragile... che domandi solo di fare qualcosa di buono... ve ne prego... un piccolo cenno... gli farò delle condizioni... tra la morte e l'esistenza... potremo sicuramente intenderci.

* * *

VAN BAGADEN

GRAN BALLETTO MIMICO E QUALCHE PAROLA

Questi avvenimenti si svolgono ad Anversa, verso il 1830. La scena rappresenta l'interno di un *hangar* immenso. Tutto un popolo di facchini, scaricatori, doganieri, lavorano, trasportano, trasbordano, allineano, sventrano... colli... tessuti... seterie... cotoni... granaglie... Essi vanno... vengono da una porta all'altra... In fondo all'*hangar*, tra separazioni... alti, altissimi ammassi di merce in disordine... ammucchiati... tè... caffè... spezie... drapperie... legnami coloniali... bambù... canne da zucchero... N'ella grande animazione, si nota un gruppo di vivaci operaie... graziose birichine... Esse passano... ritornano... alate... raggianti... civettuole... tra i grupi di pesanti, sudati lavoratori... si dan da fare... vanno... rivengono... Preparano i profumi versano... in boccette con molte precauzioni... profumi d'Arabia... delle Indie... d'Oriente... grande timore d'essere urtate... con i loro preziosi fiaconi... piccole grida di spavento... fruscii... Per prime, esse annusano le essenze... delizia!... piccole estasi!... Litigano a proposito di profumi... sul modo di disporre le boccette... Esse occupano con le loro scansie e fiule... e tavolinetti... tutto un lato dell'*hangar*... una uccelliera... sempre pigolante... sempre agitata... Le "sigaraie", altre civettuole, occupano il lato opposto... anch'esse perdono molto tempo in piccoli maneggi... vanno, vengono... chiacchierano... Tutte queste personcine si agitano tra le *corvées* degli scaricatori che vanno e vengono dalle navi... lenta processione di questi "forti" sovraccarichi di pesantissimi fardelli... enormi balle... tronchi d'albero... Alcuni facchini prendono un po' in giro... fanno dispettucci alle "rofumier"... rubano sigari alle "sigarie"... mentre passano... Gran baccano...

dispute... danze d'insieme... nell'enorme *hangar*... ronzio d'attività... di lavoro... di litigi... Si sentono pure i rumori dei gran porto... le sirene... gli appelli... i canti degli uomini della corvée... le canzoni dei manovratori... ecc... poi altre musiche... organetti di Barberia... suonatori ambulanti... sorge un negro... dalla banchina balza in pieno *hangar*... piccolo intermezzo selvaggio... se ne va com'è venuto, il negro... con un balzo!...

Sin dall'inizio, si noterà che una delle "profumiere" si mostra più graziosa, più indiavolata delle altre... più civettuola... più elegante... la prima ballerina... Mitje... In un angolo dell'*hangar*, uno stanzino... lo spettatore vedrà l'interno di questo bugigattolo: l'Ufficio dell'Armatore... separato dall'agitazione del grande *hangar* da un paravento... Nello stanzino, l'armatore Van Bagaden, raggrinzito, magrissimo, podagroso, bisbetico... nel fondo di un'enorme poltrona... Van Bagaden!... non può più muoversi dalla sua poltrona... non lo lascia più, quello stanzino!... È là che vive... bestemmia, si irrita, s'infuria, dorme, minaccia, mangia, sputa giallo, e custodisce il suo oro... l'oro che gli arriva da cento navi... Armatore su tutti i rhari del mondo!... Così noi vediamo Vari Bagaden, tiranno dei mari e dei navigatori, nel suo antro... Attorno alla testa, porta un gran turbante nero che lo ripara dalle correnti d'aria... È affogato tra spesse la ne... Solo la testa emerge da questo infagottamento... Non smette di sacramentare, d'insultare il suo commesso, il disgraziato Peter... Questi, accanto a lui, issato su imo sgabello da contabile, continua ad allineare cifre... addizionare... su enormi registri... Tutto il suo tavolo è ingombro di enormi registri... Il vecchissimo Vari Bagaden si arrabbia, minaccia, mummia coriacea, maledetta!. Secondo lui, Peter non è mai abbastanza svelto... nei suoi conti... Van Bagaden picchia per terra con la grossa canna... si agita sulla poltrona... non si tranquillizza mai... Peter ha un sussulto ad ogni colpo di canna... il rumore, l'agitazione dell'*hangar*... Vari Bagaden non può sopportarla... I suoi operai si divertono, dunque, anziché lavorare!... Sente le ragazze, le risa delle operaie, l'allegro rumorio... Non ha dunque più autorità!... È troppo vecchio!... Quelle piccole canaglie si beffano di lui!... gli sfuggono!... Non riesce più a farsi obbedire!... Dannazione!... Vorrebbe alzarsi dalla poltrona... ricade... Ed ogni volta picchia con rabbia il pavimento... Con la sua terribile canna... Anziché allarmarsi, le piccole operaie, i giovani delle *corvées*, tutto quel popolo sul lavoro, ne ride e scande! alla cadenza! della canna!... Disperazione del vecchio Vari Bagaden beffato... ridicolo... (i topi ballano, il vecchio gatto non può più muoversi)... Le "profumiere", biricchine, vanno a gettare un'occhiata dietro il paravento... poi fuggono, raccapricciate... soprattutto la civettuola Mitiè, la più vivace, la più bricconcella... di tutto quello sciame... Peter, il commesso fedele, è legato ai suoi enormi registri da una catena... e allo sgabello da una complicata ferraglia... Peter è la vittima su cui il vecchio terribile tiranno Van Bagaden sfoga il suo malumore... Sussulta, Peter, di terrore, sullo sgabello... ogni volta che la canna del vecchio batte per terra... E incomincia ancora una volta le addizioni...

Un capitano di lungo corso penetra nell'*hangar*, attraversa i gruppi... Viene ad avvertire il vecchio Van Bagaden...

All'orecchio, gli mormora qualche parola... il vecchio Van Bagaden picchia... ripicchia... con forza, il pavimento... Peter sussulta... Van Bagaden passa a Peter una piccola chiave... Peter apre i lucchetti della ferraglia in cui è prigioniero... Può scendere dallo sgabello... Esce dall'*hangar* col capitano...

Grande interesse nell'*hangar*... Grande emozione... Grande chiacchierio...

Commenti... Si aspetta...

Dopo un po', Peter ritorna, trascinando dietro di sé, in una grande rete, un'enorme massa... un prodigioso ammucchiamento di perle... una formidabile collana... un gioiello fantastico... tutto di perle... ognuna grossa come un'arancia... Peter rifiuta che lo si aiuti a trascinare questo magnifico fardello sino ai piedi di Van Bagaden... La danza viene interrotta... Tutta la folla dell'*hangar*... manovali, marinai, operai, operaie... commentano con ammirazione l'arrivo di questo nuovo tesoro... Van Bagaden, non batte ciglio. Fa spostare un po' la poltrona... Fa aprire da Peter il profondo cofano che si trova giusto dietro di lui. Peter rinchiude con molte precauzioni lo straordinario gioiello in quella piccola caverna... poi risale sul suo sgabello, si rimette le catene attorno alle caviglie... richiude il lucchetto, ridà la chiave a Van Bagaden e ricomincia le sue addizioni... E il lavoro riprende ovunque... Passa un momento... e poi un altro capitano arriva... mormora un'altra notizia all'orecchio del vecchio Van Bagaden... E lo stesso maneggio ricomincia... Peter stavolta ritorna sovraccarico di cofanetti e di bisacce... altri gioielli, doppioni... pietre preziose... rubini... giganteschi esmeraldi... Anche questo rinchiuso a triplice giro di chiave, con la stessa cerimonia, dietro Van Bagaden...

Interrotto per un attimo... il traffico dell'*hangar*, il trasporto dei pesanti colli... riprende indiavolatto...

Sulla banchina... da lontano... arrivano ot-gli eehi d'una fanfara marziale... fanfara che si avvicina... La si vede sfilare davanti alla porta... tutta aperta... nel fondo... soldati... borghesi... marinai... tipi allegri... ubriachi... una folla in piena effervescenza... Allegra... scatenata... Immense bandiere spiegate che passano... al di sopra della folla... Bandiere con immagini... poi un "santo", minuscolo, su una portantina... e poi immensi giganti di cartone... trascinati dalla folla... in festa... Il vecchio Van Bagaden, inchiodato nel suo stanzino... s'arrabbia... protesta... contro quel nuovo baccano!...

Che rabbia di divertirsi barino tutti!... Van Bagaden, lui, non s'è mai divertito!... La gioia gli fa orrore e le grossolane farandole di quella canaglia lo disgustano!... con grandi sforzi, si solleva un po' sulla poltrona che sofferenza!... che agonia!... Finalmente, vede un po'... Orrore! Tutti quei fantocci in delirio... Manda in fretta Peter... verso quella nuova folla... quella sarabanda insultante...

"Richiamali al lavoro!... subito!... all'ordine!... quelle canaglie!... Prendi la mia canna, Peter!... Bastonali!... Ammazzali tutti, quei farabutti... Voglio essere ubbidito".

Ma ora la festa sale... si amplifica... sommerge tutta la banchina... tutto lo spazio... tutti gli echi!...

Il povero Peter, l'uomo di paglia, è l'utile idiota, sperduto, col suo bastone, si dimena tutto solo contro quella folla... contro quella gioia, quella follia... l'immensa farandola!...

FINE

LOUIS FERDINANDO CÉLINE nacque a Courbevoie nel 1894. Partecipò alla prima guerra mondiale dove fu gravemente ferito. Medico condotto nei quartieri popolari di Parigi, si rivelò nel 1932 con *Viaggio al termine della notte*, cui seguì nel 1936 l'altro suo capolavoro: Morte a credito.

Nel '37 fu pubblicato *Bagattelle per un massacro*, il più famoso dei suoi pamphlets. Durante la guerra continuò a svolgere funzioni di medico e a scrivere: *Les Beaux Draps* e *L'École des cadavres*. Nel '44 pubblicò *Guignol's Band*.

Nel '45 attraversò la Germania per recarsi in Danimarca dove fu arrestato in seguito alla condanna per collaborazionismo pronunciata in Francia.

Rilasciato poté rimpatriare nel '51 inseguito all'amnistia. Morì in 1961.

Louis Ferdinand Céline

Altre pubblicazioni

www.omnia-veritas.com

 Milton Keynes UK
Ingram Content Group UK Ltd.
UKHW020643040424
440620UK00013B/446